孟繁华 主编

年百部篇正典

拂晓前的葬礼 王兆军
小鲍庄 王安忆

北方联合出版传媒(集团)股份有限公司
春风文艺出版社
·沈阳·

图书在版编目（CIP）数据

拂晓前的葬礼/王兆军著. 小鲍庄/王安忆著. —沈阳：春风文艺出版社，2018.7（2022.1重印）
（百年百部中篇正典/孟繁华主编）
ISBN 978-7-5313-5472-7

Ⅰ. ①拂… ②小… Ⅱ. ①王… ②王… Ⅲ. ①中篇小说 — 小说集 — 中国 — 当代 Ⅳ. ①I247.5

中国版本图书馆CIP数据核字（2018）第091968号

北方联合出版传媒（集团）股份有限公司
春风文艺出版社出版发行
http://www.chunfengwenyi.com
沈阳市和平区十一纬路25号　邮编：110003
北京一鑫印务有限责任公司印刷

选题策划：单瑛琪	责任编辑：刘　维
封面设计：琥珀视觉	责任校对：于文慧
印制统筹：刘　成	幅面尺寸：145mm×210mm
字　　数：218千字	印　　张：9
版　　次：2018年7月第1版	印　　次：2022年1月第4次
书　　号：ISBN 978-7-5313-5472-7	
定　　价：42.00元	

版权专有　侵权必究　举报电话：024-23284391
如有质量问题，请拨打电话：024-23284384

百年中国文学的高端成就
——《百年百部中篇正典》序

孟繁华

从文体方面考察，百年来文学的高端成就是中篇小说。一方面这与百年文学传统有关。新文学的发轫，无论是1890年陈季同用法文创作的《黄衫客传奇》的发表，还是鲁迅1921年发表的《阿Q正传》，都是中篇小说，这是百年白话文学的一个传统。另一方面，进入新时期，在大型刊物推动下的中篇小说一直保持在一个相当高的水平上。因此，中篇小说是百年来中国文学最重要的文体。中篇小说创作积累了极为丰富的经验，它的容量和传达的社会与文学信息，使它具有极大的可读性；当社会转型、消费文化兴起之后，大型文学期刊顽强的文学坚持，使中篇小说生产与流播受到的冲击降低到最低限度。文体自身的优势和载体的相对稳定，以及作者、读者群体的相对稳定，都决定了中篇小说在消费主义时代能够获得绝处逢生的机缘。这也让中篇小说能够不追时尚、不赶风潮，以"守成"的文化姿态坚守最后的文学性成为可能。在这个意义上，中篇小说很像是一个当代文学的"活化石"。在这个前提下，中篇小说一直没有改变它文学性的基本性质。因此，百年来，中篇小说成为各种文学文体的中坚力量并塑造了自己纯粹的文学品质。中篇小说因此构成百年文学的奇特景观，使文学即便在惊慌失措的"文化乱世"中也取得了令人瞩目的艺术成就，这在百年中国的文化语境中不能不说是一个奇迹。作家在诚实地寻找文学性的同时，也没有影响他们对现实事务介入的诚恳和热情。无论如何，百年中篇小说代表了百年中国文学的高端水平，它所表达的不同阶段的理想、追求、焦虑、矛盾、彷徨和不确定性，都密切地联系着百年中国的社会生活和心理经验。于是，一个文体就这样和百年中国建立了如影随形的镜像关系。它的全部经验已经成为我们最重要的文学财富。

编选百年中篇小说选本，是我多年的一个愿望。我曾为此做了多年准备。这个选本2012年已经编好，其间辗转多家出版社，有的甚至申报了国家重点出版基金，但都未能实现。现在，春风文艺出版社接受并付诸出版，我的兴奋和感动可想而知。我要感谢单瑛琪社长和责任编辑姚宏越先生，与他们的合作是如此顺利和愉快。

入选的作品，在我看来无疑是百年中国最优秀的中篇小说。但"诗无达诂"，文学史家或选家一定有不同看法，这是非常正常的。感谢入选作家为中国文学付出的努力和带来的光荣。需要说明的是，由于版权和其他原因，部分重要或著名的中篇小说没有进入这个选本，这是非常遗憾的。可以弥补和自慰的是，这些作品在其他选本或该作家的文集中都可以读到。在做出说明的同时，我也理应向读者表达我的歉意。编选方面的各种问题和不足，也诚恳地希望听到批评指正。

是为序。

2017年10月20日于北京

目　录

拂晓前的葬礼 …………………… 王兆军 / 001

小　鲍　庄 ……………………… 王安忆 / 187

拂晓前的葬礼

王兆军

一位女知青的回忆：

生活的第一幕：吕锋和小石榴私通，被绑在大榆树上。副支书田家祥释放了他。

从省城发往鲁南的车，一天只有那么一次，早上七点一刻的票，实际上七点半才启程，司机又是个平平塌性格，车到鲁南地区境内时，已经是下午一点了。

炎热、疲劳、单调乏味的声响，使得许多旅客昏昏欲睡了。然而我，却陡长了许多精神。多么美丽的地方啊！骤雨初歇，青翠的峰峦上是浓郁的绿。梯田的埂坝犹如一条条浅黄的线，将绿色的山原分成一块一块、一方一方、一扇一扇。响亮的蝉鸣像风涛似的从远近的林子里传来。潮湿的土地上吹来一阵阵温热湿润的气流，似乎还夹杂着腐烂的麦糠味，恰如一种别致的葡萄酒。看山，山在悠悠地转；看路，路在悠悠地绕。啊，就是这条路，八年前，我和同学们踏着它，到了第二故乡；几年后，我离开了沂蒙山，也是从这条路上驰过的。五年来，无论是在工厂里还是在大学里，这里都曾是我魂萦梦绕的地方。我在这里认真地生活过、追求过、忍受过那么多的艰辛，也寄托过那么痴情的爱。可是，山涧的溪水，清凌凌的溪水啊，也流逝了我的幼稚和纯真，流逝了我的爱的泪。初恋在这里产生，却没有听到一点回响，我就离开了。如今，这山水，这村庄，这坡上的庄稼和墟里的炊烟又映入眼帘，又残酷地勾起那些大红大绿的回忆，我的心是如此激动，根本没办法按捺。还有那些我熟悉的爱过和恨过的人，那些壮丽的和哀伤的场面，怎能叫人有半刻宁静？我曾经后悔不该选择这个旧地作为研究对象，可它又偏偏像禁果一样引诱人尝尝它的味道。这时我才明白，人注定都是自讨苦吃的。

车到终点时，已经是下午七点了，换介绍信的机关早已下了班。好在夏季天长，还没黑。我趁天黑前的这点时间找到专署公社工业局，找到吕锋，请他帮我安排食宿等事宜。

别小看这个公社工业局，在基层这是一个很大的局。单从新建的这个招待所就可以判定：这个局是有家底的。招待所不大，只有一幢乳白色小楼，坐落在沂河岸边的一片树林中。房间内设置幽雅，全不是先前印象中的旅馆那种土里土气脏了吧唧的样子。栗色的家具，贴了瓷砖的卫生间，铺着草毯的地板，印着竹子图案的薄如蝉翼的窗帘，一切都那么顺眼。开窗远眺，东是沂河壮阔的水面，西是城区灿烂的灯火。

"来了就是主人。"吕锋把我安排好，等我洗涮完后，爽朗地说："这个房间是东北的一位采购员包下的，一个月不回来，你住，不用付钱。"

我感激地笑了笑。我是穷学生，付不起这样的房费。

吕锋不一会儿就端来一个托盘，托盘上有四个菜，两瓶啤酒，两瓶橘子水和两碗绿豆大米饭。

"为老战友接风，也为我送行，咱们干一杯！"吕锋举起一杯啤酒，一饮而尽，轻轻地甩一下他那漂亮的头发。他还是那样飘逸潇洒。

我太渴了，也端起一杯橘子水一饮而尽。山东人嘛，就喜欢这种豪爽劲。

我问："你给自己送什么行？"

吕锋说："我就要下去蹲点了。"

我问："到什么地方去？"

吕锋说："老家呗。清河公社农机厂。"

他说得很坦然，好像去集市上买一把芹菜似的。

我问："你怎么选择老家的厂子蹲点？"

"我喜欢嘛！"吕锋说，"孬好是自己的家乡呢！"

"你倒挺留恋那个地方呢？"

"是的。思想有点像螺旋。"

吕锋回答得如此爽快，这使我不能不大吃一惊。我清楚地记得，在我离开那个清河公社大苇塘村时，他曾经对我说："走吧，都走吧，我也总有一天要离开，我一点也不喜欢这地方。"而且我知道，他为什么不喜欢生他养他的故乡……

那年秋天，正是满坡高粱晒米、稻子黄穗的时候，我和另外七位同学，一起来到大苇塘村插队。这是个穷队。我们是主动要求到这里来锻炼的。

别看这鲁南是山区，但在沂蒙山西南却有一大片平原，大约占三个县那么大。我们是坐汽车到清河公社的。开过欢迎会，我们就由团支书田家贵领着，坐着黄牛拉的大板车，向大苇塘村走去。

当看到大苇塘村的轮廓时，田家贵告诉我们：这个村有一千九百多口人，三千多亩耕地，十五个生产小队，九十八头大牲畜……

我无心听这些数字，我只是想：呀，我们就要住进那个村庄里了，我们就要在这广阔的天地里大显身手，改天换地了——这是多么壮丽的事业！许多英雄人物的青春是在战场的硝烟里度过的，他们为民族建立了功勋；我们这一代，将在这贫穷的黑色的土地上创造新的奇迹。"江山代有才人出，各领风骚数百年"，现在是看我们描绘最新最美的图画、书写最新最美的文字的时候了。我们将用自己的双手，在这里建立人间的乐园，也将在这里找到人生的真谛、生活的美。

有个同学起了头，我们便马上和起来唱：

> 人们那个都说哎
> 沂蒙山好噢——
> 沂蒙那个山上哟，
> 好风光……
> 满坡的那个庄稼哟，
> 长得那个好噢——
> 风吹那个草低哟，
> 见牛羊……

带着天真烂漫的歌声,我们走进了大苇塘村。

村头大榆树下,站了一些人。

我们以为是大队组织欢迎我们的社员,便预先准备好了情绪,并且商议好一放下行李就去给五保户、烈军属挑水扫院子……

可是,当我们走近榆树时,发现气氛截然不同于我们的想象。庄稼人都面有难色,有的在愤愤地声讨什么,有的在轻轻惋惜,有的则急得团团转。

田家贵领我们急急忙忙走过去。

这时,我们才发现大榆树上绑着一个人。

这简直就像法场!宽阔坦荡的禾场,是一片惨淡的灰黄色。禾场的西边是两间低矮的草房,有两根木棒在顶着倾斜的山墙,东边是一大片刚刚收割完不久的玉米茬,因为没有及时翻耕,复生出来的苗丫子稀稀落落地在秋风中摇荡。背景上是一片松林,黑黝黝的,松涛声呜呜地啸着,那阴森森的松林里是一个一个的坟丘,衰草萋萋。就在那场屋的东边,有一株粗大但低矮的老榆树,突兀地立在如血的夕晖里,树上绑着一个人,许多人远远地看着,叽叽喳喳地议论着,没有人去打他,也没有人去解救他。

我们怀着少年的好奇,没理会田家贵的劝阻,去近前端详那个被缚在树干上的青年人。天哪,这是个多么叫人难以忘却的形象!如果说那一身的肌肉不足为奇,那么他那红里泛白的肤色确实不常在乡下人身上看到。多么鲜活的红色,不浓不淡,润泽着他的整个外形,使人感到生命的火的力量和青春的血的灵光。他从脚到手,全是这一种颜色,这足以证明不是太阳的紫外线所能改变的，真是天生丽质！一个书生，一个城市人，一个文职人员，一个男性模特儿——这是他给我的第一印象。这是一个可以诱惑一切少女的形象。如果他自由，他活动，他能把自己的聪慧与温存，强健与灵活，力量与美全部淋漓酣畅地表达出来，谁都会被他征服。可惜，他颓靡了。他的头无力地靠在粗糙的树干上，眼皮垂下来，满面羞惭和悔恨。他根本就没打算看任何人一眼。他在利用这旷野、这光天化日下的羞辱来忏悔什么？还是在积聚对什么人的怨愤？我完全不得而知，但又很想知道。

他的脚前是一个簇新的花包袱，里面似乎有些衣物，也是新的。

我问田家贵："这是……"

田家贵没有立即回答。他想把我们领着走开，我们都觉得挺有意思，偏要问个究竟才行。

不一会儿，村那边传来一阵号叫。一个披头散发的女人双手捧着一个白瓷面盆正向这边跑来。

"真不要脸啊！"

"这不等于自己认了吗？"

"骚货！"

一些人在用污言秽语侮辱这个奔来的女人。有人上去拦她。可那女人一点也不羞怯，全不顾任何人的拦挡。她左转右躲，盆里的汤水撒了不少。她歇斯底里似的叫着："你们这些狠心的呀！他一天没吃一点东西了啊！""你们真狠哪……"

看看拦不住了，别人也就不再拦阻，放她来了。

这女人恭恭敬敬地端着面盆，迈着虔诚的步子向大榆树走去。我这时才看清这个小巧玲珑的女人，尽管是披头散发，仍然楚楚动人。那紧凑的眉眼，显得干练而又热烈。那一双眼睛透着火一样灼人的光。她的整个身形都叫人想起狐仙一类的精灵。

她端着面盆，走到被缚的年轻人跟前，站了一会儿，然后放在他脚下，轻轻说："你得吃东西啊。"就转过身去。

可是，就在她刚刚转身的时候，那被绑的人睁开眼，咬着牙，听不清骂了一句什么，然后飞起一脚，把面盆踢翻，饺子撒在禾场上，那个包袱上还落着三只。

那女人回头一看，一下子晕倒在禾场上。

我简直要被这惊心动魄的一幕震昏了。在我的想象中，乡村是一幅幽美的风景画：那里有金黄的田野，葱绿的草坡，疏篱围拢着青翠的菜地，柴门里有鸭和鸡，朝露是那么鲜艳，晚霞是那么绮丽；乡村的生活应当是一幅醉人的风俗画：孩子们从小河里捉鱼回来，老人们蹲在田头歇息讲古，节日里大家一起喝酒玩耍，小媳妇们纳鞋底，姑娘们养蚕，春节的鞭炮和元宵的灯火叫人迷恋。当然，也落后，也贫困，但为了建设乡村，到处都应当是战天斗地的场面。我曾经在梦中向往那治山治水的热火朝天的工地，向往那烤融了积雪的夜晚的篝火……然而，这生活的第一幕，展现给我们的却是一个重大的桃色事件——这从榆树上挂着的一只破鞋可以猜出。这个事件一下子打破了我的梦。我立即陷进这谜一样的事件中了。

从老乡们的议论中，我们大体弄清了这个事件：被绑的男子叫吕锋，大队团支部副书记，与村里的赤脚医生小石榴私通，被支部书记田福申派民兵捉住，示众儆百。吕锋的未婚妻闻讯前来，退掉聘礼，当场毁约。小石榴送饺子给情夫，被情夫吕锋踢翻面盆……

无论如何，我们不得不认定吕锋是个流氓。他有未婚妻，却吃着碗里的还瞅着锅里的；人家小石榴有家庭，他怎么还去插足！这样的人怎么能当团支部副书记呢！一旦这样认定，便像疑人偷斧，怎么看怎么像了。小白脸，贼亮贼亮的眼睛，会跳动的眉毛，一双叫女人酥软的胳臂，富有棱角而又有些淘气的嘴……这都是流氓的象征。在乡村，不好好学大寨，干这些见不得人的事，可耻的社会渣滓、败类！

我们鄙夷地瞥了他一眼，打算离开这禾场。

这时，人群安静下来。一个中等身材穿一身破旧军装的汉子走过来。他把禾场上的人巡视了一遍，什么也没说，坦然地走到大榆树边，严峻地看着那捆人的粗壮的麻绳，毅然举起铁锹，朝树干上猛铲了两下，麻绳断了。

"没出息！"我听见他粗重的声音，"为一个女人。"

吕锋并没有马上离开，他仰面瞅着树枝上吊垂的那只鞋，流下了眼泪。

那汉子把鞋钩下来，扔到后面的坟场里去了，然后对吕锋说："明天到工地，去办个宣传栏。"

吕锋低着头走了。

这时，支部书记田福申走过来，说："叫他种下苦瓜零碎啃！"

那汉子严峻地说："五队的牛草没了，工地上的柴只够烧一天——今晚得开会。"

那汉子用目光遣散了围观的群众。

这一幕留给我的人物太多了，印象也太强烈了。那个被缚的年轻人，也就是说那个叫吕锋的流氓，道德败坏者、色鬼，长着那么一个好身子，还有那贼亮亮的眼睛。后来的这位铁一样坚硬、寡言少语、举止稳健持重的汉子，简直像传奇中劫法场的好汉英雄似的，也使人难以忘记。晚饭后，我在知青宿舍昏黄的煤油灯下写着日记——从来没写过那么长的日记——反复琢磨着生活送给我的这一切。但怎么也弄不明白。

很晚了，听见几辆大车从屋后经过，似乎有什么东西划到我们的后墙了，在屋子里也可以听见。

不一会儿，进来四五个人，其中有我们认识的田家贵，还有那位不知名的汉子。

田家贵说："这是咱大队支部副书记田家祥。"

我们都对那汉子恭敬地叫了声："田书记。"

"可甭这么叫！"田家祥诙谐地笑笑，"咱们大队的书记田福申，德高望重，特别关心青年人，他还不准别人喊他书记呢！我算个几？称职务要折我阳寿的，谁叫毁了谁得赔！告诉你们一个好办法，我脸黑，你们可以叫我田黑子，如果拉不下脸来，至多可以叫我田大哥，怎样？噢，今天工地上缺柴缺煤，我回来拉草运煤了。工地上忙，不能常来看你们，只好托家贵兄弟照应你们，'各地农村的同志应当欢迎他们去'嘛！毛主席说了咱还能不办？可惜这村条件太差了，差得叫我不好意思说。今天，你们八个人，从省城来的八位生力军，为了表示欢迎，大队送你们一人一块毛巾，一支钢笔。不成敬意，还望笑纳……"

我们一起鼓掌，并向他回赠了一件刺绣"让青春焕发出革命光芒"。

"谢谢啦。"田家祥说，"我本人还送你们一件礼物，微不足道，但很实用。就是这玩意儿，一个打火机。咱这里缺煤，烧不起火炉，生火做饭用柴草，你们乍来，手生，更不容易一下子生着火。点煤油灯也要经常用火。打火机是好东西啊！别看不怎么漂亮，但有用，是当年复员时指导员送我的，我一直没舍得用，现在找到好用场了。"

他说话时已经从兜里掏出那只打火机了。我伸出手，他一手托着我的手，另一只手把打火机放在我手里。那是我第一次接触农民的手。天哪！那一双手是多么重，多么有力！简直像铁砧和铁锤一样。夜色中，我看不清那双手，只是模糊地看到很大，黑乎乎的，很硬，似乎也很粗糙。这增加了我的好奇心，我真想仔细看看一双典型的农民的手。尤其叫人感兴趣的，是他说的话。下午，在禾场上，他天神一样严峻，话那么少；现在，却打开了话匣子，滔滔不绝，叫人听起来声声入耳，又温暖，又清楚，分寸恰当，进退得体。真是判若两人！我想：我要注意农民是怎么讲话的。

那夜，我们曾要求送他们去工地，我们也住工地，可田家祥不同意，他虽然只说了句："回去。用得着你们时，会来告诉的。"我们居然都无可争辩地服从了。

就是这样，这就是到农村的第一天。

在那一天，吕锋就给我们一个坏印象。

几年以后，我被招工回省城前夕，吕锋曾经对我说："走吧，都走吧……我一点也不喜欢这地方。"

如今，他居然又重新喜欢起家乡来。这种感情是怎么恢复起来的？是在他的大学里，还是在毕业后的生活中新生的？我不得而知，我想把他的心理变化轨迹摸清。

我问："吕锋，如果我记得不错的话，你曾经对你的家乡有过不满。"

"是的，以前有，至今也还有许多不满意的地方，永远有这种不满。"吕锋说，"如果我是名人的话，下面这句话可以写入名言录：不满是追求进步的阶梯。"

"可是，你说很喜欢你的故乡了。难道是因为这种'不满'吗？"

"这是一回事，如果把不满看成立体的一个方面的话。"

"那么，你的家乡曾经留给你许多不幸和痛苦，这也在喜欢之中，也是成为你回乡蹲点的一个力吗？"

"不全是不幸，也有甜蜜的和壮丽的。实际上一个人真正值得回忆留恋的，倒常常是苦的那一节。"吕锋狡黠地笑了笑，直冲着我说，"你研究心理学，为什么单拣这里来？"

"我熟悉这里。"

"不，因为这里有你的尚未流逝完的痛苦和希望吧？"

我沉默了。

吕锋给我倒了半杯啤酒，又掺了些汽水，可以听见清脆的液体入杯的声音，可以看见杯子里浮起一团乳白色的沫。

这个尖锐的、聪明的、雄辩的吕锋，还是那样锋利、一针见血。该死的吕锋，你这个乡村装不下的小诸葛，不仅自己又扎回乡村去，还把我也一下子推到往昔那些激动人心的回忆中去。残忍啊！恶作剧！我想推开已经逼近我的那些历史画面，可是不行，那些画面仍顽固地浮现出来，而且还留下许多至今不明白的问题……

在幽深旷寂的原野上，燃起一堆希望的篝火。
　我注意起那个具有魅力的人物来了。

就我当时所知，这个大苇塘村真可谓名副其实的"最艰苦的地方"了。

全村除了田家坟场那边有二三百亩黄沙土之外,其余全是黑黏土。这种土简直能气死人——旱天硬得像钢砖,雨天黏得能粘掉脚指甲。小麦、大豆、玉米,它全不喜长,就喜长茅草,到处都是茅草,而且拔不绝挖不尽。小麦的亩产量只有一二百斤,稍微可以高产一点的就是红薯,一亩地能收鲜薯一千五到两千斤。于是红薯成为这里的传统主食。煮的是红薯、烧的是红薯;做粥用红薯粉,黑乎乎像膏药油子,又像熬制的水胶,煎饼用红薯做,也是黑乎乎酸溜溜的;人吃的是红薯,饲料也是红薯。上街换点钱,也用红薯干。大苇塘村人好像天生就入了红薯籍!这里的人走亲戚拿馒头当礼物。过年过节给孩子们炒几把豆粒,就算是了不起的大事。没有钱,穿的衣服不用说了,许多姑娘只有一件褂子,换都没法换。文化生活就更不用提,公鸡斗架就是最好的舞蹈节目,搂着孩子打呼噜就是最好的音乐。有那么十来户人家有半导体,一拧开就围成个人圈圈!因为交不起放映费,公社放映队一年顶多来两次。没有电,家家都用煤油灯,许多人家为了省油,晚饭摸黑吃。不通汽车,全村有多半人没见过大客车。许多人不相信钢铁做的轮船能在海上航行而不沉底,不相信地下会冒出石油来,不相信火车能行驶,他们说"人站着都走不了那么快,火车躺着怎么能走得快,神了!"就是这样,他们还特别同意经常搞忆苦思甜,讲讨饭的旧日子比现在苦多了等等。

我们知青来到这里之后,一度引起不小的轰动。我们的牙刷牙膏,我们的收音机,我们的拖鞋,我们的书……都成为他们的话题。经常向他们介绍城市生活的特点和常识,是我们每个人常做的事。可我们在乡下的生活能力就很差。就拿烧火做饭这一条来说，我真不如一个七八岁的小姑娘。我见过好几个这样的小女孩，母亲下地，叫她在家烧一锅开水，她就能在灶里点一把火，一边拉着风箱，一边压上两铲子烟煤，火就点着了。我不行，常常是点好几窝子柴也燃不起煤来。做的饭不是煳了就是夹生。但后来我们还是学会了，我是学得最快最好的。这一点曾使我一度很得意，在给妈妈的信中我对此做了很高的评价。

不会干什么就不用干什么。这真是至理名言。就在我学会做饭之后不久，我们知青全部参加农田基本建设野战兵团，我就当了炊事员。

大概因为这里土质不好，人们定居的时间不很长，人口不算稠密，不到两千口人的大苇塘村占有三千多亩耕地，可以说是全县人均耕地最多的。多少年来，县、社都说大苇塘村有潜力，可潜力就是挖不出来。这件事几年来一直被人争论着，有的怨地不好，有的说这里人懒，有的说支部没能力。后来，公社派过一次工作组，给支部加进了两位年轻人：一是田家祥，一是田家贵（这个村的人几乎都姓田，二人同辈，但非近族）。家祥是田福申看中的，家贵是家祥推荐的，两人都当过兵，一起走一起复员的。这二人进了班子以后，村里真是变了气候。虽然实效还没见到，但是生产的确上路了。田福申料理村里的事务，就派这"哼哈二将"带兵去战天斗地，向黑土涝洼地要粮了。

"先治坡，后治窝。"依田家祥的意见，今年按计划把小麦种在村东，留下村西、村南的地明年改种水稻，村北的沙土地种杂粮。现在村西村南这大部分地连一条渠也没有，怎么引水种稻？所以，今冬明春的任务就是修两条支渠，十六条毛渠，把所有的桥修好，并把所有的田都打成方，修起蓄水堤埂。靠这几百个劳动力,在一冬一春内完成这么巨大的任务,难上加难啊!

所有的小队都在野外搭了棚子做饭,棚子外面可以贴批判稿、表扬稿之类。我们就在大队指挥部里。我本来想和别人一样干活,或者去当个小记者或广播员,写写新闻,报道点好人好事的,可是田家祥不同意,叫我当火头军。

"可是宣传鼓动也很重要呢。"我说。

"我知道。"他不屑置辩地说,声音低沉而又坚决,好像谁该他二斗金豆子似的,"听我的。"

每当他说这样的话时,我就感到一种不可抗拒的强力。他的话如军令一样不容人争辩,也没见有人和他争辩。他站在风中,犹如一尊铁像。谁也不知道他思考了些什么,是否经过分析,只知道听他说什么,就去干什么。只有他的眉毛是活泼的,时而欢快地跳跃,像一条蠕动的蚕或一片被风吹动的树叶。当眉毛拧紧时,又像纠缠在一起的铁索,似乎没有什么力量能够掰开它们。在这活泼的眉毛下,是一双不怎么灵活的眼睛,唯其不灵活,反显出稳重、神秘和深不可测。每当这样的时候,我就不敢说什么,甚至不敢劝他吃饭。他有他的心计。虽然他不叫我下去写稿,但新事还是不断地被他收集上来,而且他自己就有写稿的本事。他把这些稿都存着,当上级的检查组要来时,就叫我们连夜抄成大字报贴在棚子的芦席上。这种稿件不止一次受过上级的赞赏,县广播站还广播过好几首他写的诗歌。我记得最清的是这样一首:

恨天无把兮,
恨地无环。
重整山河兮,

建我家园!

苍劲、雄浑,有项羽的豪气,文字古朴,韵律铿锵,我真不知他还有这么一点文采,不免暗暗佩服。他每次汇报工作,第一条总是大批判开路,讲得头头是道,既非应付场面的空洞之词,又无哗众取宠之嫌。我真惊叹他那一张嘴,简直是一个神奇的法宝。在他发言时,我常常目不转睛地注视着那个不断发出各种音节的洞。他能把人家最爱听的材料有声有色地讲出来,不慌不忙,胸有成竹。许多看来是枯燥无比的小事被那张嘴一讲,就成为津津有味的东西。那张嘴又好像是过滤器,能极精细地分出哪些是该讲的,哪些是不该讲的,何主何次,何详何略,一点差池也没有。上司听了会以有这样的下属而自豪,下级会对他佩服得五体投地。看,就是那张嘴,看上去绝不像伶牙俐齿、口若悬河的样子,但你听听他吐出来的那些语句吧,多么富于力量,力量中又浮动着音乐感。时而谦恭,时而激扬,时而哀婉动人,时而壮阔辉煌。他讲起话来从不喝水,却也不曾哑嗓过。许多人讲话都夹杂着些无用的词语,他却压根儿没有废话。我觉得他的舌头可能比别人的灵巧,曾经紧紧盯着。啊,那简直是一个神奇的怪物,舔着,拱着,绷着,时而飞快地转动,时而发出清脆的爆破音,忙忙碌碌,上下左右,居然能表达出那么丰富的内容。在这天才的演说本领面前,竟不会有人以为他是嘴上的本事,最多只是说:"这个人口才行,说什么像什么,清清楚楚。"

为了学习,我曾经在没有人的时候,自己对着空旷的原野练习说话,可总是说不好。在学校里我登台朗诵过诗,歌也唱得不坏,怎么就赶不上他呢?我有点嫉妒他,或者说是羡慕也可以。

开过午饭后,有一点闲空,我就到工地上去干一会儿活。在这里,我才发现田家祥的另一手。他搞的全是计额工分制。每一节土方工程,每一个运石的车辆,都规定了定额,干不到定额就扣工分。在开挖渠道时,他把每个人的活都用尺子量开,坚决地不折不扣地按工程量计工。他的家所在的第十生产队照样分给他一份活,他总是按质量要求干完,一点也不比别人少。

一天晚饭后,我当面揭穿了他的把戏:"你搞的并不是大批判开路……"

"你知道什么!"他蛮横地然而是低沉地训斥我,"不许乱说,懂吗?"

整整一个冬天,大苇塘村人干得热火朝天。为了修筑大小水闸,需要几百方石头,而石头只有到东去三十里外的红石山去运。规定每辆车不得少于一千斤;闲人不闲车,轮到谁,半夜也得上路。邻村的人说见过大苇塘村的妇女夜里光着脊梁拉石头的。田家祥对此不置一言。他觉得没有必要证实其有或无,要吃饭就要拼命。本村人也有骂他的,说是赶着人出劳役似的。对此,田家祥也不置一词,他认为"反正不是给我干的"。

快过年了,虽然支渠已经挖好了,桥也架了,但毛渠工程仍进展缓慢。我看出来,田家祥为此焦虑不安。直到春节前五天,工程仍未停下来,许多人怨言纷纷,有的当面骂他"不顾别人死活"。可田家祥全不理会。他甚至以支部决议的形式提出"大年初一不休闲,吃了饺子接着干"的口号,并向公社和县委做了汇报。

田家祥说话是兑现的。他给每个劳力分了定额,规定必须在初一那天完成。

除夕，我永远忘不了那个除夕之夜。风不大，夜也不怎么冷。我们八个知青没有一个回家过年的。当村庄沉睡下去，疲劳了整整一冬的庄稼人软软地躺下，带着辛苦的呻吟，准备在梦中度过两岁之交的时光，大苇塘村静得出奇，连丁点声响都没有。别的村都是彻夜地响着鞭炮或锣鼓，大苇塘村却死一般沉寂——他们太累了。

这时，我们却连村庄也没有回。田家祥、吕锋、田家贵也都没回家。我们在野地里点起一堆篝火，火光通红，照耀着这旷远幽深的原野的夜。老支书和大队会计田福珍送来了酒和一些菜。田家祥的老爹送来了一瓦罐饺子和几头大蒜。我们围着篝火喝起酒来。

田家祥与往常有些不同。以前他的老爹也来看过他，送点烧红薯之类，他连看也不看，只顾吃，这一次，他收下瓦罐后，把老爹送回很远才回来，回来时眼圈有些红，一句话不说，嘴紧闭着。他大概想他自己的不容易，也想他老爹受的苦了，连这样的除夕夜都不能一起过。另一个不同是，田家祥平常站有站相，坐有坐相，一套从军队训练出来的将士风度。可这一次，他竟双膝跪在地上，手拿一根棍，不时地然而又好像心不在焉地拨着篝火。除了喝酒之外，便是默默地拨火。火光映着他那饱经风霜的脸，映红了他那敞开怀露着的大红球衣。我就坐在他对面，见他时常咬着嘴唇，拧起眉毛，猜想他一定有什么难言之苦。为了打破这种场面，田福申和田福珍说了许多安慰他的话："家祥，我们知道你在这里领活不容易，苦得很。我们在村里总轻一些。你年轻，又好强，不叫你来你也不会愿意啊！今日过年，你回家去看看吧，刚才福广大哥也叫我们劝劝你，家有老小，就算那个人不顺眼,这大年下也得容着点……"

田家祥双手抱着头,默默不语。

田福申又说:"你干了这么多事,好人心里有数,有那么几个不知好歹的人说长道短,千万不要计较,乡亲们,过些日子就通了。眼下你免不了受点委屈,我没少给他们解释……"

田家祥突然抬起头,我见他已经是泪流满面了。

他却没有哭出声来。火光在他的睫毛上闪烁,在他的双目中跳跃。他端起酒杯,说:"福申叔,福珍叔,你们能够明白我的心,这就齐了。我吃的苦不比别人多,没什么。不叫大苇塘村变个样,我不算人养的!"

他莽撞地同福申、福珍碰了下杯,便把整杯老烧酒倒进嘴里。

他又倒了一杯,对我们说:"诸位兄弟姐妹,你们远离父母,水远山长,不肯回家去团聚,为了大苇塘村,你们陪我们吃苦了,我祝你们又长一岁,再祝你们的父母健康快乐,万事如意。"说完,他转过身,朝着省城的方向,跪下去,然后一饮而尽。

这时,我们都哭了起来。但这哭不是悲哀,不是凄惶。我们被这铁一样坚硬的汉子的动情的话语感动了。我觉得心里产生了一种感觉:有这么好的人,死也愿和他死在一块!

福申二人走了。

我们继续喝酒。

然后吃水饺。

我见田家祥拨出一只饺子,谦恭地向着北方,放下,又奠了一点汤,就问:"你在祭谁?"

他小声说:"我娘。她死了快二十年了。"

我算了一下,他是九岁就失去了母爱。

我们把酒、菜和水饺几乎全扫荡一空了。田家祥又跪在原先跪的地方,略带醉意地说:"唱一支歌不好吗?唱歌吧……"

我们先合唱了一个《小小竹排》。

我独唱了《我的祖国》:

> 一条大河波浪宽,
> 风吹稻花香两岸。
> …………
> 姑娘好像花儿一样,
> 小伙儿心胸多宽广。
> 为了开辟新天地,
> 唤醒了沉睡的高山,
> 让那河流改变了模样。
> …………

当我唱完这支歌时,发现大家都睡着了。我的几个伙伴蜷曲在一堆,横七竖八,有个姑娘是枕着身边一个小伙子的小腿,有两个小伙子用棉袄蒙着头。吕锋的手里还拿着一双筷子,也轻轻打起呼噜来。在篝火的那一边是蜷着身子枕着自己胳膊睡着的田家祥。

篝火已经不太旺了,我拾了些棉槐条子扔进火堆,把尚未烧尽的树枝朝火中心聚了聚,不一会儿火势就又旺起来了。在这样的夜里,露宿肯定是要受凉的,可是指挥棚里只有一床被和一条破毯子。我拿出来,把被子盖在女同伴身上,将毯子盖在吕锋和靠着他的几个小伙子身上,总也能挡挡风吧。可是,因为他们睡得散,这两件御寒物怎么也无法掩住所有的人。尤其是田家祥,他自己在一个地方,总不能把其中一件给他独用啊。让他那样躺在那里又叫人担忧。我四下里寻找,除了两个空酒瓶和一只瓦罐,别无什么东西。最后,我拉出一领硬席和一条草袋子,盖在他身上,又在他身子的北面偎上了一道软土。这时,我也觉得夜真有些冷了。但是,他们比我更累,只好让他们睡一会儿,然后叫醒他们。

不知为什么,我却一点睡意也没有。可能是太兴奋了,也可能是有一种保护神才有的心情在作怪。在这些人面前,我总觉得很弱很小,只有当他们睡下去,不再活动了,那种圣母才会有的感情便为我所有了。我感到一种温柔的责任。再说,也有点怕,如果是别人唱歌,我觉得有人在保护我,也可能先睡着的;但现在是别人先睡了,我一个人还醒着,便惶悚不安起来。四野的氛围是那么黑,远近都是黑黝黝的夜色。星空倒是灿烂的,但不热烈,晶亮的星星反而愈加衬出冷寂来。四面八方的村子都不时响起鞭炮的声音并闪过红红的瞬间即逝的火光,越发显得这里的死一般的沉静。

风轻轻地吹动田家祥身上盖着的草袋,有几根草发出簌簌的响声,如同蟋蟀的偶尔一叫。田家祥动了一动,身子蜷得更紧了。他可能感到了冷,而疲劳又像魔鬼一样征服了他。这时,不知一种什么感情驱使我挪到他那边。我把通红的炭火拨向他身边,然后坐在他身边的碎土上,想以自己的身体为他挡一点风。

火光照着他的脸。那是一张多么坚强又多么深沉的脸啊,我不知他的童年和少年的形象,当我认识这张脸时,已经看不到天真和稚气了。好像是一件已经提前做好的铸件，见不到塑造前的原样了。同样，人人都有的五官，可拼凑在他脸上却那么有力，处处透出一种不可征服的力量来。这样的地方需要这样的脸，便造就了这样的独特的面孔。那眉毛像剑，那眼光像闪亮的灯。那张嘴从没吐出过柔软的哀叹、无谓的牢骚，从没说过无用的话，也从未透露自己有什么不幸和痛苦。他好像是专门由大苇塘村向上帝定做的一件工具。拼命地劳作着，用血和汗染成一面旗帜，在大苇塘的野地里飘扬，思虑着大苇塘村的每一件大事，那些事渐渐地变为非由他来做不可了。他要走到哪里去，谁也不知道，他也不说，像谜一样。这是一个忘我的深不可测的精灵，是一位土生土长的好汉。

不知为什么，我忽然想到了《艳阳天》里的萧长春；几乎同时，我觉得自己就是焦淑红！这种想法一产生，便立即像甘霖一样滋润了我的心，那么甜，那么美妙！我曾羞涩地低下头——虽然绝没有人看见——怀疑自己，嘲笑自己。但是，就同妖精附体一样，及至发现，就难以驱走了。呀！奇怪啊。我爬起来，急忙跑到棚子里，在角落里捂着自己的发烫的脸，我怨自己胡思乱想，骂自己神经病。可是另一个我一点也不接受这一个我的嘲笑，反而那样强有力地拉着我又坐到他身边了，而且靠得很近。

我听见他那均匀而长长的呼吸了。

我看见他的嘴角的细微的跳动了。

我在松软的土上一遍又一遍地写着他的名字……

当我醒来时，身上盖着被子和毯子。东方已经发亮，伙伴们全都起来了。他们重新点旺了篝火。瓦罐煨在火堆旁，有几个正在提着木勺舀饺子汤喝。

我睁开眼,像寻找逝去的梦一样寻找地上可曾有什么字。幸好,那写字的地方的细土已经平平展展,像是被什么人用手或脚抹过了一样。

我爬起来,也去小塘边洗了脸,那里的冰并不太厚,而且早被谁打了个洞。

一身轻松、快意在生命的活力里迅速得到恢复。我感到新的一年到来了,我将在生活中找到更丰富的东西,还有那淡淡的刚刚诞生的爱。

天已经大亮了。

当我找到田家祥时,他正坐在支渠堤的那一边,注视着大苇塘村。

"还没有动静!"他把一根树条折断,放在嘴里咬着。

但是,无论怎么说,这时候上工还是有些早,况且是大年初一,总得让大家吃饱饺子呀。

我们没有干等。照田家祥的命令,我们赶着写标语口号、写快板诗、编辑好人好事。我们已经知道,地县两级党委的春节慰问团今天到清河公社,极有可能到大苇塘村来看看。

那次桃色事件过去以后,吕锋并没有受什么处分,田家祥仍然重用他,就像根本没发生过那件事一样,乡下这样的事不算少!成年人老年人都明白:年轻的都馋猫似的,难保不发生偷鸡摸狗的事,谁家房前没有弯弯树!

"把所有的事迹都集在一起。"田家祥吩咐我们,然后叫吕锋过去,小声对他讲了些什么,吕锋就拿了一张绿纸片躲到棚子里去了。

这时,我才发现,吕锋就像影子一样,总是紧随着田家祥。

他们之间从没有什么客气，一个说，一个做，和谐整齐，似乎有一种默契。

一直到九点钟，村里还没有人来上工。我们都焦急了。如果这样冷冷落落，慰问团来了不笑掉大牙？

田家祥一定比谁都着急。但他还是咬着树枝，不动声色地坐在渠堤上默默不语。他不时把咬下来的树枝吐出来，两只手把一团湿土攥得紧紧的。

大约又过了半个小时，田家祥把手中的土蛋蛋扔向老远，然后急匆匆地回村去了。

约莫一顿饭工夫，村里就开始出来人了，虽然走得迟缓，但毕竟是扛着锹镢来了，而且渐渐多起来。我们把各小队分工的地片指明了，小队又分了定额，各就各位，原野上很快布满了星星点点的劳动者了。

庄稼人毕竟是庄稼人，靠干活活着。他们虽然一脸的不高兴，可一旦干起来，就很快平静下来了。他们用镐和镢把坚硬的冻土层刨开，又一锹一锹地把黑土挖起来，当汗水浸渍了内衣，从面上滚下来时，他们就似乎忘记今天是春节了。

傍晌午时，我见远处迤逦开来十几辆吉普车，便晓得慰问团来了。此时，仍不见田家祥的面，一会儿谁汇报情况？我急了，匆忙地朝村里跑去。

我很容易就找到了田家祥。村中的关帝庙前围了一群小孩，我近前一看，出人意料——那里绑着一个人。几个老太太正在朝田家祥求情：

"家祥，你别和他一般见识。他自家的活都不愿干，这大年初一自然不愿下地的，饶了他这一回吧。"

"家祥，好侄子，放了他，叫他下地去吧。"

"看在关老爷面上，叫他多磕几个头，行不？"

....

我真是惊呆了。田家祥果然主持绑了一个出勤晚了的社员！那个社员哆哆嗦嗦、一脸怒气地蹲在庙墙根，显然是没有认识"错误"。田家祥却在那边没事似的抽烟。几个老太太的求情一点也不起作用，田家祥表情平静，若无其事，好像那里不是绑着一个人，而是绑着一只兔子或一头猪。本村本里的，他真下得去手啊！

我有气，冲到田家祥面前，说："你怎么能这样？"

他抬起眼，看看我，问："怎么样？"

"绑人犯法！"我说。

"什么法不法？我就是法！"田家祥蛮横地说，"叫他下地不下地，打扑克！我叫他再打！工分是给我田家祥挣的？粮食是给我田家祥一个人吃的？是我田家祥没干光叫你们干来怎么着？我倒要看看谁硬过谁！"

他全没有放人的意思。

我只好对他说："车都来了。"

田家祥站了起来，对几个老太太说："好了，这个情面让给你们了。"

几位老太太谢天谢地。

田家祥叫民兵给那人松了绳。田家祥带着愠怒之色，刚走出几步，忽又回过头，声色俱厉地说："马上去他家，称出二十斤小麦！罚款十块！"

田家祥走了。

我也尾随他去田里了。

这一天,田家祥又一次显示了他非凡的才能。首先,他极诚恳地用简短然而切实的农民话感谢了上级领导的关怀,然后详细地不无夸张地介绍了大苇塘村大搞农田基本建设的经验,广大干群战天斗地的英雄事迹以及它的典型意义。他把一份可供宣传用的稿子递给县委书记,顺便说公社党委十分关心大苇塘村的工作和生产。又说地、县、社三级领导同志都来这里视察是大苇塘村的大喜事,许多老革命在以前就是这样关心沂蒙山人民的。他说:"我们不能当着领导的面吹牛,但是我田家祥可以说这样一句话:为了给全县带个头,大苇塘村的稻改工作搞不好,我就死在这里了!"

他的这一席话说得领导同志直点头,连听惯了他说话的本村人都不得不佩服他,认为听一次长一次见识,从而确信他们的领导者是见得大场面的。他的话不很长,但每一级领导都能得到些温暖的东西。地委同志认为这是一个好点,而且是他们在大年初一发现的;县委因为有了这样一个典型,许多材料可以变得更充实,这两级领导的称赞使公社领导受宠若惊,极力说这位发言的支部副书记是他们新近选拔的……

"要认真培养啊。"地委书记说。

"把这个典型抓牢。"县委书记对公社书记说。

"一定一定。我们打算这样……"公社书记把本来党委没讨论过的"计划"作为决议向上级汇报了。

"好。"最后地县两级表态,"了解一下他们有什么困难。集中优势兵力,帮一下,就上去了,一大二公嘛。"

这时,田家祥把一张绿色的纸片递给公社书记。那上面是吕锋写的什么东西。

"我们考虑，没什么问题。"团长说。

慰问团十分满意地走了。

我们都松了一口气。田家祥叫大家不要干了，回去好好过年，还说，要骂就骂我一个人，和别的支委没有关系。

他又小声对吕锋说："把那二十斤麦子退给他。"吕锋明白了，约我一起去办这事。我们临走，田家祥又掏出两个熟鸡蛋放进吕锋的口袋里，嘱咐他送给被绑的那人的孩子。

他简直是魔术师，一个凶恶而又慈善的魔术师。

回去的路上，我问吕锋："你那绿片片上写的什么稿子？"

吕锋说："是要求上级解决的困难。"

"都是些什么困难？"

"人工不够，靠咱村人手，今春改完这几千亩憋死好汉的黏土不可能；二要水，没有足够的水，种个屁水稻？三是要化肥、种子、农药，还得要一个技术员。"

"他们都给解决吗？"

"当然，还不是一句话！公社说五天后调全社劳力帮咱们干，那样二十天就能完成。县里说解决种子、农药、技术员等问题；地委书记说让地区农技局里派一个技术员在这里长期蹲点……"

"他们怎么就这么痛快呢？"

"典型嘛！"吕锋说，"为了争个典型，家祥脑子都熬干了！今早他回村还绑了人呢！这不，他叫咱去给他擦屁股；退粮，外加两个鸡蛋。"

我说："田家祥真能干。"

吕锋说:"精着呢!你猜他对我说什么?"

我问:"你告诉我呀?"

可吕锋这鬼东西又咽下去,不说了。

工作组进了大苇塘村。少女思春,写了许多奇怪的信。
　小石榴的乌梅汤解决了大问题。吕锋离开指挥部。
　　密谋。田家门前的"泰山石"。

在大苇塘村的历史上,从来没有过这样宏大壮观的场面:成千上万的劳动者从四面八方的村子里被调遣到这几千亩黑土地上,他们自带着粮食、柴草、铺盖和锅灶。到处是临时搭起的席棚子。被煤烟熏黑了鼻孔和眼窝的女人们总在那里呱嗒呱嗒地拉着风箱,烧水、做饭、炒菜。专门制作水泥预制板的由一百名姑娘组成的娘子军连从山上运来石子,然后在一片空场上造那一块一块的混凝土桥板。四处彩旗飘扬。许多大队带来了收扩两用机。修理工具的铁匠炉共有七八处,火光处一天到晚传出叮叮当当的敲打声。公社医院派出的卫生员三天两头来转一圈,背着十字药箱。白天人声鼎沸,夜晚灯火不灭。好像一个游牧民族,刚刚迁徙到这里。又好像一个结束战争的沙场,壮观、雄浑、混乱、热烈。修渠、打堰,把茅草挖出来,将洼地填平,标准是棋盘路,方块田,地平如镜,埂直如线。在这里,你不用管效率,中国有的是人,全公社四十多个村子,七万多人口,帮大苇塘村整好一片坡地还是不难。浪费当然是不可避免的,可绝不说劳民伤财。县、社、队三级都留有水利专用粮,拨下来一部分就够用。谁也不要以为这是苦不堪言的劳役,不,这是节日,劳动是庄稼人的庆典,这样轰轰烈烈的能吃饱饭的劳动是一种欢乐!大米，做饭；面粉，蒸馒头；薯干，换几桶酒。累了就喝上几盅！当春风裹着黄尘弥漫了原野时，成千上万的人仍然在劳作着、奋斗着，唯一可以享受的是低空中回荡着样板戏……

工程进度很快，清明节前一天，全部土方工程宣告结束。大队人马撤走了，留下三千多亩整修一新的农田。新的水稻种已经运来。干渠开始送水，秧田已经灌好了。等大水一到，进入育秧、整田，再过一个月，插秧就要全面展开了。大队派出四十五位男女青年去外地学习插秧技术。一切都在紧张地进行，但又都是井井有条。

田家祥在这场运动中大大提高了威望。他的意志、力量、铁一样的手段、精明的算计赢得了大苇塘村每一个成年人的赞许。"这小子，说话口口带毛，办事走一步是一步。"这是最一般的夸奖。这里的人已经把自己的命运交给田家祥了。他们无论如何也没想到田家祥能这样呼风唤雨，把事情办得这样大，又这样好。"叫咱干咱干不出这个场面"，连那些素来以大将自居的人也甘拜下风。上了年纪的人公然说："看来，咱们田家的风脉没断。"上过几年私塾的几位老学究一直上推到齐国的田横来证明几千年田姓人家英雄气概的一脉相承。与此相比，田家祥的一切本应谴责的东西全都不值一提，最苛刻的人也只是说他"有时脾气不好"，付之一笑了。

在此之前，工作组就进了大苇塘村，别看只有五个人，但规格不低。组长：县委宣传部副部长老杜；组员：公社党委的一位分管组织的常委，一位革委会副主任，一位农技站站长，一位供销社的供应股长。他们住在大队民兵连部里，那是三间新盖的半草半瓦的房子，团支书兼民兵连长田家贵具体照应工作组的生活。支书田福申在村里忙东忙西，天天和工作组一起，陀螺似的。

田家祥仍然不离开田野。指挥部从黑土野地撤到了干渠配水站的房子里。陪他一起的是吕锋，他现在已经实际上失去团支部副书记的职务，成为田家祥的一名一般社员身份的助手了。

作为一个大队干部，对这样一个握有重权可以"便宜行事"的工作组，采取如此疏远的态度，这无论如何是叫人难以理解的。工作组来到之后，所有的大小队干部都趋之若鹜。田福申几乎把自己是支部第一把手忘记了，他的全部任务在于怎样把工作组的话变为行动。田福珍只在工作组休息时算账，其他时间就是陪他们说话，时而说几句《论语》或《上孟》中的残章断句。民兵连长田家贵闲着就吹在部队上的见闻，有时也和工作组的人扳手，不过常常是故意输给对方。老贫协以为工作组连救济款都管着，常常叙说自家的拮据和节俭。他也常常拿一点青菜萝卜送给工作组，但工作组的剩饭剩菜碗底酒根几乎全被他吃了。妇联主任是个爽朗的人，她知道的风流韵事大约有一千零二个，所以她在的时候，供销社主任笑得连烟也抽不平稳。唯有田家祥，他从来不和这些人闲聊，开会就谈工作。许多会他不参加，工作组也不追问，好像有什么默契似的。我们住在工作组隔壁，有一次我去西墙根倒炉灰，听见工作组长老杜对田家祥说："就这样，全靠你了。"

自从那想法一产生，我就经常想见到他，其实什么事也没有，也没有什么要说的，全部的意图就在于想看到他。而他却很难见到。插秧以后，他常常半夜里回村喊各队的管水员放水。他声音粗犷高亢，在寂静的夜里显得洪钟一般响亮。一听到这声音，我便立即惊醒过来，穿好衣服，扛起锹去放水。我大概就是为此才谋取了一个专职管水员的职务。和我做伴，我们知青组的另一位比我稍小些的姑娘晓虹也当上了管水员。我总想一个人行动，她却老是愿和我在一起。讨厌的热心人啊！她不知道，我多么想一个人，在什么地方遇见他，听听他说话啊！

　　管水是一件很艰苦的差事。三天一水，每次来水几乎都是夜里。管水员要把自己所管的那片地——一般都是二百亩左右——的每一个秧方挖开水口，灌满，不能溢出来，溢出来会流失掉化肥，但又不能灌不上水，黄了苗子也不行。于是每次来水，便紧张得气不够喘的；水满了，再一方一方地堵好。这样忙个大半夜，没事了，便可以休息一天。

　　我的所有的幸福只是在于能经常听到他的声音。

　　"来水啦！"在村里，他喊着，"放水去！"

　　"不准淹了，也不能不满！"在田野，他喊着，"明天我要检查的！"

　　在那漆黑的夜里，这声音如同佛光一样吸引着我。我提着马灯，一方一方地灌水，多么希望他来帮我一下，或者站在旁边堤埂上看我怎样放水，看那汩汩的流水怎样淌进秧田里，看那流水反射的星光怎样闪闪烁烁，似有似无。可是，偏偏他不来。他自己也有分管的一个试验田。有一次我去他那试验田里想帮助他。他已经放完了水，正蹲在田头抽烟。我注视着那小小烟头上的亮光，盼望在他吸烟时那火光能亮一些，照见他那刚毅的脸，照见他为群众不怕吃苦的萧长春精神。他给我们的打火机，我经常装在身上，我希望他有时没带火柴，让我为他点一支烟，可他总是带着打火机，而且一打就着。他在我面前，常常沉默着，但一说话就是高音,好像故意让别人听似的。

"你不会小声点,吓死人!"

"我这个人天生就不会细嗓子说话。"

他要多气人有多气人!我真想说些更重的话,可不敢。我希望自己走路时在堤埂上滑个趔趄,他一把将我拽住……

可是偏没有。他走得很快,步子特稳。我只有认真地快走,才能追上。在那夜色中,我觉得前边那个身影上有一道光环,十分清晰的光环,像佛图上画的菩萨头上的光环一样。我被这种现象惊呆了,但又确确实实地有,特别在我闭起眼睛的时候。

我知道我陷入一种无法逃避的情思之中了。

管水员虽然累,但却省出了别的时间,而且多是白天。别人下地了,只有我和晓虹,我们便各干各的事。她爱看书,织毛衣,给家里写信。我不行,除了看书,我什么杂事也不想干,除非是不干不行。我的剩余时间就是写日记。我想,我有许多话想说,可没有人听,要听的我又不能对他说,只好写日记。日记是一位沉默的忠诚的绝不会挑拨是非的听众。我应当信赖它,和它谈心,和它交朋友。

我经常厚着脸皮写信,没有收信人,也不写写信人的名字,无头无尾,只有情感是真挚的。乡村姑娘常用鞋和袜垫表示爱慕,我也试着做过但那太急人,太慢,无法把我心中的激情抒发得淋漓尽致。我写信,写了许多信。有一次,我把一封信放在大队办公室里,可过了两个小时我又去取了回来。这样的信我写了不下五十封。我不止一次地在信中写道:"我说不出有多么喜欢你。一个肩阔背宽、皮肤黝黑、沉默中蕴含着无穷的力量,健壮魁梧的人,是这么鲜明地体现了我的理想。你在夜色中那熠熠跳动的光环,叫我如此迷恋。你能体会我的愿望吗?哪怕只了解其中的点滴也就够了。我多么想在你身边站一会儿,哪怕离得远一点也好……"

可是,我还是没有这种幸运。他根本不理我,或者是像对待一个别的社员一样理我,在我看来,那反比不理更悲凉。

一次偶然的事情,使我靠近了他,并且向他说了几句离题不远的话。

在发生这件事之前,吕锋被调回大队去教小学去了。据说这是福申的主意。他怀疑吕锋对那次桃色事件耿耿于怀,总在暗地活动搞他,而他最怕的就是田家祥被吕锋利用。田家祥是田福申的领兵作战的大将,是田福申亲自从民兵连长提携起来的,绝不能有半点动摇。工作组开始认为这是多疑,批评田福申不该这样怀疑一位犯有生活作风错误的党员,而且吕锋精明能干,田家祥需要这么一个助手。后来,据说是田家祥主动提出叫吕锋回去教小学的,因为小学里那时有点乱。就这样,吕锋回去了,指挥部里实际上只有田家祥一个人了。

那天晚上,放完了水,我饿了,想去配水站看看有没有什么可吃的,也许有点别的潜意识,但主要是饿。

里面亮着一盏油灯,我一进院门就听见屋子里传来轻微的呻吟。隔窗一看,见田家祥一个人和衣躺在床上,正握紧拳头捶墙。这种奇怪的动作吸引了我,我敲门,进去,一看,才知道田家祥病了。一见我进来,他眼睛亮了一亮,呻吟停止了。他只是咬着牙,不停地拧着脖子。汗珠如豆,从脸上滚下去,枕头湿了一大片。他还是不断地捶着墙。显然,他在忍受着剧烈的疼痛。这个铁一样的汉子,什么都不能让他叫一声苦。

"哪里痛？怎么啦？"我问。

他指指肚子，牙咬得吱吱响。

我要给他揉一揉，他挡住我，说："叫吕锋来。"

"他又不是医生，有什么用？"我说，"我背你上医院吧。"

他使劲摇摇头，以不可争辩的口气命令我："快去，叫吕锋，说我肚子痛得厉害。快走！"

我几乎是以跑百米的速度一口气赶到村里，告诉了吕锋。

吕锋真不愧为田家祥信赖的人。他一边朝外跑，一边问我："怎么回事？"我对他说了，他忽然停下来，打起转转来。

我猜到了他的难处，便说："你先走，我去叫她。"

我去喊小石榴，小石榴懒洋洋地不愿起床："谁呀？黑更半夜叫我干吗？"

"有人病了，疼得厉害。"

"赤脚医生也不光我一个呀，叫男的去。"

我冲到她床前，对着她的耳朵说了一句："是吕锋叫你去的。"

她二话没说，一骨碌从床上滚下来。她一边穿衣，我一边向她说了情况。她急如星火地跑到药房，拿了些什么，又叫我提了一壶开水，便急急忙忙向配水站奔去。

她走得真快，也许是我累了，落在她后边，我走到时，她已经开始煮药。我照她的指示，先给田家祥倒了一盅醋。田家祥一仰头就咽了。我们四个人，一个疼得不能说，吕锋不愿说，我不知说什么好，只有小石榴，她不停地说话，时而说句笑话，可能想借此转移病人的痛苦，也许是向吕锋炫耀她的机智和幽默。她说她一听就猜了个八九，果然是胆道蛔虫；她说她炮制的药叫乌梅汤,喝下去就会好的,这方子是她去一个老中医家偷偷学来的;她说她又和丈夫打了一架,她咬了丈夫一口,因为她丈夫已经打了她九十三次了,她都在墙上画了记号的。锅下的火毕毕剥剥地响,火光映着她的通红的小脸,真如同一朵石榴花似的,那么热烈,那么灼目,那么叫人一看就不能忘记,她真像一个精灵似的,眉目中透着一股仙气,摄人心魄。如果她是我的姐姐,我一定会恨妈妈的不公道,把她生得那么美。我明白为什么她被人说得那么玄,什么男人都能勾引上了(其实多是些谣言)。我甚至因为她的美而淡漠了对吕锋的恶感。

药很快煮好。小石榴一匙一匙地喂,田家祥只喝了两勺就不喝了。他说:"放在那里凉着。"

药碗和瓷匙不时相撞,发出清脆的声响,小石榴在殷勤地扬汤。她不时地瞅瞅坐在床那头的吕锋,吕锋视而不见。什么女人遇到这种冷淡都会不高兴,可她却一点也不,仍然那么馋地瞟他,好像那是一朵百看不厌的花。

药汤稍微凉了些,田家祥捧起碗,一口气灌了下去。

果然,田家祥不一会儿就安静了,这从他的疲倦中可以看出来。

我们都没走。似乎各有心事,谁也不想走。

田家祥合上眼,睡去了。我不想和吕锋多说话。我只注意床上那个轻轻打着呼噜的人。说实在的,吕锋和小石榴最好能走开,只留下我一个人。那样,我会拿热毛巾为他擦擦汗,会找点什么煮给他吃,会叫醒他说说话……但是他们不走,大概小石榴也想我走开吧?可我怎么能走开呢?吕锋也许想让我们走,他可以和田家祥商量什么……啊,这个富有戏剧性的矛盾的世界啊,这么丰富，又这么不协调。

一会儿，田家祥醒了。他见我们都呆呆坐着，狡黠地笑了笑，说："吕锋，送秀兰回去。"秀兰是小石榴的名字。

小石榴走出去，在门外候着吕锋送她。

吕锋迟迟不愿走开。

田家祥瞪了他一眼。

吕锋看看我，走了出去。

屋子里重又寂静下来。我小心地挨着床边站着，问："还疼吗？"

他摇摇头。

"想吃点什么？"

他又摇摇头。

"你真能坚持。叫我呀，早喊妈妈了。"

他说："我是乡下人。"

"你不喜欢城市人？"

他不说话。

我记得，田家贵经常讽刺我们是城市人，有一次田家祥批评他："城市人有什么不好？要是有本事，就挤到城市里去。人是个混劲。"我想，他并不特别讨厌城市人，但也许更喜欢乡下人，乡下姑娘。于是就说："我现在不也是乡下人了吗？"

他笑了笑，不知什么意思。

我问："你上了几年学？"

他伸出拇指和小指。

又问："你当了几年兵？"

他伸出四个指头。

"你也记日记吗？"

他说:"以前在部队里记过,回来就不记了。"

"能给我看看吗?"

"没了,都烧了。"

"可惜。我就没烧,好不容易记的呢!"

"不烧干什么。假话一堆。"

"我记的可不是假话呢。"

"真的?还有这样的事!"

我点点头。

他问:"记些啥?"

这时我的心咚咚跳个不止。我害怕了,我怕说出真话,虽然我迫切要求别人理解,拼命想把内心表白出来,可那是对日记——一个沉默的朋友啊!要叫我当着一个人,一个活人,一个我天天写的人说出来,就怕了。我怕他拒绝,怕他奚落,怕他批评。我支支吾吾不敢说。连我自己也感觉到很狼狈。我镇静下来,勇气渐渐滋生起来,终于回到感情的弦上来了。我背对他,说:"我写你了。"

"写我什么?"

"写,写我敬佩你。"

"我有什么可敬的?"

"不,我说错了,不是敬佩,是,是……"

这时,吕锋进来了。真讨厌!

我没有立即挪开,仍倚着床站着。

田家祥问他:"怎么就回来了?"

"让她自己走去。"

"浑蛋!"田家祥一下子坐起来,厉声斥责吕锋,"这么黑的天,让她,一个女人自己回去,多没良心!"

他下床,看来要自己去送小石榴。

我忙说:"你刚好,别出去。我送她。"

田家祥点点头,向我投来热情的一瞥。

我眷恋不舍地离开了那里,一溜小跑,追上了刚走出不远的小石榴。

"秀兰,我和你一起回去。"

她回过身来,紧紧拉着我的手。

我们俩,在凉爽的夜风中款款地走着,似乎谁都不急着要回村。稻子已经扬花了,丰收在望。田野里潮湿的风带着清凉的只有大地才有的气息。远近是鼓荡着的蛙声。天上是稀疏的星星。艳红的月轮从东方升起,给这幽深的原野加上一团浪漫的神奇的色彩。

"秀兰,你对吕锋真有感情啊!"

"我快叫那死鬼恨死了!"

"你怎么喜欢上他的?"

"我真被他这个鬼迷上了……"

小石榴一边走着,一边朝我诉说:她兄妹两个。哥哥小时上树够槐花充饥,摔下来,伤了一条腿。因为瘸,说不上个老婆,娘就拿她换了这边的姑娘,把她推到火坑里,嫁了一个半憨半傻的呆子。她有心不嫁,又怕伤了娘的心,哥哥当光棍,那就绝了一门的根。嫁到这边,丈夫什么都不会体贴,还经常打她,至今已打过九十三次了。她不要他。别人挑拨她丈夫说她有外心,男人去她家串门,他就傻里傻气地对人说"是她的相好"。她承认她看中了吕锋,吕锋还送了一件米黄色背心和一个绿色府绸裙子给她。可她又不能嫁给吕锋,因为她要是离了婚,丈夫的妹妹,也就是石榴的嫂嫂,就会回娘家来,他们俩是挺好的两口子,石榴不愿破坏这一对好夫妻。所以天天愁,天天伤心,不知流了多少泪。和吕锋好了不长时候,就被大队抓了去绑了,吕锋从此不理她了,她为此几乎天天哭……

说着说着,她走不动了,索性蹲下去,放声大哭起来。

哭声,时而哀婉凄楚,时而激越飞扬,在大平野里回荡着,震动着这如磐的夜。这是一个被命运的绳索缠绕得走投无路的女人的号叫啊!这是一个充满着对生活的爱的善良而又多情的女人发自内心深处的控诉!草木有情,也会流泪;天地有情,天地也会啜泣!她有什么错?她有什么罪?什么人都没有权力责备她,而她可以责骂这个世界。我完全改变了对她的不好的看法,我没有力量去劝她。我抱着她的头,也放声哭起来。我想代替她把无限的痛苦宣泄出来,替她分担一些不幸。我极力找寻是什么造成了这种悲剧,但是说不清,许多不合理的东西使我理不出个头绪来。我只有哭,长哭当歌,长哭当诉……

倒是她先停止了悲泣,而且很快就变得如常人一样了。

她说:"好妹子,甭哭了。什么月老红绳,全是屁话!骗人罢了。过一天算一天,罪是人受的。谁叫咱命苦呢?"

我说:"不要相信命,那是迷信,事是人做的。"

她说:"要是人能自由,我就得嫁给吕锋!"

我问:"那你的丈夫娶谁?"

"娶田家祥的老婆那样的!"

"那么田家祥娶谁?"

"娶你!"

"啊！你疯了？"我大叫一声，"你胡说什么！"

"当我看不出来？"

我上去堵她的嘴。

她哈哈大笑起来——这个鬼怪似的女人！

…………

那天，我一夜没合眼，心中似潮水翻腾。正经话还没说出来，便好事多磨，熄灭了；不正经的话却如石破天惊，一下子捅开了我的隐秘。我怎么能够入睡！这生活的波浪啊……

第二天，我听说田家祥的老婆生病了。田家祥找了一块石头，半埋在他的门前，上边刻了五个字：泰山石敢当。

我不知什么意思。

乡亲们说：这是挡鬼的。

作为一位共产党员，一位支部副书记，带头搞这样的封建迷信活动，无论怎样也无法叫我想得通。他亵渎了他自己，亵渎了党员的称号，也亵渎了我心中的那个形象。

我跑到他家，打算去质问他为什么这样做。

这是我第一次去他家。他从来不主动邀请我们去他家，有事都在大队办公室商量。

顺着硕大的苇塘边的小路，过一条小水沟，塘北边有一座面塘而居的农家小院。几间低矮的草房，像一只蛤蟆趴在那里。房子简陋，全部是土墙，连一块砖也没有。房顶的草已经烂成黑灰色，有几处被风吹卷的地方压着些短木棒和瓦块，有几只鸡正在那里扒拉着找什么吃。院墙低矮，根本不挡人，有两个被雨淋塌的豁口，断垣残壁上蒙着几条破草袋子片。门楼只剩下个骨架，有几把污烂了的秫秸把耷拉着。大门外有一位老汉弓腰在和泥，这是田家祥的父亲田老汉。

从西边和东边都可以通往这里,但宅东种了一片红麻,夹了篱笆,那边路就堵死了。田老汉和泥大概是想在东边再垒一个厕所,已经垒了一米多高了。我从西边转过去,一拐角,就在十分显眼的地方看见了那块嵌入地里的石头,上面果然刻着五个蹩脚的大字:泰山石敢当。

我走进院子,见田家祥正在那里修理他的那双用胶轮车外胎做的土凉鞋——大概鞋襻断了。

"家祥同志,你为什么搞迷信?"我质问他。

他翻翻眼,没答话,又去做他的活。

我一把抢过他的土凉鞋,又扔在地上,那土凉鞋跳了一下,倒扣在地面上了。我说:"那石头,迷信!"

他仍然不说话,鬓角的骨头动了几下。

"什么意思?"我又问。

"挡鬼的。"

"世界上根本就没有什么鬼神!"

"那就挡人吧。"

"挡谁?"

"挡你。"他说完这句话,马上神经质地颤了一下,又改为舒缓的语气说,"家里人身子不妥当,我爹要竖的。这也是乡下的一种风俗。迷信是迷信,可这是长期形成的,老人要做,也只能劝劝,不听,也不好办。所以,毛主席说'严重的问题是教育农民'啊!时间长了,你就明白了。"

他说得有条有理,不慌不忙,我也没有什么好说的。立即感到手足无措了。

"倒水。"田家祥一声吼叫。

我正不知什么意思,忽然见一位妇女从房里颠颠地跑出来,手里提着暖水瓶,拿着茶杯。

"不拿杌子,水放哪里!"田家祥又吼。

那女人惊慌失措地又回去拿出一个四方的大红杌子,边走边用褂襟擦那杌子面。

"叫人家站着喝?!"田家祥头也不抬,好像对他的土凉鞋发脾气。

那女人又去拿了一个小板凳,我这才知道是为了招待我。当那女人朝我露出歉意的一笑时,我才恍然醒悟,这是田家祥的老婆!

无论怎样辩解,谁都不会相信:我只是在这时才确确实实感到世界上有这样一个人存在着。她是人,她是女人,一个有着人的生命和人的权利的女人,而且是田家祥的。她占有一个位置,而这个位置对于田家祥来说只有一个。以前,我知道他有妻子,但像没有一样。我只知道傻呵呵的觉得谁好,就爱谁。岂知,世界上许多值得爱的人是不准爱的,即使他没有爱,至少也有一种东西给他规定了爱的藩篱。我一旦意识到那个女人的存在,马上感到一种可怕的东西在轰击我的感情的内核。梦想变为现实,现实变为轻梦,如此无常!我双手蒙起脸,紧紧地挤压自己的感觉。然后,我把手指松开些,从指缝里看田家祥,看他的女人。

田家祥还在专心致志地修他的鞋。他用一个小铁锤狠狠砸那已经钉进胶皮里去的小铁钉,大概怕磨脚,非要砸进深深的地方不可。渐渐地,我也平静了些,作为应酬,我端起了印有大红双喜的玻璃茶杯。

我还是端详了一下那女人。从后面看,她不失为一个女人形象。瘦弱,但还秀气,至少不能说臃肿。略微驼点背,但不怎么重,只是从衣服的后襟显短可以看出。但正面看,就怎么也不会叫人产生任何美感。她的脸是红色,不是红润润的红,而是全部的没有浓淡深浅的大红,像烫熟了的虾。她的牙齿是黄的,牙根是黑色,而且门牙是向外突出的,由于时常努力掩盖,造成上唇失去了自然的线条,不端正了。我极力告诉自己不要从人家生理上的特点吹毛求疵,可是不行,老是压抑不住,我不能违心地说她美。

但是,她又很可怜。这是一个几乎像奴仆一样生活的女人。从刚才的几个细节中,我看出田家祥一旦吼叫起来,每一句话都像君主的命令一样,这个女人每听到这样一句命令就惊慌失措,可又很卖力地去执行这些命令,似乎她在这个世界上就是为了执行这些命令。她一句话不说,也许说话会带来麻烦,干脆就不说了。在我坐在这里的短短十几分钟里,她做了许多活:提水、沏茶、拿杌子、板凳,回灶房里刷锅,把晒干的柴草抱到草垛上,将房顶上扒草的鸡轰走,为门外和泥的公公送去烟筐……她默默地干着,一句话也不说,也没表现出对我有什么讨厌。她不会晓得我的内心的隐秘,更主要的也许是她根本就不会有另一种表情。

田家祥又问了一些我们知青的生活、劳动情况,还说他忙于杂事,也不能经常去看我们,幽默地叫我不要写信给父母告他的状等等。我觉得全没有味道。我的心里太乱了。不堪设想,他就是天天在这样的家庭里生活的,那女人就是这样一天一天地过。多么残酷的稳定啊,在这稳定中、痛苦的呻吟中丧失着活力和创造性的，我想绝不只是当事人！

田家祥的弟弟和妹妹陆续地放学回家了。我也不便再这样默坐下去，便告辞田家祥，走出来。他的女人也远远地尾随着送我。田老汉看了我一眼，赔着笑，然后又去和他的泥巴。

我又看见那块"泰山石"了！本来我想问清这是为了什么立的，却没有问清，就出来了。田老汉就在旁边，居然也没去问他泰山石为什么能挡"鬼"。当我离开他的家老远时，才怀疑起这石头到底是不是田老汉立的。田家祥说他的女人不舒服，可我怎么没发现她有什么病呢？真叫人大惑不解。

至今，这块"泰山石"的秘密还没有揭破。我只记得那是一块浅白色的石头，突兀地立在那里，很刺眼。

后来，我用化整为零的办法，装作无心的样子，问过几次吕锋关于田家祥的婚姻史。吕锋开始时似是"为贤者讳"，不愿说他朋友的私生活，可禁不住我一再诱问，他也就陆续地说了些，整个历史也就大体连接起来了。

田家祥家里一直很穷，母亲多病，父亲老实巴交，日子总没起色。有时人家劝他母亲："熬吧，熬到孩子娶了媳妇，你就有福享了。"他母亲总是对人家说："咱这穷样的，谁愿意跟咱。"这话给少年时的田家祥很深的影响，他曾经对吕锋说："咱这辈子不要老婆，有也娶不起。"他母亲去世后，连"娶不起"之类的想法也没有了。后来，他当兵去了，在连队里干了几年，又变为非娶一个好老婆不可，一般的姑娘还看不上眼。他父亲多次给他谋划亲事，他都说"过几年，等提了干再讲"。可终于也没提上去，他知道要回乡了。复员前探过一次家，打算开始物色对象，可这时父亲已经给他包办了一门亲事。田家祥去东庄看了那位姑娘,立即回告父亲,不行,绝对不行。

那是一个漆黑的下着雨的夜晚,田家祥从东庄回来,晚饭也没吃,就气呼呼地躺下睡了。父亲和妹妹为他做了一碗鸡蛋面,一边搓绳子一边叫他醒来。田家祥就是不醒。

"怎么了?你不合适。"父亲说,"那姑娘本分、勤快,从不多言多语的,有什么不好?"

田家祥一骨碌坐起来,吼道:"大红脸、黄牙黑根子,难看死了,我不要!"

"你想要天仙女,可谁跟咱?"

"不用你管,我自己找。"

"自己找也是找,我替你操心,找好了,不就省得你费事了?"父亲说,"庄户人家靠干活吃饭,还靠脸?再说,咱穷,有人愿意跟咱这样的就是高抬咱了。"

"穷,还能老穷?"田家祥已经被这个"穷"字压了许多年了。他又一次听见父亲说这个字时,勃然而起,吼叫起来:"抬举?我用不着别人抬举,我自己能混出个人来!"

这时,父亲在床前跪了下去,跪在他的亲生儿子跟前。他那双粗大的、黑色的手扒在儿子的床沿上,仰着饱经风霜、被忧患折磨得麻木的脸,哆哆嗦嗦地乞求道:"孩子,别折腾我了,念我这一辈子不容易,把你们拉扯大,听我这一回,就这一回。咱这样的人家,是不能想三想四的……"

田家祥一下子惊呆了。

他急忙跳下床,搀扶父亲起来,可是他老人家怎么也不站起来。老人泪流满面地诉说着他的艰难,他的最最简单的要求。他求儿子开恩……

弟弟跪了下来。

两个妹妹也傍在父亲旁边跪了下来。

老的，小的，都在哭泣，都在哀求……

田家祥松开父亲，直挺挺地站在床前。他闭上眼睛，默默地站着。他感觉到父亲的手扑在他的脚上，又慢慢抱住他的腿。他清楚地感觉到那一双手在剧烈地抖着。他的心也在随着这双手颤抖。在如此强烈的伦理冲击面前，他必须用最短的时间为自己的终身大事做出抉择，而且基本是只有一次的抉择。他必须选择是牺牲自己的意志还是拒绝老人的乞求。他想叫喊："不行，就是不行！"可叫喊不出来。他想起母亲去世前的遗嘱：听爹的话，他想起父亲一个人，在如此贫困的乡村怎样把兄妹四个拉扯大。大雨里，父亲在野外用蓑衣盖着四个孩子，像一只可怜的母鸡护着小鸡，冰天雪地的时候，父亲深夜为妹妹缝破袄，他那拙笨的手总是难以灵活地用针，几次扎破手指，他和妹妹抱在一起哭。为了孩子，他拒绝了别人再娶的劝告，孑然一身。他已经熬了十几年了啊！在难以想象的艰难中挣扎过来了。恩重如山，情深似海！而今，这样的一位父亲就跪在儿子跟前，这样地哀求儿子牺牲一下自己美丽的愿望，成全这样一个家。田家祥说不出有多么难过，多么矛盾。

终于，他答应了父亲的要求。

当父亲站起来，仰起脸来看儿子时，发现田家祥的泪水泉涌似的流淌着……

"孩子，就算我对不起你吧。"

父子俩紧紧抱在一起，一家人全号啕大哭起来……

就这样，田家祥娶了媳妇——就是现在的这个女人。

结婚以后,他从不提起自己的妻子,也绝少招呼亲友到他家去,他尽量避免一切使用"妻子""老婆"的句子,好像根本就没有那个人。他整天忙自己的事情,家中的那个女人对他来说只是一种物件,一个奴隶。从另一种意义上说,可能是他的意志的一块磨刀石。

…………

就是这样。

一切不过如此。

当我把这一些联系在一起时,曾不止一次地为田家祥流过泪。这是多么悲壮的剧啊!田家祥认了,确确实实地认了!一种深切的同情在我心中产生着,滋长着,我更渴望用自己的爱去润泽那干涸得龟裂的田地。但我根本不知道什么是合理的形式。如果说先前,我曾希望得到他的英雄式的爱的话,那么现在,我是希望我的爱能像甘霖一样,给他以新的美,使他的生活完整些。我自觉得这感情如同圣母一样,纯真,无私,美妙,质朴……

一场震惊全村的事变。田家祥很快地收拾了局面。吕锋大显身手。
关于地基的争论。一枚公章的转移。可爱的孩子们。

乡村八月,田野美极了!

酷暑已经过去,风儿也有了几缕初秋的清凉。夜晚惬意,白日也不是那么难熬了。

被热烈的夏天所蒸腾的田野,什么都长得茂盛极了。村东的高粱地,如同一片绿色的高原,粗壮高大的秸秆像竹子一样挺着,绿色里又含着一层银白。一根根沉重的穗子在上面骄傲地晃悠,正是晒米的时候,灿烂的秋阳下浮动着一层深红色的云,村北的花生，贴地的枝蔓织成了一片绿色的毡。田家坟地的松树，在田野的绿色中也显不出什么特别了。最壮观的还是村西和村南这两大方面的连成一片的稻田，一望无际、平平展展、如湖如海。除了少部分"南特"种水稻已经成熟发黄之外，其余全是青青葱葱，长势喜人。稻花已经谢了，狼尾巴似的稻穗在风中摇荡，发出沙沙的声音。大苇塘村人从来都是看惯了旱田的玉米和红薯，现在忽然换了一种江南水乡的调子，耳目为之一新。他们一个冬春的开拓，一个夏天的管理，没有白费，每一滴汗水都换回了应有的价值。他们望着丰收在即的粮田，浑身舒服得没法提。庄稼人说：咱是有大米干饭、炖猪肉吃着，叫咱蹲牢也干！这回，大米干饭肯定没有问题了，炖猪肉也不在话下，他们要在这令人陶醉的家园里享受吃饱饭的欢乐了，那将是怎样的一种享受啊！

凡是有发言权的大苇塘村人，每当论起功劳来，没有一个不推举田家祥为第一功的。"要不是人家咬住牙根不松口，这年景甭想有！""过一关选一将，咱大苇塘村长出来的不全是蓬蒿，也有大树啊！"被田家祥训过的、绑过的，在劳累时诅咒过他的，被罚过款扣过工分的，如今都满口夸奖起田家祥的铁心肠来。"比起人家田家祥，咱他妈的还算个人——看不到四指远！""人家田家祥，装龙像龙，装虎像虎。"丰收的希望抹去了人们往昔的痛楚的记忆，庄稼人的憨厚和宽容就像这辽阔的田野一样！舆论一旦形成优势，即使有些人有些别的看法，不久也就被公众的热情融化了。

最满意的是工作组，他们为培养了这么个典型而沾沾自喜。老杜不再天天围着稻田转了，只要不在收获前刮一场神风，丰收是绝对没有问题了。他现在经常掐了向日葵的叶柄做棋子,和村民们一起下棋安"大六""五虎"了。一种大将军运筹帷幄、决胜千里的气派油然而生。广播电台、报纸都发表了他们谈怎样抓点的经验。

在这个初秋的日子里,大苇塘村到处是快乐的欢笑,悠扬的歌声,庄稼人是那么平静,那么信心十足。

可是,月底却发生了一件了不起的大事变。在全村党员大会上,选举产生了新支部,得票最多的是田家祥、田家贵、吕锋等五人。福申和福珍都未过半数票。田家祥获得了全票。

这件事震惊了整个大苇塘村,而且很快传到外村,传到公社和县委。但是,选举是有效的。工作组亲自监督,每个人选都经过了酝酿,田家祥临时去县城买农药,没参加那天的选举,绝不会有任何操纵选举、幕后动作之嫌。

按这个结果上报,那就意味着当了二十多年支部书记、被公认为一定要当到寿终正寝才罢休的田福申从此要一下子变为一个一般党员了。这难道还不足以叫人惊奇得咧嘴斜眼吗?

我不是党员,自然不能打听人家党内的事。当听到这个消息时,我立即拍手叫好——萧长春是真正的萧长春了!但是,怎么个报批法,还是个未知数呢。

田家祥一进村就听到了这个事变。他若无其事地去找了田福申汇报了买农药的情况,然后亲自通知每个党员晚上开会。那次会议就在隔壁工作组的院子里开的,我听得清楚。田家祥主要讲了田福申大叔的功劳,讲了他的长处,讲了他怎样培养青年人等,然后叫大家举手表决他是不是可以进支部,结果,绝大多数举手了。

过了不久，新的党支部被批准了：书记，田家祥；副书记，田家贵；委员，田福申等三人。原先是头五名之内的吕锋，被刷下来了。

工作组、党员、干部、群众，对这一新变动很快就认可了，似乎只有这样办才是最好的。

出奇的是，吕锋表现出难以叫人相信的宁静。他仍然教小学，仍然那么快活，那么讨人喜欢。人们认为他这次被刷下来是委屈了他，可他似乎全不在意，仍然那么能干。当我以惊异的目光注意这个桃色事件的首恶分子时，发现他果真是一位活动能量很大的人物。那个小学里，有他一帮子兄弟哥们儿，义气得很。他们经常去搞一套猪头猪下水，换几斤薯干子做的沂河白酒，嗷嗷地喝。吕锋在哪里，哪里就是青年人活动的基地。他多才多艺，能说能唱，会吹会拉会弹，琴棋笔墨，没有哪一样不懂的。这种小秀才是神通广大的。他又讲义气，身上有一分钱或有二十块钱，朋友需要时，他都会一把全掏出来。有一次在县城遇见本村一位老叔借钱，他没有，叫老叔等一下，他马上去把自己新褂子卖了，借给老叔，自己光着膀子回来了。这是个精明通亮而又慷慨大方的人。他要办一个什么事，半个小时前说出来，半个小时后就开始了。他像一团火一样烧遍全村。难怪姑娘媳妇们喜欢他，他太叫人喜欢了。连老人们都说："吕锋这小子，要不是大苇塘村的单门独户人家，玄了！"

田家祥牢牢地拉住他，不是没道理的。

田福申硬把他从指挥部、从家祥身边撤回来，以清君侧，不是没有远见的。可惜他自己老朽了，凭那笨拙的几路解数已经压不住这个热气腾腾的小伙子。

那一阵子，他经常和田家祥在一起说话。

不久，大队革委会的组成人员名单也公布了。革委会主任：吕锋。

我曾经在街头听见人们议论过：

"吕锋当了大队长了！"

"当然。这样他也等于吃亏了——人家当初是选上的委员呢！"

"要不是人家让出来个位子，福申叔说不定小秃子剃头——灯泡光哩！"

…………

可以想象，田福申这个被田家祥硬拉进去的委员，在精神上该是多么狼狈。他认了，他不得不认下这棵苦瓜。他承认自己在自信的梦幻中实实在在地失败了。但他又不甘心。比他更不甘心的是大队会计田福珍，他现在只是一个会计而已了。

对田福珍的打击并没有完。党支部以工作太重为名，专设了一名文书，执掌大队的行政公章，把田福珍的权力又分出了一半。

担任文书这一职务的就是我。

当我从福珍那里拿到这一圆圆的玩意儿时，心里有一种很舒服的感觉。这代表着一种力量。我经常感到这种力量的存在。某某结婚，来开介绍信，当我为他们按上这个戳子时，一种神奇的力量把对方的担忧扫除了，精神为之一振。当我为贩卖豆饼被查收了自行车的人盖上一张证明时，小贩感恩戴德，捧我，或者说捧我的公章为神魔。我曾经想写一首诗，像莎士比亚赞美时间那样赞美我的权力，可是写不好，几次都撕了。这是一种掌玺大臣才有的荣誉啊，我应当珍惜它，并在使用它时充分体味这其中的奥秘。这种心情慢慢延展开去，我开始想这权力是谁给的了。当然，是田家祥给的，他一定知道我喜欢他，所以委我以重任，视我为心腹。我要好好为他办事，像吕锋那样。我不要再去当火头军了，不要再去参加繁重的体力劳动，不用早起晚眠地去夜地里放水了。我感谢田家祥赐给我的这个体面的工作。我要为他负责。

我时常想他，想看见他，想听他说话，想和他说话。我从实际中看出他对我的信任，便以为他是属于我的了。我经常希望能听到福珍、福申他们议论田家祥什么，那么，我就可以去给田家祥说，让他注意。可他们俩虽然常在一起，却什么怕人的话也不说，反倒经常探询我的私事。我真有点怕他们的诘问。他们常从家庭住址、爸爸的职务、工资的多少、存款的数额一直问到个人问题等等，简直要把人剥得赤裸裸的。我不喜欢这种农民式的干涉，但又没有力量堵住他们的嘴。后来我去求助于田家祥。

"什么也不要乱说。"他说，"尤其不能说心里想的。"

"说什么呢？"

他不说话了。

我看着他吃饭，看着他喝茶，看着他抽烟。他吃饭时总是把头放在碗的上方，连一滴汤也不许撒在地上。他吃干饭时是一只手像瓢似的放在下巴下边张着的，有落进手里的米粒立即再扔进嘴里。他喝茶时只加一点点茶叶，多数是喝白开水。烟抽得不重，一只小烟斗，别在腰上，有空就抽那么一下子，三口五口的轻烟吐出，就完了。我有时遐想：以后，不叫他抽烟，喝茶要喝红茶，吃饭时不要那样小家子气，怕撒米就端起碗吃，而且不要用筷子而用勺子……

他变得没有先前那么沉默了，有时还幽默地说几句笑话。记得有一次他讲了这么一个小故事：一个村名叫夏里庄的社员，到北京去看儿子，因为在马路口乱走，被警察抓住了。问他哪里人，他说是夏里的。警察茫然，不知夏里是个什么城市，就又问了一遍。那社员说："怎么？连夏里都不知晓！难道还要叫我告诉你是城关公社吗？"我被他讲的故事逗得快要笑死了！

他有时还很诚恳地做些自我批评。有一次他错把一位去城里拉化肥的人批评了，说人家偷了一袋化肥，后来查出来是仓库少给了。为此事田家祥做了有八九次自我批评。我想，这个人还真有点坦荡呢！便相信了。不久，收割稻子了，我发现他要去外村借脱谷机和柴油机，便告诉他：不如用一般的打谷机，那样可以保存很多稻草，将来可以用这些稻草来做草袋——也是一笔大收入——我在什么材料上看过的。可是他不听，无论如何不接受我的建议。他自己批评自己可以，别人一批就不行，连劝告都不行，虽然实际上他终于没有借脱谷机，但口头上却一味固执自己的看法。仿佛谁要一说他什么不对，就坏了他的江山似的。

他还十分固执地干了两件叫人不能理解的事。一是本村死了一位老人，田家祥不计自己党支部书记的身份，去给人家张罗丧事，还组织村里小乐队吹奏那些封建时代流传下来的老朽的曲子。我去找他，问他为什么搞复古。他说："群众的一切问题都要关心，婚丧嫁娶都要关心。什么是权？不是你的公章，而是人。"一件我占理的事反倒被他说得十分无理！他就是有这种本事。另一件是他居然下放了赤脚医生小石榴，让她离开卫生所，去队里参加劳动。小石榴不干，哭叫，骂田家祥忘恩负义。我想起她深夜为田家祥煎药时的情景，也为小石榴鸣不平。我又去找田家祥："家祥，你真不该。秀兰对你那么热情，你还……"

"就是因为太热情了。"他说。

"你怎么能这么说话！"我斥责他，"要不是人家，你的命怕保不住呢！"

田家祥说："就因为要保我这条命，我才要下放她的呢。她太火了！"

真是莫名其妙，怪人！

但我对这个怪人的兴趣却不仅没有消减，那热情反而更强烈了。我为了看见他，经常找他，借口汇报工作。他虽然经常批评我不会观察人，不会分析斗争、矛盾，只会说些鸡毛蒜皮的事，但我还是喜欢这种批评。因为是他批评我的呀。开会时，我还是经常呆呆地注意那张嘴，听他怎样把人人都会讲的话组织得那么好，讲得那么娓娓动听。他的每一个手势都那么有力，那么生动。他像一个天才的演说家，又像一位指挥大师。掌握一个大队，他从容自如，像一个已经知道谜底的人在给孩子们猜谜语。原先的钢铁一样的气质中又加了些幽默和舒缓，七分阳刚、三分阴柔，把豪爽和含蓄这样和谐地统一在一起，他更迷人了，头顶上那道光环也更加清晰、更加明亮了。

十月末，田里所有的稻子全都收归禾场上了。整个黑土野荡子像生过孩子的母亲似的，显得特别温柔、恬静。原野如此伟大——它慷慨地奉献上一年的收获物，自己在秋风里安然地躺着，准备承受岁末的严寒。一墩一墩的稻茬，像它身上的鸡皮疙瘩，但听不到它一声呻吟，看不见它曾有一点哆嗦。这时，只有庄稼人是欢乐的。他们从来没有见过这样叫人动心的丰收，连具有最长记忆的老人也叹为观止。一大垛一大垛的稻子堆积在场上,像一道道长城,仍然要继续向上增加。穿着长裤却光着脊梁的汉子在垛上排放一捆捆飞来的稻个子,好像演员在表演最拿手的一段舞蹈。打谷机彻夜不息地呜呜叫着,男男女女正在最简单的流水线上忙碌,扎把的扎把,运个的运个,打谷的打谷,扬场的扬场,晒谷的把一麻袋一麻袋的金黄的稻粒运进大仓,大仓装不下,就在禾场上围一个巨大的囤,一个劲地旋折子,一个劲地倒粮食。大苇塘村遍地都是稻草、稻糠,到处都是粮食,到处都能听见歌声:

> 太阳那个一出红艳艳,
> 老百姓那个一心要胜过苍天。
> 吃下了那个三九三伏的苦啊,
> 换来了那个金秋的丰收年……

新粮一下来,田家祥便要分粮。在怎么分粮的问题上,他和吕锋发生过一场争论:吕锋主张按人劳肥三结合分到底;田家祥主张先按人口分。吕锋说这样有利于以后的生产管理,有利于调动劳动积极性;田家祥说先要让人们皆大欢喜。最后,还是服从了田家祥,两个人的分歧也没有公开。不过,田家祥认为吕锋家工分多,吕锋认为田家人口多,两个各有一点怀疑对方的私心。

新粮分过头一拨,各家的粮囤就满了。这在多年来每人年口粮只在二百来斤的大苇塘村,就是晃眼的事情了。庄稼人摸着他们新分来的粮食,看着金黄的稻粒从粗大的手掌和指头缝里流过,许多人趴在囤边上流了泪。

粮站组织人欢迎了送公粮的大苇塘村社员。这个村子第一次就缴爱国粮三十万斤，等于五年内吃的返销粮数。这个最基本的成绩使县广播站至少广播了七篇从不同角度写的稿子。省报在头版报道了这个一年翻身的典型。县委为号召全县向大苇塘大队学习专门发了文件。工作组长老杜因抓点成功而被提为县委副书记，走马上任去了。其他几位工作组成员都有升迁。本县县委书记参加全国农业学大寨会议，在典型材料中第一个例子就是举了大苇塘村，为此中央电视台来此拍了照。公社党委书记参加省的农村工作会议之后，回来就在县农工部当了部长。

所有在大苇塘村成为典型中得到好处的人，都为这个村出了一把力。出力就要有收获，这是金色的秋天嘛！但是每一个得到好处的人都没有忘记一个人，这个人就是田家祥。好像他们的收获物都有从田家祥那里多要的一份似的。作为酬答，他们把田家祥选为公社党委的不脱产常委，选他出席地区积极分子代表大会，并列入主席团成员，记者来为他整理了发言材料。大苇塘村人对一切田家祥能够得到的荣誉都一概给予认可，好像这丰收中没有他们的一份辛劳似的。

我几乎接待过每一位前来采访的记者、通讯员或宣传干事等。除了安排了解对象，提供某些基本数字之外，我还要为他们的材料盖章，并写上"材料属实"字样。我力尽所能地将所了解到的东西全部掏给采访者。除此之外，我还为县广播站写了一篇五千多字的通讯。后来省电台又摘要播发了。我从来没有听到过那么美妙的声音，每一句话都说得我浑身发热，每一个词都流溢着我的热情和爱慕。这是我的处女作，这是我的初恋的声音啊！我怎么能按捺住这种激动呢？我想：我的热情才表达了多么一点，而且是融进去，而不是掩示出来的。从小就爱英雄人物，唱英雄人物，如今我首先发现了这个英雄，并且写了他，这是怎样的一种骄傲，多么值得忆恋的自豪啊！从来也没有像今天这样感到人生是如此的多彩、丰富而有意义。我觉得时代的节奏正随着我的心律跳动，一切美好的东西都在我眼前，在我浑身的血液和每一根神经中。我多么充实，多么幸福。

然而，在这炽热的爱慕之中，我究竟做了些什么呢？在松软的黑土上写过他的名字，在他有病时叫过一次医生，除此之外，就是在他讲话时看他的嘴，做着萧长春与焦淑红的梦。我做得太少了，太不主动太不明显了，我要叫他知道我爱他！

"你听到广播了吗？"我告诉他，"是我写的。"

这一次，他笑了，轻松地说："需要倒是需要。"

"什么倒是、正是的，就是好嘛。"

"你知道什么！"他鄙夷地看了我一眼，像对小孩子说话似的，轻轻出了一口气，说，"阶级斗争，树欲静而风不止啊！"

我不明白，这里还有什么阶级斗争。

我想问他要不要看一本书，《艳阳天》。我在书里夹了一张字条，在那张字条上，我写了一行字："你喜欢焦淑红吗？"

"我哪有工夫看书！"他连睬也不睬，就走了。

沮丧、懊恼、难堪，我真不知怎么惩罚他一下才好，我真想扑上去拧他一下子，告诉他书里有好东西。可是，我不敢，我毕竟是个软弱的姑娘——多情的少女都是软弱的。

他走了，连理都不理我。

我也没看见什么阶级斗争，一切都安静得很。我问吕锋有什么新情况，吕锋说，暂时保密，叫我注意着点就行了。

"活见鬼了！"我想，"整天价就是阶级斗争。"

三秋大忙以后，村里主要进行三项工作。一是冬耕，把全部秋茬翻一遍，人力与机耕相结合，为明年春茬做准备；二是积肥，不能光靠化肥，要大搞农家肥；三是打草袋。吕锋去县农机厂定做了六十多架打绳机和四十多架草袋机。如果把全部稻草都搞成草绳和草袋，一冬春每人可收入八九十块钱。庄稼人又忙乎起来了。

一天，田福申提出要盖房，叫大队给划一块地基。他先找吕锋，吕锋不同意，说："劳力紧，空地尚未规划，明年人翻身以后再盖，你儿子年龄也不咋大。"田福申不罢休，又去找田家贵，田家贵说自己也正要盖房子，便一起去找田家祥。田家祥好像早已经想过这件事了，便立即批准田福申盖房，田家贵的房明年再说。

田家贵气哼哼地走了。

吕锋听说田家祥批准福申盖房，这等于把王八画在他背上了，当然很生田家祥的气。

田家祥不理睬这些。那天县里来这里放慰问电影。开片之前，田家祥讲了一小段话：

"老少兄弟爷们：片子还没弄好，我先说几句话：咱这大苇塘，是他妈的穷得出了名的，今年靠大伙拼命流汗，总算吃上碗饱饭了。这些日子我就想：光吃饱不行，还有住房、穿衣、婚嫁、往来，都得像个过日子样。可是千思万虑，觉得咱翅膀还不硬，有了点粮了，可底子穷，没有钱！今年一冬，明年春夏，咱们拧成一股绳，咬咬牙，跺跺脚，再拼上几斤肉，挣点钱，再陆续解决别的困难，好不好？咱们的日月还不圆啊！所以咱丑话说在前头：谁也不许提盖屋的事，谁占用劳力盖屋都不行，大队也不划地基给你。可以打老屋，用屋土做肥料，但房子也不准今年盖，谁敢动手，我扒他的墙。咱先君子后小人，听不听由你了……但是，有一个人要盖屋，咱得商量一下，这就是老支书田福申大叔。他要盖屋，我作难了。叫他盖，就占用了劳动力，误了农副业生产；有的不叫盖，可他兢兢业业为咱们村干了一二十年了，虽然村子整得变化不大，但他，是没有功劳也有苦劳哇！特殊就特殊这一回吧，好在咱村找不出第二个当一二十年支部书记的人物了。福申叔说不用咱村的人工，这也不好，说什么咱大苇塘村爷们义气，也不能叫他抓亲友来盖屋哇。是不是？所以，我决定了：今年只准福申叔一家动工，本村派八个人帮工，其余缺人他自己找。就这样定了！下面开始放电影。"

一段完整的讲演就这样两三分钟结束了。

谁听了谁说在理。吓住了群众，照顾了福申，证明了自己权力的存在，勾画了一个入情入理办事稳妥的带头人的形象，还隐隐约约地打了福申几鞭子，好人当上了，事情也没办糟……这真是艺术啊！

我想让他到我坐的地方看电影，可是吕锋把他叫走了，而且田家贵也跟着出去了。整个放映时间内，没见他们三人。

散场之前，我就离开了。顺苇塘西岸向北走，快到田家祥家门时，听见那边屋山墙根的阴影里站着三个人，正在小声争吵着什么。

"家祥，我什么事不是让着你的？你却给我来这一套——把鳖画在我背上，你自己充好人，够朋友吗？"是吕锋的声音。

"咱不行，就干受气。你不划地基就不划，咱也没意见，可偏偏把我撂一边,给福申划了一份,这不是特意找我难堪,出我洋相吗?真是人比人,气死人!"这是田家贵。

"说吧,还有什么?都说出来!"田家祥瓮声瓮气地说。

"你知道吗?这个风一起,那些用不着大队划地基,在自家老宅基上翻新的主儿就动心了,他们会去外村找亲友帮工,这样的户一多起来,今冬明春的副业还搞不搞?"

"咱名义上也是个副书记,其实顶什么用?还不是一个人说了算!民主,屁毛!"

沉默。

过了一会儿,闪了一下火光,那大概是田家祥又在抽烟了。另两个也凑在一起对起火来,三个火点在那边忽明忽灭,像幽冥中的鬼火。

我随后墙挨过去时,听见田家祥在小声说:"你们知道个屁!我这样一讲,福申肯定不再盖房了,除非他愿意把什么都输光,那样咱们就更好过些了。懂吗?"

话音停下不足半分钟,吕锋就说:"我明白了,这回还得听你的。"他又转过话来对田家贵说:"福申要是不敢盖,你自己新鞋新袜的,愿先蹚那浑水?"

田家贵还是没有明白过来,仍坚持他的看法,而且隐隐地说田家祥有意挤他似的。

田家祥火了,他的声音也高了,从"嘭嘭嘭"的声音可以听出他在用拳头捶着自己的房子说话:"没出息!就知道盖房、阔气、比别人过得端正些。可你知道不知道自己的翅膀有多大劲?那点道业,没经过半个响雷,就想赴蟠桃会,想得美!我告诉你,通也得通,不通也得通,就是这样。有意见?对我有意见?

059

好，看看大哥我的这房子吧！如果我住的是金銮殿，你们住的是破寒窑，对不起，我跷起屁股让你们打八八六十四扁担！可是，我住的什么样的房子？比你们的高？还是比你们大？我家不像家，人不像人，整天防备着别人暗算，想不到你们也来挤我！真也好意思！长着猪脑子，别人的事能想得有条有理，一牵到自己，就成了'上堂晕'了。给你说明道理，还是分不出个进退来。这就是水平？告诉你，想干就干，不想干就把这事向公社党委说说，辞职，剩我一个人也照样领着大苇塘走社会主义……"

这时，电影散场了，人群四散，熙熙攘攘。这三个人不便在此久待，也就散去了。

他们没有看见我，我也没和他们一起走开。三人的无头无尾的争论使我莫名其妙，我更不知道田家祥预见的东西是否会成为真实，但聪明的吕锋欣然领会了他的意思，想必其中就有些道道。生活到处都是戏，都有悬念。我猜不透其中的玄机，只记得刚才田家祥捶着自家的土墙讲话时的口气，从中可以推想出他是动了情的。是啊，他没黑没白地干着，劳作着，用着自己全部的心计和全部的体力。一切被夸大一下就可以成为恶魔的东西都向他挑战：饥饿、疲劳、严寒、酷暑、疾病，背后的中伤和当面的对抗，不可忽视的政敌和没有温暖的家庭，奸计、陷阱、同事的误解和朋友的责难……然而，他都一个一个地战胜了。这是何等的了不起！他得到的呢？只有名誉。一切的一切都只是说明他在大苇塘村是一个最引人注目、举足轻重的风云人物了。实际的利益呢？都和别人一样：稻谷囤满而已。一切奢求于公共利益的人，看一看田家这陋屋破壁吧！和这位严于律己的共产党员比一比，那谁也没有理由责备他，而只能接受他的批评。

我为田家祥克己奉公的无私精神所感动，我想到他在受了同事们的气之后回家又那样凄冷不乐地生活，心里充满了同情、爱慕和敬佩。

....

后来的事实证明了田家祥的预见是正确的。田福申果然没有盖房，全村人连一户盖房的也没有，整整一冬一春，副业搞得很认真，收入的款项相当可观。大苇塘村在经济生活方面又进了一大步。

到新年前夕，县里召开积极分子大会。此前几天，村子里忽然传出风来，说我和田家祥有什么不正当关系，说我半夜里敲田家的后墙，叫他出来搞恋爱，还说我给田家祥纫了一副有"爱"的字样的鞋垫，致使许多妇女心怀叵测地要田家祥脱下鞋看看。还有人不怀好意地打量我的身体……

乍一听到这流言，我曾哭过，毕竟是姑娘的名誉啊！再说，虽然内心有那么回子情肠，可终究至今未说过一句贴弦的话呀。这些乱舌根的人便如此编派人，怎么受得了。我难过极了，委屈极了，心里像吃了九十九只死苍蝇似的。只有晓虹明白我，常常劝慰我，吕锋也来左哄右骗地叫我宽心。渐渐地我也就安然了。

田家祥在地区开会期间，由田家贵代行职权。有一天，田家贵说现在小学里缺一位老师，叫我去教学，代课。

"那这公章之类呢？田家祥可是没说呀。"我问。

田家贵说："这一摊子事体就先交给支部吧。"

我不能违抗支部意见，只好转给了田家贵。

我认为这是一次政变,是趁家祥不在家之机而搞的"宫廷政变",是一次阴谋夺权。为此,我怀着一颗忠臣之心径直去地区所在地找田家祥。

我把事件的过程对他叙述了,并分析了这一事件的性质。

田家祥笑了起来。他说:"别疑神疑鬼的。回去好好教学。"

"我不会教。我自己还没蜕去学生皮呢。"

他说:"多吃新桑叶,自然就会蜕的。我告诉你,小王,如果现在党组织叫我再去念中学或者教小学,我会欣然前往,连鼻都不皱一皱。大苇塘村的教育真够可怜的啊!多少年来,谁也不拿识字当好的。学好了的和老百姓不合神了;学不好的照样还是种庄稼,谁愿学!我小时候因为想上学,不知惹父亲生了多少气,也挨过打。可是没有了母亲,弟弟妹妹谁照顾?我只好听了父亲的话,下学了。小牛当作大牛使,我什么活都要干,也就再没去上学了。在外边当兵时,听见人家中学生朗朗的读书声,我馋得腿肚子发软,不想离开。为此我恨过别的能够上起学的孩子。现在,不,在部队时我就知道晚了。许多好材料该写,可我写不出高水平的东西,还是不得重用。你和我不一样,你高中毕业生,又能写东西——你写的稿不是连省电台也广播了吗?你说不定以后还能当一个作家呢!在学校里轻快,抽空可以看点书,挺好的,再说,现在有人正巴不得我们这个班子垮台,或者叫我们什么都干不好,看我们的洋相。小王,好同志这时应当挺身而出的。阶级斗争中,旗帜可是要鲜明点……"

经他这么七说八说,扭东扯西,我不由得又相信了他。回乡收拾了一下新工作所需的东西,便高高兴兴去本村小学教书了。从此我成了一名小学教师。

大苇塘村不如先前安宁了。我留恋我的乐园。困境。为回城而奔波。副书记的女儿恨恨而别。在省城里。田家祥的歌。欢聚。惊心动魄的会。我离开大苇塘。

岁月如此迅速,又那么认真地流逝着……

数度春风,几场暖雨过后,绿色很快匀上了才黄不久的杨柳,春田里的剪子花开了,荠菜花开了,福福苗和蛇儿苗花都开了,原野上是一股子盎然的情趣。肥胖的玉米苗和瘦弱的高粱苗轻轻摇曳着叶子。大豆和花牛顶开了土块,像淘气的孩子偷看春姑娘的花衣服。大片平整的稻田还没有灌水,田野上有一种奇幻的气体流动着,如仙马一样奔驰着,大地像一片蒸腾着热气的海……大苇塘村的春天已经和艰难奋战的情景大不一样了。她变得美丽、饱满、温柔而又安详了。

这个春天,知青点又来了几个新兵,其中有县委副书记、原大苇塘村工作组长老杜的女儿杜艳。老杜已经调到别的县工作了。老杜因为和这里熟,便把女儿放到这里,过过场而已。这一点从杜艳身上可以看出来。她三天两头回县城去,在村子里也不劳动,今日这里疼,明儿那里痒痒,就没一天像我那样干过!她和大队干部关系都挺好,今天给这个的孩子打个毛衣,明天给那个的老婆编个杯套。群众反映不好。其他老知青都不大安心,想回城。只有晓虹在卫生所里兢兢业业地工作,从不说个"走"字,谁提起谁夸。因为有省城和当地这两部分,知青内部也分了两派,经常闹别扭。像我们乍来那一年意气风发团结战斗的样子似乎一去不复返了。

大队干部中,还算团结,但矛盾也显露出来,渐渐地公开化了。福申、福珍两个是几十年的老搭档，抱成一团，这是谁都看清了的。他们先是在村里拉党员，可是没拉起来。后又去公社里放风，说田家祥的爷爷曾经参加过土匪队伍，这支队伍的人，后来有的当了汉奸。但查无实据，也没有什么效果。田家贵兼任了副大队长和文书，掌握公章，随时监督福珍的行动，吕锋像条活龙一样全权管理生产，成为田家祥的最忠诚最能干的智勇双全的大将。大苇塘村不安宁，但也出不了什么大事。

我沉醉在自己的乐园里。孩子们成为我的生命。那时课本编得太硬，尤其是语文课本，简直不像个教材。我就自选了一些以前学过或读过的好散文、好小说，作为补充教材，学生们很喜欢。那时课外活动多是让学生劳动，我虽不敢硬顶，可也偷偷改变了这种不像话的时髦。比如：下地干活，我不让学生干太多，总是抽出时间来讲讲怎样写景、怎样写人，还搞一些科技知识为内容的游戏。孩子们都爱听我讲故事，讲我上学时的情况、讲我的理想以及城市里的事情。我讲的都是真话，而且纯正得像澄清的秋水一样，常常闪烁着幻想的光点。我把我想象中的新农村讲给学生们听，他们都心驰神往了，好像要跟我一起立即去那天国一样美好的地方。有一次，田永顺问我："那时，还可以随便绑人吗？"他的父亲被田家祥绑过，大概他仍然耿耿于怀。

"怎么能随便绑人呢？"我说，我觉得谁都应当这样回答学生的问题，"谁都不能乱绑人，那是司法机关的事。"

"什么是法？"

我正要回答，田家祥的弟弟冲上来说："我哥哥说的就是法，以前是福申叔说的是法。"

我怕他们闹起私仇来，便把他们隔开。晚上，我分别找这两个学生谈话。田永顺这孩子很认真，一连来了好几晚上，后来吕小妹也一起来听。我竟把自己所知道的许多方面的知识一股脑儿全讲给了他们。他们是初中生了，大体上可以懂一些了，况且我知道的也不多、不深。

我带着学生们去春游。我尽情地讲述自然的美，讲乡村生活的情趣，讲劳动者创造一切，讲这块土地上优良的传统和许多不好的积习。从白云讲到小草，从露珠讲到大海，从一个个农民的脚印、他们的汗水讲到历史……滔滔不绝，口若悬河，我不知是什么力量给我这么好的演说天才！学生们认真极了。田永顺有一次偷偷对我说："我将来非把大苇塘变成老师说的那个样不行！"

可是，他还小啊，虽然有志气。

就是那个夏天，我刚送走了田永顺这个毕业班，准备接收新学生时，吕锋来通知我：回知青组去。

"干什么？"我问。

"劳动。到生产队劳动。"

"为什么不让我教书了？"

"不为什么。"吕锋说，"公社教育组决定把咱村戴帽的初中班减少一个，这样就得下来几个教师。"

"现在编制不满哩，我教小学也行。"

吕锋摇摇头，面有难色。我反复追问缘由，他一口咬定不为别的，我也非追根求源不行，相持不下。最后吕锋说："你要是怕在生产队干沽累，我可以叫他们安排轻点的……"

我怒气冲冲地对他说："你看扁了人！我是舍不得这些孩子。劳动，我来了近两年了，什么时候怕过累？你说这话真没良心。"

我回生产队劳动了。艰苦,并没什么了不起!我变得沉默些了,很少像以前那样说说笑笑的。所有队长派的活,我从不挑拣,一个劲地干就是。手上重又起了血泡,胳膊又晒得蜕皮,因为抬一架柴油机,我压伤了腰。我躺在知青点里,心里想念那些孩子。我扶着墙站在床上,从方形的后窗上看小学的校园。我多么爱听那里的铃声啊!多么向往那些亮晶晶的眼睛啊!我的眼泪偷偷地在那一阵阵铃声中流淌下来,流淌下来……

我整整一个月没能干活。后来好一些了,还是不能干重活。知青伙伴们叫我去各生产队要口粮。我想这事还可以,去催一下,或扛那么一小袋米,不成问题。谁知,并不那么简单。此时,我们知青已经失去了乍来时那种对农民来说有点稀罕和神秘的东西,加上后来有些人不正经干,有的内部闹,有的和社员闹,还有砸死人家老乡的狗煮狗肉吃的。所以,人家有点讨厌我们,经常当面就说难听的话。我去生产队要粮,队长推会计,会计推保管,不是这个没拿钥匙,就是那个没开条子。为了一个人的口粮常常要跑七八趟。这怎么受得了!我朝吕锋说过几次,吕锋也不下力解决。我气不过,背了一个袋子就去生产队吵,质问他们为什么要卡知青的口粮,他们见我生气了,就不说话了,我自己装了一袋子米,过了秤,就留下个收条,回知青点了。谁知第二天全村都说我去生产队偷米,有的还说我是疯子,发神经等等。

我气得整整一天没吃饭。腰疼、闷气、出力不讨好,连口粮都不给,编派人偷米,不让教书,劳动生活又没人管,绝不像在自己家里……我那是第一次想我的妈妈。我伤心极了,放声哭叫起来。蒙着被子,谁叫我也不起来。伙伴们也不吃饭,他们把一锅米饭放在大门外路上,放上一些人民币,还压了一个字条,写着:请收下我们的血汗钱,买点米。

那天晚上,知青们打点行装,准备去县城闹事,还找了担架,要抬着我。这些我都是后来才知道的。那天,我正蒙着头抽泣,忽然觉得有个人坐到我的床边,而且是个男子。我想,谁来了?

"小王,我来看看你,哭了?"是他!是田家祥说话的声音,"受委屈了。怨我三天没在村里。"

我想起自己的委屈,真想大叫一声,指着他的鼻子骂几句,忽然有一只大手伸向我的脸来,又轻轻地落在我的额头上。

"发烧吗?"他问。

"好像不发烧。"晓虹替我说,"主要是情绪不太好。"

他没有说什么,我也没睁开眼看他。我被那一只粗重的大手把一切都压住了。我静静地感受着这只手的重量和温度。多大的一只手啊,整整盖过我的额头。手比我的额要热些,但粗糙得多,有几块硬硬的茧子可以感觉到。一种微妙的说不出来的味道,感应着我的心。我做过多少梦,希望这只手能够轻轻抚一抚我的脸,或者头发。这是我所敬仰的英雄的手啊。刚强、持重,铁一样硬,精明有心计,牺牲着自己,为了集体辛劳,指挥一个大队并把这个大队搞得这么令人注目……这是一个多么不幸又多么了不起的人啊!如今,他坐在我身边,我又像他患胆道蛔虫时坐在他身边那样,进入了 个多彩的梦境。那种被冷淡和净化的爱又迅速翻腾起来,鼓荡着我的心潮,震动我每一根神经。我真想一下子偎在他身边,娓娓地诉说自己的恋情和辛酸。可是,不能,我不敢,我只能细细地品味这一瞬的幸福。

过了一会儿，很短很短的一会儿啊，他的手拿开了。我只是感到他还坐在我的身边。

令我震惊的是：田家祥哭了。我先是听见他咬牙的一点声响，又感到他在轻微地颤抖，然后就是拧鼻涕的声音。当晓虹说"田书记，给你毛巾"时，我才确实相信，这个素来表情严峻不露声色的汉子哭了。

我睁开眼，见他一双大手抱住自己的头，正面朝着地面抽泣。这细节如同石破天惊一样，震撼了我。他压抑的感情终于流溢出了这么一点点，使我看见真面目了！我只有兴奋，因为是我的不幸和艰难感动了他，他并不是铁石心肠。强者的眼泪可以使弱者投降，我一点也不能责备他，谁也没有理由责备这样一位共产党员，这样一位非凡的支部书记。我更加灼热地爱他了。

他终于抬起了头，对我的伙伴们说："如果有了招工名额，让小王走吧，你们说行不？"

大家想了一下，都说"行"。

晓虹说："论出的力，只要有一个指标，就应当让王晓云回城。"

"你们没意见？"

"没有。"大家说。

"那好吧。"他站起来，静静地站了片刻，像下一个大决心似的。然后掏出两大把荸荠，放在我床头的桌上，就走了。

他走后，我睡不着，想着回城还是留队的大事。不走？难。快两年了，虽然我已经将自己的热情和力量全都使出来了，也多少为大苇塘村的变化贡献了一份菲薄之力。可是，处境怎么样呢？愁吃、愁穿、没有更新的希望，和群众之间总还有那么一条沟不能逾越，得不到爱的抚慰……我确实感到陷入了困境。许多人回城后生活得很幸福，我何必苦淹留呢？本来，我想入了党再说，可现在看来没什么希望，因为我似乎近来一直走下坡路，可怕啊！我没有力量去做那种心口不一的假积极，我真想走，离开这里。可是，走，也难。我是多么爱这片流过血汗，亲眼见它变美了的土地啊！还有那些我教过的孩子，还有那个魂牵梦绕的人。我能离开他，一刀斩断这情思吗？离开他，我将感到多么孤单，多么冷寂，多么空虚！我不敢想下去，我知道我还是深深地爱着他，虽然这种爱几乎没有一点实际的打算。

我拿不定主意。

第二天，我去找他，问："你觉得我走好吗？"

田家祥坚决地说："是的，你得走。"

"你愿我走吗？"

他以同样坚决的口气说："再不走，就更对不起你了。"

我问他什么意思，他不告诉我，只是说：上边给我们村两个招工名额。支部会上一致通过的是晓虹和我。他叫我先不要说出去，"只有办成功的事才能算事！"

那么，就这样吧，他说必须这样，就一定有道理。他是一个周密的人。

好事多磨。万没想到这中间又出了个难唱的插曲。报到县上的两张表，只有晓虹被批准了。我的表被退了回来。

说实在的，这种情况比当初就不推荐还坏，那样人家不会猜忌什么。这么一退回来，对我是一个很大的打击。如果一帆风顺地叫我走，我也许流连忘返、充满许多的悲苦。现在不行了，我一定要走，非走不可！我要弄清这到底是为什么，是我不好还是有人走了后门?

我找到田家祥,没好气地说:"看你办的这事!"

没想到这句话对他刺激那么大!他的脸一下子涨得黑红,像一块烧红了的铁。在那一双眼睛里,好像有两团火。那目光中显示出某种被屈辱之后急于报复的杀气,多么像罪犯狰狞的恶相!他左手捏住腮,狠狠地捏着、拉着,好像要把它撕下来,另一只手抓住自己蓬乱的头发,好像逮着一只狼,一点不敢松动。两道浓眉紧紧地压着,眉宇间集起一个疙瘩,不一会儿那眉毛就跳一跳,好像在挣扎。这种表情在他身上第一次出现过,这是贵族被侮辱以后才有的表情,这是百战百胜的将军被敌人偷袭之后才有的沮丧和懊恼。他不是在批判自己,而像是在寻找对手,或者把损失夺回。显然,他把这件事看得十分重大。他恶狠狠地对我说:"我田家祥生来还不记得有过没办成的事!"

他推出车,像战将跨上骏马那样,疯狂地向县城方向飞去了。

整整两天,我坐立不宁,不知他会闯什么祸。我后悔不该讲那句有损于他自尊心的话,我骂我自己不懂人情事理。晓虹安慰我,她让吕锋去县城找找田家祥。吕锋马上就去了,晚上回来,对我说:"田家祥正在各处跑,我在劳动局找到他时,他正对局长说:'为啥不要这丫头?多好,能干,热情,聪明,从不计较个人得失,就是单纯点,难道单纯也是缺点吗?……'他不叫我跟着他,把我赶回来了。他大概还要去找县委书记,也许还要去地委。"

我们都没有什么好办法。晓虹说真要是我走不成,她也不走了。我严正地批评了她,不接受她的好意,况且也不是像我们两个人交换个指甲刀那么便当的事。我已经知道自己的回城是没有希望了,只是为田家祥而不安。一直到第二天黄昏,我一直恍惚不安,不住地叹息。又因为下了场小雨,什么都湿乎乎的,更加重我忧愁的情绪。点灯时分,听见隔壁乱糟糟的,我无心去打听。晓虹去看了看,回来说田家祥喝醉了,倒在村西的路沟子里,浑身都是泥,是一位走亲戚的本村人发现了,把他背回来的,现在正睡着,给他灌了一点醋,他吐了,吕锋正在给他煮茶……

我很想去看看他,又怕说话不慎,更刺激他的情绪。他是轻易不喝酒的,醉得这样,一定是心情极不好。我把一盒方糖给晓虹,叫晓虹送过去。

雨早就停了,院子里还有些水汪汪。我呆坐在门旁,双手托着腮,什么都想,又什么都想不下去,无数的念头在脑海里打旋。一直到联播节目完了,才听得那边又有脚步声。接着,我们的院门开了,田家祥披着一件旧袄,进来了。从那步态上可以看出,他还没完全醒酒。他没有进屋,站在院子中央,瓮声瓮气地说:"杜艳,你到,你到大队那边一趟。去,去填表!"

这时我才看见他手里拿了一张表,就像我先前填过的一样。

他狰狞地笑了一笑,又一歪一歪地走了。

杜艳打扮了一下,便颠颠地去了。我心里很难受,疲倦地倚在门上瞌睡,却又睡不着。那边传来三两声笑,便听不见声音了。大概在小声说话,或者在填表、盖章。这么个把小时,又听见那边有点动静了,好像是挪动家具的声音,还有断断续续的呻吟声,大概田家祥还在醉酒后的痛苦中。我正要约晓虹一起去看看,见杜艳神色慌乱地进来了,手里叠着一张表,对谁也没说话，低着头便钻进她的房间里，马上就听不见动静，可能因为办完手续，放心了，睡去了。

杜艳临行时，表情一点也不高兴，或者说一直哭丧着脸。她对大队干部一点感谢的话也没有，对田家祥甚至是恶狠狠的。我不明白这是什么原因，也不想问。我把一些书送给晓虹，晓虹哭了，她打好行装，准备和杜艳一起回城去了。这一切都已经在意料之中了。只是晓虹走时，把一些像样的东西都送给吕锋的妹子，还把三张很好的照片也送给了她，这使我大惑不解。她和吕锋的妹子素来并不是这么甚密的，想不到有这么好，还是为了别的？

不几天，我接到妈妈来信，说她有病，很想念我。我也正好想回去看看，便打了个招呼，回省城去。田家祥和吕锋来看我，田家祥说他不久也要去省城开劳动模范大会。我说有空请他打电话给我，并告诉了我家的电话号码。

在家里待着，恹恹的，无所适从。看看书，陪妈妈去看看病，做一点家务。妈妈说我可以出去会会同学或者到千佛山上去看看景散散心，我懒得动，一直像看家狗儿似的在家里转，日子反比乡村更无聊。偶尔也有同学来看我，大多是谈些繁杂琐屑的小事，引不起我的兴趣。我去过晓虹的家，晓虹的妈妈老是说晓虹还没找对象。我说可能刚刚当工人不久，认识的人不多，况且这也不是买一棵白菜那么容易的事。晓虹的妈点头称是，她相信自己的女儿是有心劲的，不会随便找一个人应景的。她问我有没有心爱的人，我说没有（只能这样说啊）。我又问她：怎么样的人才算心爱的人。老太太说："一不见，就想他，那就是爱了。"

这个传统的经验成为一把最简单的标尺，我一下子就用它量出了在这个距离以内的人,而且只有一个人。自从离开大苇塘村,我几乎天天想他。我找出每一个所认识的人的缺点去和他比较,他也就在我心目中愈加高大起来——爱是自己塑造的天使啊!自从省报登出劳模大会开幕的消息,我就天天看报。当我看到田家祥在会上的发言摘要以及选出参加全国劳模大会的名单时,我激动得差点叫起来。妈妈听说我们村的支书如此了不起时,说:"还是老解放区的人好啊!"

我真想说我爱他,可我不敢,一点真情都不敢吐露,因为他从来没说爱我,而且他有着一个血红脸、黄牙齿、奴仆一样的老婆啊!

我几乎天天盼着他打电话来,可是等到报上登了大会闭幕的消息,还不见他的影子,我急了。怕他悄悄走了,我那天一早就起来,想去大会住宿处找他。我刚一下楼,就碰见田家祥。他像一个贼似的蹲在楼房阴影里抽烟。

"是你呀!"我惊叫起来,"你怎么找到的?"

"慢慢找的呗。"他说着,不好意思地笑笑,脸也红了。

"你怎么不先打电话?"

他说:"大城市里的机子都是拨码的,我不会。拨了一次,因为没拿起话筒来,被在场的人耻笑了。他妈的!我不打了还不行吗?再说我真有点不相信拨几个数字就能找到千千万万中的你这个机子。"

"你怎么找的?"

"我昨天用了一天时间,从你毕业的四十九中找起——你的生日是四月九日,这我记清了——一直找了一天。昨天下午好容易找到了。可是不敢进去,就贴了一张烟盒纸在墙上。我想你总会下来的。"

我扑哧一声笑了,忙把墙上那张烟盒纸揭下来,领他上了楼。

妈妈听说大劳模来了,有蓬荜生辉之感。我们母女俩拿糖、倒茶、递烟、让坐,把田家祥弄得不知如何是好。他从来没有显出这样的局促不安来,但这种状态只存在了短短几分钟,便消逝了。他大概忽然想到什么,便坦然自若地靠在沙发上,很有气派、很有分寸地侃侃而谈了。

饭后,坐了一会儿,妈妈说既然散会了,叫我陪田家祥看看省城的几处风景。田家祥欣然同意,说:"俺庄稼人进大城市要是没人领着,非丢胳膊落腿不行。"我和妈妈都被他的幽默逗笑了。

我带了照相机,换了鞋,便同他一起去千佛山风景区。我们从阴坡上,山风特别清爽,虽然已经是夏秋之交,但这样的风还是怡人的。我们拾级而上,浏览着这名山的景色。黝黑的松林里传出呜呜的风涛,墨绿的冬青在灿烂的秋阳下闪着青光。因为我们走的路偏些,人不太多,没有拥挤的人流所造成的烦躁。我仿佛得了神通,一直上到山顶,也没觉得累,就是热些。我脱了褂子,只穿一件粉红色衬衫;田家祥却仍然不脱,但也没流多少汗,只是额头上亮些。

登上山顶时,我们停了一会儿,向四方眺望,眼界开阔多了。省城不是在乡下所想象的那么博大无比,黄河也只如一条线。火车如一条蛇在蠕动,高大的烟囱上冒出的烟和大苇塘村的炊烟也差不多。我问田家祥:"人家说这山看着那山高。你觉得是那样吗?"

"咳。"他轻轻地出一口气，似有感触地说，"俺这样的人，登上这样的山，看看四面这些景，也就心满意足了。"

他突然好像累了似的，坐在一块石头上歇息了。我为他拍了一张照。他还是不站起来。我就问："你累了？"

他点点头，没说什么。可是他真的有点像是疲倦了。我看他那眼睑耷拉着，无精打采的，怀疑他早饭吃得不够饱，便问："你没吃饱吗？"

他摇摇头说："饱了。"

休息的时候，我们谈了这千佛山名字的由来，并且像学者似的讨论起中国为什么一直没有贯串整个历史的宗教，如果说儒教就是宗教，但在"宗教有一个人造的偶像"这一点上又不太符合，而孔子本人就是不相信鬼神的……可惜我们学问都太少，话题也谈不起来。于是，只好再走，去寻找那些不知其中奥秘的佛像石雕。这里的佛像本来是极多的，可惜在动乱中被破坏得太厉害，保存完好的不多了，几处古寺也破坏得残陋不堪。由寺庙联想到和尚，我又找到了一个微妙的话题。

"你觉得当和尚有道理吗？"

"没有什么合情的道理。"他说，"人总是人，谁想当和尚。"

"可为什么老有人当呢？"

他想了半天，说："就是因为没有道理啊。"

我不知他怎么想出这样的偈语似的话，便又问："没有道理，可为什么还有人信佛，佛理不也是理啊？"

田家祥说："世上有许多说不清楚的事，这些说不清的人便找了专讲说不清道理的这种地方来了。"

我笑起来，但田家祥没有笑，他好像早就想过这些深奥的东西了。我承认连参禅也参不过他,只好作罢,便开始照相。

我为他照了几张相,他总是一本正经的,显得笨拙、做作,叫他自然一点,他总做不出自然的姿势。我的责备使他局促不安,但他自己也承认不知道怎样才是自然。我说:"你心里想周围什么也没有,天底下只有你自己,你就会自然些。"他苦笑了一下,说:"怎么会呢。倒不如说天底下已经没有我了,才自然些、舒服些。"

这也许有些道理。我于是不再强求他,教了他一点拍照的技术,让他给我照几张。他答应了。

头一张,他照得拙,照完了才想起没照上我的脚。我叫他不要着急,看好了再按快门。我来到一条涧溪旁边,倚着一棵松树,站定了。这里可以照得上雄奇的峰崖,也可以照得上浓绿的树林,山石是灰黄色的,而天空是蓝色的,动的有天上的云,静的有粗大的树干,小小的涧水既可以配上一点浪漫的亮色,又能给人以声音的联想。我站定了,看田家祥给我拍照。

他看着我,手里拿着相机。我不知他为什么那样看我,因为他从来没有那样看过我。我记得我穿的是一条湖蓝色的裙子,上边的衫子是粉红的。这颜色够鲜明的了。那时没烫发,但也没有扎辫子,就那样披散着的。我不知田家祥为什么迟迟不举起相机来。他痴呆呆地站在那里,眼珠儿转都不转,那副凝滞的表情叫人好笑。

"拍呀,对镜头哇!"

这时,他才慌忙摇了摇头,自知失态了。他这次拍得十分认真,两条腿跪在地上,完全不顾地上的沙砾和尘土,而且用膝左右前后地挪动着,好像最好的艺术家在寻找最好的角度表现他妙手偶得的形象。为了这一张照，他足足用了十几分钟，后来头上流下了许多汗，手也有些发抖了。我既觉得好笑，又觉得有点抱歉，还觉得有几分甜蜜，热情地、可能也略带着得意和娇嗔，微笑了一下，冲着他那认真的傻样子……

就这时，他按了快门。

"你看了我好半天。"我好意地"责怪"他。

他像小孩子似的笑了笑，脱他那褪了色的军装，递给我，说："给我拿着，我上树去给你摸鸟蛋。"

前边一棵高大的橡树，浓密的青绿的树叶完全叫人难以看见有什么鸟。但他非说有不可，我也不好争执，只好看他上了树。

他像猿猴一样轻捷，很快就攀上去了。我看他钻进那浓密的绿叶里，后来又见只有一股不大的树枝晃动，担心地嘱咐他："千万别掉下来啊！"

他说："没事，放心好了。我小时候一天能爬一百棵树。"

他先摘了一些橡果给我，叫我接着，并且说只接一个就了不起。我说："你扔一百个我也能接着。"

呀，当他扔下第一个并且碰到我袖子上时，我才知道上了当——那壳子上的针把我扎得直叫妈。

"你坏死了！"

他哈哈大笑着，从树上爬下来，忙过来看我的手腕——已经有点发红了。他掏出一只鸟蛋，打碎了，用清子敷在我腕上扎红了的地方，然后给我吹几口凉气，说："一会儿就好了。小时我用这办法整过我妹妹。"

"我是你的妹妹吗？"

他不应了，仍憨乎乎地笑着。这时，我才发现了他是这么温厚，这么随和，这么淳朴。一种十分强烈的情感冲动着我，我真想说一点什么，或者依在他肩上。可是，说出口的却是这样一句叫人不满意的话："家祥，这一会儿你挺自然的。"

"反正没有熟人看见。"他说，"我整天紧张得要死，一切熟人好像都是敌人似的。"

"我不也是熟人吗？"

他摇头，说："但我呢，今天可能是你的生人。"

我也笑了。

他说要唱歌给我听。我当然很高兴，因为从来没听见他唱过歌。

他一点矫揉也没有，对着山野，在这人迹罕至的地方，纵情放声歌唱：

> 树上的鸟儿成双对，
> 绿水青山带笑颜。
> 从此再不受奴役的苦，
> 夫妻双双把家还。
> 你织布来我耕田，
> 我担水来你浇园。
> …………

没想到，他的歌喉如此高亢、圆润，好一副男中音嗓子！我热烈地为他鼓掌，他不好意思地笑着，眼睛看着别的地方，脸也红红的了。

"你喜欢这支歌吗？"

他点点头。

"最喜欢哪儿句?"

他说:"顶喜欢的是'我担水来你浇园'两句,多么好!人有了那种福气,也就无所求了。你呢?"

我说我喜欢"比翼双飞在人间"那一句。

这不算大分歧,求同存异,连争论也没有。

最后我说:"咱合一张影,留个纪念,好不好?"

他欣然同意了。

我先让他站好,我把相机放在一块石头上,对好了镜头,把光圈、速度和焦距都一一调整完毕,并且给我留下了地方,然后按上自动阀。

我急忙跑过去,站好,紧挨着他,肩头贴着他的健壮的宽厚的胸脯。我多么高兴!相机里传来咝咝的响声,我把一个不好忍的笑强忍下去,希望这辉煌的甜美的一瞬间赶快到来。我身后就是我崇拜的英雄,我痴情地爱着的人啊!

可是,正当快门要响的那一刹那,他却神经质地跳开去了,我伸手拉他,没有拉住,而快门已经啪的一声响了。

我沮丧地责怪他:"你多讨厌!怎么跑了?"

他说:"有人。"

我看看四周,连个人影也没有,问:"人在哪?"

他惶遽地说:"我忽然觉得有人,一群人。"

"有人怕什么?"我没好气地说,"谁能管着别人照相?"

他怯懦地说:"我这是怎么了?我是不是太自然了?"

多没意思!

我们默默地往回走。下山以后,我请他去我家吃饭,他无论如何不去，像贼似的走了。当他走入人群时，就显出他还是个头挺高的。

我又在家里住了些时日，过了中秋节，才回到大苇塘村。这之前，我收到田家祥写来的一封信，极没意思的一封信，其中还有一个更没意思的字条，写着：

王晓云同志：那卷照片千万不要印！

不印就不印。我只把胶卷冲了，没有印，一直装在我的日记本里。

回到大苇塘村，吕锋向我介绍了些村里的情况，还说到晓虹在城里的工作情况。她问我好，我也有点想她了。当然，更使我感兴趣的还是田家祥回大苇塘村的情景：

吕锋说："那是一天下午，县委办公室来电话说，著名劳模田家祥同志就要回村了，叫我们准备欢迎。咱庄稼人，又都是本村本里的父老兄弟，有什么讲究的。我就想，快中秋节了，倒不如先集体快活快活。就和家贵商量，换了他妈的一铁桶酒，二百斤，又杀了一头猪，炒了两大箩筐花生米，做了四筛子豆腐，吃一顿再说。田家祥是县上吉普车送来的，他们吃了饭就走了。我对家祥说，沾沾你的皇光，叫大家高兴高兴。他说花销算他的。我说别他妈的先讲钱，热闹一番再说。不错，田家祥这天十分和气。他先敬全村父老兄弟姐妹、婶子大娘一杯，然后又敬大小队干部一杯，又敬知青和供销门市部的同志各一杯。都是一饮而尽。反过来，大家又都来敬他，一轮一轮地喝。其中有一半是我给他斟的白开水，不然还不醉死？那样都不行，后来还是醉倒了。许多人说好话，有的是真心，有的是奉承，他全分不清黑白红绿了，只顾答应。有的说'咱大苇塘这一回扬名了，多亏了你呀'，他点头；有人说'咱田家风脉还是挺旺的'，他也点头；有的说'家祥，你到北京开会，见了大官，可得替俺走个后门，给我买点便宜房料哇，人家大笔一挥，三千五千的砖瓦就齐了'……无论说什么他都应着。我几次在他耳边说不要胡答应，他冲着我发酒疯，说：'你知道他妈的屁！我田家祥不是熊包。怎么样？我走过来了，我在大、大苇塘村站着有人高，躺下有人长了！死了也、也够了……'我只好叫别人不要再闹哄他。把他放在苇塘边高埠上，我守了他一夜。他吐了三次，总算安静地睡了一觉……"

吕锋还说："家祥在醉梦里说了几次'相片不能印、相片不能印'，你知道是怎么回事吗？"

我问："还说什么了？"

吕锋说："别的没什么，只是说相片的事。"

我说我不知道。我欺骗了吕锋，不知当时是为什么。可能因为照相时的沮丧还没清除，也可能是有另外一种莫名其妙的失望，说不清。

秋收前后的那一个月中，对田家祥的宣传达到了前所未有的顶峰。记者写稿，宣传部总结典型材料，电视台来拍纪录片，作家来写人物专访，画家来搞素描，大苇塘村一时成为圣地了。我看着这些人都在啃一个人，觉得像滑稽剧似的。记得有一次，记者问田家祥对大苇塘村今后前景有什么打算，当时田家祥茫然地说："搞成这个样就使干了脑子蹬断了筋了，哪还有别的高招！今后，走到哪里算哪里吧。"这话我记得很清，而且写到了日记上去了。可记者在发的稿子中却写道:"田家祥同志说:'作为一个无产阶级的先锋战士,应当不断革命、继续革命,一年一个新样子,一直干到共产主义……'"这不是奇了吗?

田家祥是个什么人,我清楚,吕锋也许更清楚。可这时已经不让说别的了。有人甚至写他妻子怎样为支持家祥工作,任劳任怨……天晓得!

秋收一过,村子里便出现了新的不安宁来。小石榴也公开加入福申、福珍一伙,还有一些过去吃过亏的社员也跟着起哄。据说小石榴的主要意见是晓虹走了以后,田家祥安排自己的妹妹当了赤脚医生,而没有让小石榴重操旧业。

在中国,人身攻击的最好办法有两条:政治的和男女关系的。这两方面,尤其是后一方面,只要有人说,即使是造谣,也有许多人相信。至少,在大苇塘村是颠扑不破的真理。上一次风波平息之后,现在又起来了。矛头是指向田家祥,可我仍是陪绑的,像同案犯或牵连犯。他们的谣言有声有色,说我夜里敲田家祥的后墙约田出来幽会,说田家祥在知青宿舍里摸我的脸、亲嘴,还有的说我曾经借口送水半夜三更去田家祥住的配水站怎样怎样。有人挑拨田的妻子,叫她骂我,可她没骂。我有口难分辩,大苇塘村人在这方面只相信人是坏的,不相信任何当事人的辩白。我无能为力。这使我决心赶快离开这个是非之地了。

更为严重的是,有人传出:田家祥在叫杜艳填表的那天夜里,和杜发生了关系。而这一时期,布告上写着一些奸污知青的犯人的名字,处刑也是极重的。我感到了一种肃杀的你死我活的斗争气氛。

有一天,田家祥找到我,单刀直入地问我:"如果有人问你和我是什么关系,你怎么答?"

"同志关系。"

"有没有别的特殊关系?"

"没有。"

"别人这样问呢?"

"事实不会对人有两种答复。"

他点点头,走了。

大概隔了三天,吕锋进城回来,好像交给田家祥一份什么材料。田家祥挺满意。并且通知吕锋:"明天晚上开全村社员大会,一个不能少。"

"什么地方?"

"老地方——苇塘边。"

果然,第二天下午,各小队都传下一道严肃的命令:"不分男女老少,太阳一落,都到苇塘边空场上开会!"民兵连长还专门为此开了基干民兵会。

我不知这会上要传达什么重要内容,或者听什么重要广播——那几年常常有重要广播——吃过饭便带了个小板凳去那边坐了。秋风已经挺冷,我虽然穿了毛衣毛背心,仍瑟瑟发抖。太阳落山不久,会场上已经不少人了。蹲着的,坐着的,围在一起猜测什么的,凑成一堆抽烟的……谁也不知道今晚的会干什么,所以尽管形式上还不失庄稼人的随便,但气氛却谁都觉得有些异常。

这是一片空场,去年秋为了县宣传队来演出节目,在这里堆了一些土,四周用砖围了,成为一个最简单的舞台。平常除了演节目、放电影,村里很少开全体社员大会。即使开会,多半是田家贵和吕锋主持,田家祥很少在台上出现。他只是使人们感觉到他的决定性力量的存在,而别人只不过是反映导演意志的演员而已,这也就更加强了他的权威。可是,今天他忽然出场,而且亲自主持,这使这次集会带有严重的色彩。到会的虽然不如看电影那么多,但是小孩少,每家每户有发言权的重要人物全来了。空气显得深沉凝重。许多人已经感到:这可能是大苇塘村具有历史意义的一次会,也可能是一场战争。

一开始,田家祥就在禾场上。他披着那件没套罩衣的军棉袄,慢悠悠地迈着稳健的步子来到舞台前边的平地上——他没有登上高台——这使人们更加注意他。

"今天晚上,我田家祥有点对不住父老兄弟爷们。这样累的活,又叫大伙来陪着我受罪,不是个事啊。"他耸了耸肩,把棉袄披得更稳当一点,然后开门见山地说,"今晚这个会,是让大家来一起澄清一下我的所谓的花花绿绿的事。"

这一句话说出来,会场上唰地宁静下来,连抽烟的也不抽了,轻轻地在鞋底上磕出没抽完的香烟火。

我低着头,坐在人群中,听他讲什么。

"我田家祥,生在大苇塘,长在大苇塘,是不是那种浪生浪荡、拿着名誉不在乎的人,这个,兄弟爷们都清楚。就像老人家说的'不剥皮就能看见骨头'。可是,有人说我和咱村知识青年小王有不正当关系……"

我的头"轰"地一炸!这样的事是说不清的,越是大会辟谣,谣就越传得凶。几乎所有的人都不用这种形式表白,因为这样会越抹越黑。所以出了这样的谣言,百分之九十九的都是活活地受着诽谤,无力地任凭污秽的风言风语流传,一直到它自己觉得累了，没有趣味了，就好了。可他，竟一下子抖开了，而且这样使我措手不及，这样突然，我觉得要昏过去了。

"咱们就先落实这一条。"田家祥问，"小王呢？"

全场的人都用眼睛寻找我，一道道目光好像探照灯。

田家祥大概也看见我了，他大声地叫喊："小王，你一不用怕，二不用羞。有没有这事，你当着大家说清楚。这不是你一个人的事，这关系到你的名声、我的生命和大苇塘村的秩序。我是大苇塘村人，大苇塘村人从来没在这样的事上丢过人！"

我不敢站起来，单是许多人看我也就够叫人难堪的了。我觉得一座大山正要把我压得血肉模糊。我迟迟不知怎么说。可是，我又必须说，因为这的确关系到事实真相问题，我的名声问题，田家祥的政治生命问题。我不能在这样的大事上沉默不语。

我站了起来，而且很有力。

我大声宣布："这纯粹是胡说八道。"

"不要坐下。"田家祥说，"我再问你：人家说你在我家后墙下，敲我的墙。有这事吗？"

我虽然觉得他问得太细，觉得没必要再把谣言一条一条地落实清楚。可他已经问了，而且正专等着我回答，我也就一并将事实说出："我在墙影里待过。那天放电影时，你唯独准许福申盖房，别的干部都不同意，你们三人在山墙处争论，我在你后墙边走过，就听了几句，那时我是大队文书，有什么不可听的？就这么回事。"

"再一条：人家说我捧着你的脸……"

"这是放屁！那天我发烧，加上没收到口粮，气病了。田家祥去看我，只看过那一回，当着许多知青，他用手在额上放了一下，试试热,其实只有两秒钟——这事也不是我一个知道,叫别人证明嘛!"

田家祥又找了别的知青,证实无误。

"还有一条:你给我送过开水?"

我说:"是的。那天你在配水站得了急病,我和吕锋、秀兰一起去看你,秀兰拿了药,叫我提了壶水。然后和秀兰一起回村的。"

田家祥点点头,客气地叫我坐下。他转过身,问小石榴:"秀兰,是这样吗?"

小石榴说:"是。不知怎么就传离形了。"

听声音,她有点怕,又有些悔。

田家祥说:"这是一条。还有更厉害的一条:说我奸污了前工作组长老杜的女儿。杜艳已经走了,为了落实这件事,我们大队去了人调查的,什么结果我也不知道。现在就叫调查的人念念材料吧。"

吕锋一下跳到土台子上,念了一张杜艳写的材料。她否认有任何色情行为,而且还大骂了造谣者,最后还分析上纲,说这是一场阶级斗争。吕锋还介绍了县委副书记老杜对这件事的指示:要严厉打击这种中伤革命干部、破坏知青名誉的恶劣行为。

田家祥叫吕锋下去,把材料放进大队档案里去。

田家祥轻轻出了一口气,以十分遗憾的口气批评道:"事情清楚了。我田家祥今天狗胆包天,不得不说说那些传言的人。听到风就是雨,人家说红你说红,人家说黑你说黑,也不问问到底是怎么回事,只管瞎他妈传来传去。行吗?对我田家祥是小事,我他妈的是个死牛,皮有一张,肉也卖不了几个钱。万一人家姑娘禁不住，跳井或上吊死了，咱大苇塘村能对得起人家吗？人家清清白白进来，被咱说得肮里肮脏死去。人家死了，那鬼魂也会天天夜夜围着咱大苇塘喊冤啊！……"

几乎所有的人都低下了头，他们以沉默接受了田家祥的合情合理的批评。有人向我投来友善和抱歉的目光。好像在说：小王多亏你没自杀，不然……

"事弄清了，我再向兄弟爷们说几句心里话。"田家祥苦笑了一下，接着闭上眼，沉默了片刻，像决定讲一件很难讲的事情似的，说，"我田家祥这半辈子有苦也有乐，总的说还是苦多，多得多！我九岁时，娘死了，一领芦席包着，埋了。我的娘死得太早了啊！"他的声音哽咽了。

"我爹拉扯我们兄妹四人长大，不容易，这个，有几分年纪的都清楚。"

田家祥的妹妹已经在旁边号啕大哭了。

"我就是没想到会有人说我男女关系不清，万万没想到！小时候，饿极了，我偷过人家的萝卜，被我爹打了；上学时，我拾到过两毛钱，想了两天，没交老师，给我爹买了胃疼片——他常犯病。我打过人，骂过人，把人家崭新的自行车架划上过道子……为什么没人批评这个，单单说没有的事呢！我的婚姻大事是怎么决定的，这谁都知道。那天晚上，我爹我兄弟妹妹一家跪在我床前，叫我娶那个女人。都想一想，我当时是多么难做人哪！我念爹拉扯我长大不易，小的应当听老的话，我认了。我们一家为此抱在一起哭了半夜。天哪，谁知道……"

田家祥的妹妹已经哭得缓不过气来，几个女人为她捶背。田家祥不时地拧着一鼻涕，用手抓自己的腮，扯自己的嘴角，抓自己的头发,这是他激奋时的动作。

"我认了!"他大声吼叫起来,"我认了!我自认这一辈子在女人上一点幸福也没有了!我那时就想:算了,把一切的一切都放在大事上去吧,放给大苇塘村吧。反正命里注定的吃黄连,就甭想啃甜瓜。好心的婶子大娘,你们看不见吗?我流了多少血,流了多少汗,别人看不见,你们看不见吗?为了修渠拉石头,人家石塘大队书记就是不肯,我曾经给人家下过跪,像孙子一样哀求人家呀!为了这一片水稻,我几乎夜夜睡不着,后来就躺在水闸旁一块破板子上睡,怕来了水听不见白白流失了啊!白天黑夜,风里雨里,暑天寒天,我多少次看着村子,心想:让婶子大娘好好睡觉,尽量少惊动她们,我反正就是苦了,多一点苦少一点苦一个样——还不就是想叫咱大苇塘村人不比人家矮半截吗?在部队里,我没得上胃病、关节炎,可这两年我什么病全得过了!兄弟爷们,我的腿快走不动了,经常疼得受不了;我的胃也不行了,从来不敢吃饱过。我知道为了这两年,我得少活二十年。什么老婆、孩子、家庭,全不顾了,我哪有心思去在人家女人、人家姑娘身上打主意呢!老天要是有眼,可以扒开我的胸膛看看!"

他扔掉自己的棉袄,双手一下子把对襟褂子撕开,拍着自己的胸膛,喊叫:"拿刀子来,让我扒开你们看!"

许多人劝,给他披上袄。

田家祥悲痛欲绝地叫:"人不能想啊,想想这些,我,苦死了啊!王八羔子们还想害我!"他一下子蹲下去,放声哭叫起来。那是一位男子汉的哭叫啊!

我已经没有一点劲儿看他,四周一片哭声,好像死了人似的。田家祥的妹妹已经被人抬回卫生所里了,另一个小妹妹在拉着田家祥,说:"哥,咱不当这官了,咱回家去,咱回家去……"

这样悲痛的场面持续了好一会儿。

田家祥又重新站起来。他咬咬牙,又振作起来。

他说:"咱大苇塘村出了孬种了!这些人整天人活不干,净想高枝占,一霎占不到就觉得吃了大亏,挑三拨四,无事生非。要是光造我一个人的谣也罢了。我在县上就听说:'大苇塘村的姑娘媳妇没一个好的。'老天爷啊,我们大苇塘村都是一个'田'家,一个族啊!"

这一句话搅起了轩然大波。如果说,以前只不过是被田家祥的叙说所感动,那么现在,几乎所有的人都被田家祥传来的消息激怒了。一种全族全村都被侮辱了的义愤,像火一样燃烧起来。越是干树,着起火来越旺。他们决计不能容忍这种每一家每一户每一个男人或女人都受不了的中伤。我们民族原始时代的那种粗犷、剽悍、简单、疾恶如仇、挥拳相向的野劲又返回来了。

青年人在喊:"这是哪个婊子养的说的?把他抓出来看。"

姑娘们在叫:"莫非他家的闺女那样呢!"

成年男子汉在声讨:"日他娘哟!说这样的话就别住大苇塘村!不要良心的东西。抓出来,捏死他!"

女人们在叫:"拉出来看看,是男的割掉,是女的撕×!"

田家祥叫大家安静一下,他叫民兵把三个人推上台去。

这三个人是:田福申,田福珍,小石榴。

场子上沉寂了一下,马上就是如浪如潮的叫骂和诅咒:"小石榴,你这个小骚狐子,你胡嚼的什么?""小石榴,野兔子家猫都能日你,你也以为人家和你一样!""把她撕开!把她的衣服剥下来!""赶出大苇塘村去——不要这块烂咸菜了!"……

田家祥制止大家:"有她一股,可她也是被人利用。她是个群众,一个女人,不要计较她,改了就好。谁也不要打她、骂她了。有我田家祥在,谁也不准动一指头,听着:谁也不准动这些人一指头!!我只不过叫大伙知道,是这样的人兴的风作的浪罢了。"他叫民兵把小石榴送回家。

大家都为田家祥的宽厚仁慈而不平。

这时,台上只剩下了两个人,两个和田家祥共过几年事的干部。

田老汉跌跌撞撞地走到台前,老泪横流地伸出双手,质问弓腰站在台上的福申、福珍:"兄弟,咱是本村本里,本姓本族,你们怎么跟他小孩子一般见识?俺这一家一辈子过得不易,你们编派俺这样的人家,心里也过得去?……"

田家祥叫他小妹把爹拉回去。田老汉还一个劲地说:"人不要良心不行啊!人不要良心不行啊……"

看看福申、福珍,田家祥抽了一支烟。

会场安静下来。

田家祥说:"你两个是当叔的,论说小辈不能指责上辈。可是今天,你们把我逼到这儿来,我得把话说清楚。福申,你当了几十年书记,出过不少力,而且我本人就是你培养起来的。我自以为没干一件对不起你的事。今儿当着全村老少,你可要伸平舌头说话。去年你要盖屋,别人都不准,准了你;丑角谁唱了?我呀,您的侄田家祥,王八画在我背上了啊!就是叫你自己当书记,你敢不?给你一个角色你都不会当!前年,全村人没柴草烧,一斤黑市煤贵到七分五厘,你把五吨好煤指标一口转让给小苇塘砖窑,他们送给你一万块砖,六分一块按一分一块卖给你了，一下子省了五百块。这不是个小数吧？还有福珍，你当了二十多年会计了，别的不说，光救济款你使了多少？除了点上'四清'那年你使的六十元公布过以外，其余全是一个人盖了章领了，你以为别人不知道？我田家祥是干什么的！一九七四年大水淹了宋家庄，你一下送给他们七十棵杨树，好处谁得了？他们为什么给你女儿做了一套六件家具却一个子儿也没收？哑巴吃汤圆——心中有数啊！"

田家祥的话句句打在疼处，咬上一口就下来一口毛、一口皮肉、一摊血！这些事都是关乎每一个社员的切身利益的，好像一支支火把一样，照亮了他的对手的面目。社员们的心里掀起不可名状的愤怒。他们想让田家祥继续讲下去，他们看同一营垒中人的杀戮如此鲜血淋漓，如此泼辣酣畅，像刚刚揭开铁幕的一角一样，他们迫切需要知道更多的丑闻。

可是，田家祥不讲了。他冲着福申、福珍说："怎么办？你们说还要不要继续说下去？"

群众异口同声地叫喊："说下去！家祥，你说下去，问他们干什么——他们还算人！"

"怎么，还让我说吗？"

福申、福珍颓丧地低下头，他们彻底被打败了。

"你们既然不说话，那我就不说了。本乡本里的，我实在没这个兴趣。好汉从家里朝外混，无能的家伙才闹家包子。"他宣布，"今儿的事，谁也不许朝外传，都好好过日了，谁他妈的再烂舌头，就给他割下去喂狗！"

散会了，可谁也不愿走。他们要看究竟怎样发落两只"落汤鸡"。

田家祥毕竟是田家祥，他要把他们的鸡毛全薅光。他用清楚的然而不是太重的声音宣布："把这两个送到公社，马上。别以为咱干了什么私事。也别打也别骂，叫他们向公社党委口头承认个错误，明天早晨再领回来。就这样定了！"

田家祥连看也没再看一眼，披着他的棉袄，坦然自若地走开了。

民兵押着福申、福珍向公社去的路上走去。

大苇塘村的这一场斗争，好像一出戏的高潮一样，太激烈、太尖锐了。我已经完全失去了理智，随着主演者的情绪而激动着。时而恐惧，时而哀婉，时而痛哭失声，时而怒火中烧。变化多端，大起大落，这是怎样的一种艺术啊！开场时，人们对桃色事件还是津津乐道，不到五分钟，一切烟消云散，田家祥又光洁可鉴，熠熠发亮了。他用一把火把人们的情绪从冰点烧到沸腾，又用一瓢水将所有人的泪水引出。庄稼人的一切特点，都被他洞察得一清二楚，使用这些特点像使用筷子一样熟练。一会儿掀起一个波浪，把人们冲得东倒西歪。把无足轻重的择出去，不屑一提；留下对手，又不把对手全部剥光。一切都那么突然，又都那么通情达理。仿佛一切都是不得已而为之，一切都是别人把他逼上梁山。残酷装饰上了含蓄的美，竭尽全力却显出游刃有余。我虽然早就佩服他的能干，但这一次仍是大开眼界，我看得更清楚了。他无疑是农民中最优秀的分子，是一个典范，一个标本。这是可以指挥千军万马的人物，这是一个铁石做材料的艺术家。一场似乎不好对付的战争被他单枪匹马杀了敌人一个落花流水。我更加佩服他，但这佩服之中又含有一种新的东西。我总觉得有些可怕，我不知道会已经散了，独自一个人呆坐在这空场上。也许，我被这石破天惊似的场面吓软了，我没有直面惨淡的人生的胆量和风度。我这么累，这么软弱，丰富的生活使我变得如此空虚，我没有力量站起来了。

"小王，你该走了。"是吕锋的声音。

"哦，哦……"我气喘吁吁地看看他，说，"是的，我该走了，我该走了。"

我抄起小板凳，慢慢走着。我的腿似有千万斤重，但身子又像在半天里悬着，我觉得像在滚热的浑水中洗了澡一样，胜利的战场上我却仿佛成了俘虏，这种难以说清的矛盾把我快要折磨死了。我受不了啦！如果不是扶着一棵一棵的树，我真怀疑自己能否走到我的家——知青宿舍。

这一次，顺利得叫人难以置信。招工表一下来，公社就专门派人来叫我填表回城，而且是回省城，回我的家所在的省城。我并不怎么高兴，确切地说我很悲伤。我莫名其妙地感觉到人和人是如此不同。有的人，像田家祥那样，如钢似铁，百折不挠，愈战愈勇，把生活切磋琢磨灵活运用到艺术的境界了；而我，却如此的无能为力，如此渺小，随便一阵小风就能把我吹到天上，或卷到水沟里。我感到了人的伟大和渺小是如此不同。我真正承认了，我不如一个最一般的人，我没有资格去爱一个像田家祥那样的人。

临走时，我原本不打算去找田家祥告辞的，可是他来了。晚上，明月初照，银辉洒遍幽远的田野。村庄沉睡了，树木沉睡了，一切都如此恬静。我和田家祥就坐在他门前的苇塘边上，秋风吹着芦苇和荻花唰唰地响，白色的芦花、荻花和月光融在一起，衬托着这夜色的和谐和自然。我以为田家祥又要说些"几年来照顾不周"之类的话，便不想作声。

"唉，"他竟叹了一口气，意味深长地说，"真的要走了，像做梦一样。"

我说："真正的梦反倒好，因为它是容易忘记的。"

我们又陷入沉默之中，而且是那么久的沉默。整整有两个小时，谁也没说话，却都心甘情愿地坐着。一切都失去了重量，空间和时间也都处在混沌之中，没有一点界线，没有一样参照物。怨愤和感激，高兴和悲哀，记忆和向往，爱和恨，可怜的，可怕的，可惜的，全都搅在一起，不存在，又都一阵阵泛上心头。便纵有千种风情，待与何人说？待与何人说！

"好吧。"他说着，站起来，"明天有拖拉机进城，我就不送你了。"

"好吧，我一个人走……"我本来也想淡淡一句话了结过去所有的一切的，可当说出"一个人走"这几个字时，忽然感到一阵心酸，泪也禁不住淌下来。当初进村时，我们一伙人，带着理想、带着火热的心，扑到这田野上贫困而荒疏的村庄，而大苇塘却给我们看了吕锋被绑那可怕的一幕。生活像戏剧一样演下去，最后连我实际上也绑在古老的大树上示众了，都示众了。每一个演员都是好角色，因为都在生活。几年来，流了汗，流了血，血汗流走了我们珍贵的年华。大苇塘村变化了，富了，有名了，一切人都得到了应当得到的东西，唯独我什么也没有，一无所有！星星记得我，田野记得我，每条小路都记得我，他们知道我把多少水放进田里，又把多少稻谷放进生产队的仓房。可是，我收获了什么？收获了一身脏水，下场就是灰溜溜地离去。我这两天，又围着村庄，走了每一条走过的小路，又看过当年除夕燃起篝火的地方。我晚饭后双手抚摸着我的宿舍的门框，抚摸着房子的墙壁，告诉它："我走了，陪你住过这么长时间的我，就要离开你了……"天哪，生离死别，草木有情，我怎么能舍得呢？

我告诉田家祥："我觉得这几年，我屈得慌……"

"到底怎么回事？可以说清楚了。"他说。

是的，反正我要走了，什么也不怕了，可以和盘托出了。我止住泪，冷静地对他说："告诉你吧：人家的传言是对的。就那么回事。我爱你。现在，对照你的能力、你的意志，我不配爱你；对照法律，我明白了，我不应该爱你，也许还有点不敢爱你。但是，我走了，我还是要说，我没想过非分的东西，我只是爱你，爱你而已，虽然为此受过许多的折磨……"

"至今还这样？"

"永远这样！"

我把长久的积蓄全集中在这几个字上，说完就蓦地站起来，离开了。

他没有动。

我走过几步，回头看他时，他已经倒在塘边的草坡上了。他的头在地上左右滚动，双手抓着坡上衰枯的秋草，似乎连土也抓起来了，两只脚在缓慢地但十分有力地蹬着坡上的土，一些碎土块滚到塘里，发出清脆的声音。月光下，他在打滚，他在抽搐，像被巨大的疼痛折磨得死去活来的病人，那年患胆道蛔虫症时也没到这个程度。最后，他趴在地上，呜呜地哭起来。

我怕，我不敢再停留了，我学到了坚强、坚忍和残酷，我勇敢地离开了他。

第二天，没有人送我。吕锋是那天晚上来的，看了一下。他没有安慰我，挽留我，却对我说："走吧，都走吧，我总有一天要离开……"早上,我把铺盖整个地卷在一起,用麻袋装了,扔在拖拉机上。步行出村,当经过田家门口时,我停了下来,闭着眼沉默了一小会儿。我不敢多想,也不敢多看。田家祥正挥着镐,在那里发疯一样地挖他那块"泰山石敢当"。

他的妻子,那个奴隶一样的女人,急急忙忙跑上前来,送给我一个小包。她说:"小王妹子,任别人怎样说,我知道你是好姑娘。累了这多年,也没人给你添一件衣服。我给你做了一件,拿去穿上,甭觉得大苇塘村人没个人情味。"

我接过来,看着。这是一件做工很细、花色幽雅的褂子。不知为什么,我抱住她的肩,叫了声"好嫂子",便怎么也忍不住泪水了。

我顺手把一只打火机送给了她。我告诉她:"这是我来村里第一天,田家祥送给我们知青的礼物,也是唯一的礼物。我走了,还给你吧……"

田家祥已经拔出那块"泰山石",使劲掼在地上,"咚"的一声响。

当他转过头看我时,我也转过头,大踏步离开了大苇塘村。

我没有回头,我不敢回头。

我怕任何一枝细小的树条把我挂住,我怕离村之前再出现任何变故,我怕别人跟我说话。感叹自己如此悲冷地离开,又庆幸这冷漠中的宁静,任何一点波折我都经受不起了……

美丽的沂河夜景。我和吕锋畅叙阔别之情。我向他提了几十个问题,他索性从头说起。我认识了热梦似的历史。

不知什么时候,月亮升起来了。皎洁的月华和凉爽的夜风一起溜进来,叫人好受得不行。四周静得很,没有鼎沸的人声,没有喧嚣的车鸣马嘶,连蝉也藏在露湿的绿叶里困觉了,只有蟋蟀在断断续续地轻轻地吟唱着即将到来的金秋。

"毕业后打算干什么?"吕锋捅捅我问。

"这说不定。反正正在分配,我抽这个空来旧地重游。"我说,"我想写一篇关于农民的论文。"

"农民?哪一方面?"吕锋问,"这可是一个大海一样的题目啊。"

我说:"是的。但我这次只想把重点放在农民的心理上。"

"这我就不懂了。我是学经济管理的。看来我帮不上你什么忙啦。"吕锋一九七七年底考上了省农大专科班,毕业后分到了行署公社工业局。

"不。我正要找你帮忙,也许只有你才能帮上这个忙呢。"我说,"请你帮我解答一些问题,关于一个人的。"

"谁?"

"田家祥。"

吕锋轻轻笑起来:"还是田家祥,你还没忘记他?"

"永远忘不了。"我说,"而且印象越来越深。"

"是爱吗?"

我摇摇头。

"恨?"

我又摇摇头。

"淡淡的思念?"

"不。"我轻轻吐出一个字。

"痛切的怨愤?"

"不。"我又吐出同一个字。

"混沌的，杂乱的，既有这又有那，又好像什么都没有，真真实实的人却又是飘飘逝去的梦？"他问，"或者，说不清？"

我还是难以宁静的。只要提到田家祥，我不到几分钟就会激奋。无数的旧线全挤在现在的一个针孔里，我又慌乱了。被旧情冲动的心血又涌动起来，冲荡着我的神经，像洪水流过干涸的河床。我说："是的，说不清，是说不清。但我不愿老是担着这一笔没有了结的乱账目了。我有许多问题至今不清楚，我请你帮我一下，算清这一笔账，到底是我欠他的还是他欠我的……"

吕锋看看窗，又看看表，说："天不早了，明天再谈吧。"

我说不行，一定要今晚谈清楚。

"我这不是倒了霉了吗？"吕锋说，"安排你食宿，还要给你讲故事！你却连一块糖蛋儿都舍不得招待我。"

好，他答应了！我拿出从省城带来的糖块水果和点心，叫他边吃边讲。

"好吧，你先提问题。"他说，"拣我能够解答的。"

这时，我觉得有那么多的问题一齐涌来，像一群小孩子围在我身边，都叫喊"先给我讲、先回答我的问题"，我只好慈祥温厚地抚摸着这些"孩子"，叫它们静一静，一个一个地讲。于是，我代表这些"孩子"，也就是我自己，向吕锋提出了几十个必须回答的问题：

"我看出来了，你和田家祥的关系非同一般。你俩到底有没有什么默契？为什么单单是你被人绑在大榆树上？因为后来我知道和小石榴有那个关系的也不是你一个人。你后来绝口不再谈恋爱，就为了这件事吗？田家祥为什么大年除夕也不回家，而且为了应付检查，不惜把社员强迫赶到地里？又为什么跪在篝火边流泪？他为什么对工作组那样疏远，若即若离？田家祥为什么埋那块'泰山石敢当'？那次选举，到底是怎么回事？为什么把你从当选人中刷出去？为什么下放小石榴却让我当了文书？而后为什么又叫我去教书？田家祥为什么对福申盖房持那样的无原则态度？我们要回城时田家祥去看我，有什么别的原因吗？他真的想把我送去当工人吗？和杜艳到底有没有那么回子事？他在省城里那么殷勤地找我，可当我要和他合一张影时，他又躲开了，这是为什么？他为什么爱唱那支歌？田家祥从省城回来后为什么那么放纵自己，喝得酩酊大醉？他为什么开了那么一个叫人回肠荡气、惊心动魄的会？他的哭是真的吗？为什么敢押送福申却又叫第二天放回来？我离开那天，他刨出了那块'泰山石'，为什么？你和他很好，为什么竟想起去上大学？现在你和他还是很好吗？……"

"好了，就这些吧，多了我也记不住。"吕锋呷了一口茶，闭上眼想了一会儿，大概是整理了一下我的问题并决定自己怎么回答，然后对我说，"这么一大堆问题，叫我怎么说呢？这样，我索性把我所知道的有关田家祥的事全讲出来，哪些是你需要的，由你自己选去吧。"

"好。"我就希望他能把秘密一股脑儿倒出来。我找出一个记录本来。

吕锋滔滔不绝地讲起来：

"在大苇塘村，我家和家祥家原是最穷的两户。他家祖祖辈辈老实得像眠蚕一样，怕官、怕兵、怕匪、怕水旱灾害，连树叶掉下来都怕砸着自己的头。后来母亲又去世了，兄弟妹妹四个，只知道要吃要穿，喊冷喊饿，没一个能干的，全由田老汉一个人担着，能不穷吗？我家是单门独户，我爷爷、父亲都当过小货郎，因交不起租子，和财主闹了一场官司，家破人亡，爷爷挑着一个担子，领着一家逃荒到了大苇塘村。

"小时候我和家祥就总在一起玩。白天一起放牛、割草，晚上一伙捉蝙蝠、砸面蛋、照麻雀。夏天在一起洗澡抓鱼，冬天，一起去野地里捉兔子。那时我和家祥各喂了一条黄狗，真是两条好狗啊！虽然瘦，但却矫健，忠诚，吃得苦，追兔子时并力合作，累死也要把兔子逮着。家祥曾对我说：'咱俩长大了也要像这俩狗似的！'我说对。那时就挺义气了。我从家里带的红薯，每一块都要掰成两半，扔到半空中，让每条狗都各自跳起来接一块吃。

"有一次合作化工作队的几个干部在大苇塘里洗澡。我和田家祥看见他们除了长裤之外，里边还穿了小裤子。田家祥拉着我，指着他们的衣服说：'咱长大了也要有这玩意儿！'我说一定得有，而且要穿两条小裤子。我还说长大了一定要买很多馒头给父母吃。家祥说：'咱自己也得吃，五天吃一个也行，但不要像工作队那样大口吃，咱要掰成一小片一小片地吃，好好品品他妈的馒头的滋味。'我也同意他的看法。那时我们是很少吃到面食的。

"因为是单门独姓，我们吕家做事格外小心。每年过年我们一家都要给田姓的每一个长辈磕头。父亲对我说过：'咱门户小，不比人家，拜年是一户也不能落的。'我每年初一磕一早晨的头，累得很，厌极了！我每次在田姓长辈面前跪下去时，就想：我他妈的真是倒了霉！谁都比我大，连'田'字也比'吕'字大，什么时候才能叫别人给我磕头呢？也许长大了就行了。可是我的父亲不是大了吗，怎么也没什么人给他磕头？真叫人憋气！田家祥虽然占了个大户姓氏，可他家那地位和我家差不多。年初一这天，他家总是很晚才开门，即使有一两伙去拜年的，也叫不开门，后来也就没人去了。有一年除夕，田家祥刚给母亲上完坟，眼泪汪汪地回来，却发现自家的猪从圈里跑出来——可能是饿了——被大队民兵逮去了。那时大队强调谁家的猪都不能野着。虽然别人家经常有野在外边的猪，但从没有被逮过的，独独田家祥家的猪偶尔出来，便被逮着了。大队叫他家拿出二十斤小麦，或者罚十块钱。他家哪有那么多小麦！过年连饺子都吃不上呢！钱更没有。大队干部竟把那头九十多斤重的猪——田家唯一值钱的家产——给杀了！田老汉只知道打孩子，除此之外就是双手抱头哭泣。田家祥愤愤地说：'我长大了，非杀这些大人不行！'田老汉吓得双臂一下子把儿子的头抱住，用胸口抵住儿子的嘴。当他松开手时，田家祥趴在爹的怀里死命地哭叫起来。

"那年春天，我记得很清楚，我和家祥在野地里挖野菜。篮子满了，我们躺在松软的春土上，看着灿烂的春日和天上朵朵白云，一起发泄许多的不满。我说：'家祥，咱长大了可不能再吃人家这气。'家祥一骨碌爬起来，跪在地上，对着我，握紧拳头，发誓一样地说：'非他妈的混成大苇塘村顶厉害的人不可！你呢？'我说：'你第一厉害，我第二厉害，行不？'他伸出手指和我拉钩，还赌了咒。

"可是一直没有机会。像大人不被人家重视一样，我们小孩就更不被人家重视。家里供不起，我们都上不起学。家祥上完高小，考上中学却没去上，说得在家劳动帮爹干活。我好歹上完了中学。'文化大革命'了，也没机会考学——如果考，我相信自己是能考上的。

"回到村上,村上乱七八糟。虽然田家祥已经当上了生产队副队长,可他老觉得没干头。我们俩约好,当兵去!干几年,掉几斤肉,弄巧了混个军官当当,即使回来,也有当工人的希望。再说,当了兵的人政治条件和身体两方面是没说的了,找个媳妇也容易。老在这个又破又穷的村子里,有什么趣味?那一年,我和田家祥一起参了军。

"在部队里,我们进步都很快。第一年评上了五好战士,第二年都入了党。我还当上了全师'活学活用'积极分子。不久,我们都当了班长,而且是在一个连队里,经常见面。可是后来就不行了,上不去了。我们俩偷偷研究过上不去的原因。我说因为咱不得人,没个靠山。田家祥不同意,他很自信地说因为我们土,是农民。我也觉得老是有一根筋没抽掉,和人家城市兵相比,都显得笨拙,傻乎乎的。第一嘴头不行,第二眼色不够灵活,事情往往办不到点子上,就自己破了相。有时也因为太直,比如首长叫提意见,过民主生活,我们怕冷了场,对首长也不好,就提一些平常大家反映的意见,可实际上首长并不怕这样的冷场。为此我们曾经说好这样的会再也不要说话,但事到临头,还是压不住自己,看不惯的地方就想说,好像嗓子发痒似的。力没少出,可得不着好,班长老是当着,就是换不上四个兜的衣服。为此,我们曾经企图改变自己的秉性。我们俩抽空就到外边进行辩论,锻炼口才;我们还假设一方是首长,另一方是战士,练习如何对付。为了兼备一些别的技巧,我和田家祥都学会了几件乐器,一些流行的歌曲,还多少学了一些理论。我们想把乡下人那股子呆气整掉。

"那一年，田家祥出了一件事。有一次，连长和他们一起摔跤，谁都摔不倒连长。轮到田家祥时，我使眼色给他，教他千万不要把连长摔倒，他答应了。连长大概看见田家祥怯阵，偏说：'打个赌。'田家祥只好说：'行，谁要是输了，就把自己的财物押上。'连长答应了。乍一开始，田家祥明显是敷衍的，虽然身强力壮，可他打算自己倒下。两人僵持了一会儿。田家祥突然改变了主意。他的脸涨得通红，眉毛紧压着眼睛，眼睛像在喷着火。他想：一生下来就受人欺压，没有力量时被人欺压，长大了，有劲了，成人了，还受人欺压，而且还要自己倒下，甘愿受辱！他受不了，那种被摧残的自尊心一下子恢复了本相。只听见他大吼一声，连长就如同一个草个子似的倒在地上了。这本已使连长恼羞不堪了，田家祥还说：'怎么，把你的财产拿出来吧！'这时，连长耍赖，说：'这赌根本就不合理——你有什么财物？我们两个人的东西不一样！你那全部一纸箱东西还不值我一双皮鞋钱！'这句话又戳痛了田家祥另一个伤口，他受不了。只见他满脸涨紫，咬着牙，双手都哆嗦着，显出要拼命的样子。如果不是我紧紧拦住他，他会上去卡连长的脖子的。连长害怕了，走了。田家祥到我房里，喝了个醉。第二天，他就写申请要求退伍。我见他要走，我也没什么恋头，就说：'家祥，咱一块回去，不在这里吃气了！'他劝我不要离开部队，说他先回去干一年再说。干得好，就叫我回去；干不好，也别两个人都陷进大苇塘里。我说不，两个人一齐回去，有点声势，拧成一股绳，也许好些。

"那天，他很激动。他抓着我的手，久久不松开。他说：'咱定个条约：永远团结在一起，战斗在一起，胜利在一起。谁出卖别人，就是狗日的杂种！'好，我们两个一人秉一支蜡烛，立了誓。决心回大苇塘村干出一番事业来。不混出个人样来不算人！

"就这样，我们回大苇塘村了。同一年回乡的，还有田家贵。我和家祥一直保持着这种生死与共的兄弟般的关系。几乎每天晚上我们都商量怎么办。首先，我们要抓住群众，社员家无论出了什么事，我们俩都像自家事一样，卖命地帮忙。我们的复员费有一半给困难户买了返销粮，另一半给团支部买了些书。谁家有婚嫁喜事，我们去操办；谁家有个丧葬，我们去张罗。我们有一个口号：'我是全村人的儿子。'田老汉为此训过田家祥：'你他妈的穷忙什么？谁家死了人就像你死了爹，谁家坐月子就像你得了宝贝孩子！'田家祥咬着牙说：'爹，你说对了，我就是这样。'我们组织了一个小宣传队，我和家祥都会几样乐器，办个喜事丧事的，少不了我俩。上边来检查，主要也是我们俩的节目。对口词，数来宝，唱几段样板戏，来几曲独奏都行。渐渐地在群众中有了威信。老的少的，男的女的，保守的激进的，全说我们能干。不久，我当了团支部副书记。田家祥比我扎实，更有分寸，而且他能给人以憨厚持重的感觉。老支书田福申认为是个好苗子，便树他当了党支部副书记。

"现在我分析：为什么我们在部队失败了，而回乡却又成功了？可能因为：在部队里，我们都还保存了农民的许多东西，不能完全适应新环境；可从部队回来，原先不适应的东西一下子适应了，而且加以改造，更臻完善，在外边学到的一些杂耍，还有几句残破的大道理，这些，对农民来说，特别对那时的时髦来说，又加了几分好色彩。所以，我们终于还是在自己的土地上找到了路。

"这时，我已经有点满足了，因为我们俩已经成为大苇塘村有数的几个人物之一了。我容易满足。有一次，我找到田家祥，说：'行啦，别再闯了，已经证明咱不是谁都能踩的人啦。'他恶狠狠地说我没出息。他还要继续干。我也说：'既然这样，我奉陪到底。'可是怎么干呢！田家祥说：'还得靠吃苦。先得把大苇塘村搞好，让乡亲们生活大改善，都过上丰衣足食的日子，不然不行。'我说：'咱不怕吃苦，把这百十斤扔给大苇塘兄弟爷们了！'田家祥说：'太好了，咱永远合作一致，不能变心。'我知道他是打算以真本事取得社员的拥护了，从心里佩服他，什么都和他一个劲地干。有时田家祥和别人发生矛盾，即使是和福申有点分歧时，我也坚决地站在田家祥一边。士为知己者死嘛！渐渐地，福申叔以为我是一个内心有数、有阴谋的人物，他怕我成为田家祥的参谋长，将来把田家祥拉出他的轨道。于是，他在我还没有判断清楚时就先下手为强，叫民兵绑我，出了我的丑。讲实话，我和小石榴真是热了，她对我真心真意地好，我也被她迷住了。可是，你知道，那以前她的情人不止一个，都没事，为什么单抓我？一是因为我单门独户，没力量；二是我和田家祥拧在一起，被福申觉察出了什么。这是主要的。不单是个桃色事件，我是政治斗争的牺牲品。再说，小石榴以前的那些情夫，也都醋意大发，又是民兵，当然我倒了霉。现在明白了。不，几年前我就明白了。

"我永远忘不了田家祥的恩情。那次他听说我被绑，立即从工地上赶了回来，把我释放了。实际上，福申就想让家祥来放的，这是圈套。这样做就证明了我俩一伙，就证明了福申的怀疑，这对田家祥十分不利。我明白。可是他做了，义无反顾，做了，为了朋友。我感动得流了泪，那一瞬间，我更加坚定了死保他的决心。我要报答他的知遇之恩，像忠臣得遇明主一样。我听了他骂我的话，我承认自己没出息，为了一个女人遭到这样的打击，在政治上受到如此重大的损失，我也更加佩服他在这方面的钢铁一样的心肠。

"这以后，他就老在工地上。我知道，他是死活先要把大苇塘村搞好了。我奉陪。你知道，无论多么苦，我都不离开他，尽量承担一些我能分担了的事情。他曾经说：要是有两个吕锋，他能当省长。这是他的真情话。为了这个目标，我必须拼出全力来协作。我的脑瓜子可能比他灵些，许多事我能很快想出个一二三来，我也比他敏锐，许多事情是我先看出来的。我有点像狗头军师。但我也有缺点：我只有小点子，大的全局性东西没他把得准、抓得死，而且不像他那么坚韧不拔。我没他顽强，有时脆弱，而他简直是铁打的，身子是，心也是。我不是帅才，只能是战将一员。他当然非常信任我，没有什么对我隐瞒的事，即使他犯了法，也会对我讲。有时是表白，有时是叫我分析，帮他出主意。我知道这种信赖的力量，自然也不辜负他，肝胆相照，生死与共，骨头肉砸在一起了。

"那时，他对我说过：'福申就那么点本事了，老滑子了，大苇塘村在他手里不可能翻身。'问我怎么办，我说：'必须边翻身，边把福申挤下去。'他说：'对！他只能提我当副书记，第一把椅子是不会让出来的。咱们得心中有数，不能与虎谋皮。'我同意他的看法了。

"实际上，除夕的篝火前，我们已经商量过了。我们一定要当一个先进典型。田家祥那次说了一句我永远忘不了的话：'典型就是剥削。'我真佩服这小子的深刻。他比我强，比我深。为了当典型，他才除夕不回，初一大战。他这个人心肠有时很软，只不过他总是给自己的意志穿上铁甲背心，才瘫不下去。那次除夕前，他对我说了意图之后，便叹起气来，说：'这些知识青年，远离家乡父母，到了咱村，过年咱不能招待他们，还叫他们给咱赔罪，良心何在？还有父老兄弟们，一年三百六十五天，天天流汗出力，不容易啊！可在这一年只有一天的节日里，我必须把他们叫出来干活，不干也得干，可怜啊！叫人怎么能忍心？'所以，那天在篝火旁，他想起将要做和正在做的一切，自愧地哭了。他第二天的绑人，是早已下好了决心的，他不准任何人阻挡他。奇怪的、值得研究的是他曾有过这样一种心理：当他绑了田永顺的爹时，他忽然想起自己小时候家里因为猪被罚的事来，便立即决定'罚二十斤麦或十元钱'来。他不知道为什么会有这种心理。后来，当他意识到永顺他爹如同田老汉一样无能，他家一样无势无钱，像家祥以前一样时，田家祥狠狠地打过自己的嘴巴，自骂：'你这个浑蛋，你怎么也欺软怕硬起来啦！'这是一种变态吗？反正我那时被他弄得莫名其妙——现在理解了。

"他很会分析别人。工作组来大苇塘村之后，田家祥马上看到：他们的成败在于改种水稻是否成功。田家祥抓牢这一点，便把稻改的工作担子几乎全部肩挑起来，工作组不久就发现他们这个点，这个典型的好坏决定了他们的升降，而这种切身的利害几乎全放在田家祥身上了。他们对田说过：'好好干，我们心中有数。生产的事全靠你了。'所以，在这一点上，田福申少看了一步棋。田家祥之所以不常和工作组接触，还有一个原因：他怕常和上司接触，自己的缺点也被人家发现。而且他的一个十分突出的缺点就是，顽固地过分地维护那种最下层人的自尊心——实际上是自卑——从而经常不自觉地伤害上流社会的感情。他曾对我说：'伴君如伴虎，少靠近工作组。'他是有心计的。

"一直到丰收在望，工作组也看到了成功时，田家祥才从公社党委那里得到一个消息：工作组认为大苇塘党支部应当改选，把有能力的年轻同志提拔到关键岗位上来。于是，我受田家祥之命，在党员中积极活动。不久我就把要做的工作做完，选举前头两天，我告诉了家祥。家祥说：'我不在，我不会少一票；我在，福申反倒会多一票。'于是，他借故离开大苇塘村，这样对自己一点麻烦事都没有，他走了，我们选举支部，便出现了发生的那种情况。

"那天晚上，我半夜里听见田老汉来叫门。那时田老汉腿痛病犯了，是拄了一根磨棍来的。我觉得田家祥这小子心真狠，怕自己露面，半夜三更赶他老爹给他当机要通信员！田老汉喊起我来，仰着脸，颤颤地对我说：'大侄，吃苦受罪都没什么，亏心的事可不能干啊！'我被他说得心寒。但一见了田家祥，我就又横下心来。田家祥说：'别他妈的吃不住劲！楚霸王就败在心慈手软上。'我长了精神，什么也不怕了。我对田家祥说：'你的书记这次是一定当成了，公社党委正想要这样的选举结果呢。'他同意我的分析，但对我说：'还要拉田福申进来，如果他同意当一个没选上却被我拉进来的支部委员，他就输了一张牌。'我问：'他在里面，你能领导得了他吗？'田家祥说：'没问题，慢慢调理，几个回合就能打倒他——他致命的一点是没给村里干出什么事业来，基础朽了。'然后，他说叫我不要进支部，这样等于是福申占了我的位子，那么让我当大队长，把行政的一套统起来，福申就有苦说不出来，而且两个班子全叫咱拢在一起了。这一点我没想到，我十分钦佩他的组织才能。这小子简直是个政治家。

"那以后完全像我们设计的一样，一切都实现了。后来就配备大小队的班子，很顺利。那时田家贵和福申、福珍有矛盾，总是站在我们一边的。这个人图小利，无大野心，就让他当一个管具体事务的副书记。再说他的姑父是公社武装部长，这样做有稳定性。为什么把你安排文书呢？这是我的发明。我对田家祥说：'要把福珍的权割去一半，让小王拿公章，小王是倾向咱的。'田家祥沉吟了一会儿，同意了。但我没想到他竟提出把小石榴从卫生所下放到生产队。当时，我问他为什么，他不说。后来小石榴和福申一伙攻我们了，我对田家祥说：'当初不下放，她也许不会这样呢！'田家祥说：'你知道什么？多一个弱小的敌人没什么，我有力量对付；但她太热情了，留在我们周围对我们不利，尤其对你大队长不利。懂吗？再说，谁的队伍里增加这样一个人，谁在大苇塘村就是铺垫子了。'实际上田家祥是感激小石榴的，他也知道小石榴是个好心人，可是下放她时，他却眼也不眨。

"关于福申盖房的那出戏是田家祥一个人演的，而且连一点风波也没刮起来。那么坦然自若，好像诸葛亮安居平五路似的。我从那件事的处理上真正承认不如他聪明了。你知道，当时村里正集中全力搞副业，大苇塘村能不能翻身，在此冬春。我怎么能容许像盖房这样占劳力、分人心的事情呢！可田家祥竟把那一场独角戏演得有声有色。他在电影场上那一场话讲得多么得体、多么严实！事后我才明白：田福申的目的就是炫示一下自己的势力，想以轰轰烈烈的盖房显衬出我们生产的艰辛和冷清。可是当大队只叫他从外村找劳力时，如果再盖房，就会有人议论：田福申孤单到连本村劳力都找不齐了。而且他因此要造成和田家贵的矛盾，当然不干了。而田家祥讲得那样通情达理，那就等于把一切不是都推到福申身上去了。

"田家祥一直为自己还不够充分稳固而不安。但是，当他参加省劳模大会并被提为公社党委不脱产常委之后，他的地位真正巩固了。从省城回来的那一次酩酊大醉，说明他放心了。那天夜里，他醒了酒，见只有我一个人，他哈哈大笑起来，那是一种什么样的笑啊！'胜利了，咱们胜利了！'他大声叫喊起来。我叫他小点声，他说：'怕什么？谁爱听谁听！我就是要叫人人都听着——我田家祥不是永远可以踩在脚下的草木！'我附和了一句：'咱复员之前的誓言，应了。'他紧紧地搂住我，我觉得出，他全身都在颤动。他双手摸着我的头，端详着我，从上到下看着，他哆哆嗦嗦的大手抚摸着我，一直到我的脚。他跪下去了，跪在我面前，说：'好兄弟，苦了你了……可是，我们胜利了，我们在大苇塘村站着比人高，躺下比人长，够了，够了……'他说话时，泪已经涌出来了，流过他仰着的脸。我也忍不住了。小时候被人轻视的那种久积的苦水全流出来了。我把他拉起来。我俩抱在一起，抱在一起，两个发颤的身体紧紧地贴着，啊，多么不容易的人生奋斗啊！当我们默默分开，坐下来，我发现田家祥的眼睑变长了，面部肌肉也松弛下来，表情迟钝，眼神呆滞，好像彻底失败了似的。

"我说：'你累了。'

"他点点头，说：'是的，我累极了。'

"那夜，我们默默地坐到天亮，谁也没说一句话。你如果没经过这种情景，你就不会相信会有几个小时两个好朋友不说话的。可是，那是真的。我们有多少话要说啊！可是没有一句是有必要说的。一切都没有意思，都过去了，新的话也没有，连天亮后做些什么都迷茫不可知了。好像路已经走完，终点本也没有什么奇景。一切都只不过是经过、是流程、是不由人的意志而转移的。我们都感到了一种胜利之后的苦恼。实际上，我们知道，我们什么也没有，而该牺牲的已经牺牲了。"

"那么，我呢？"我问吕锋，"关于我呢？"

吕锋推开窗，趴在窗台上，看着沂河的夜色出神。

此时的夜空，更幽深了，原先一块一块的云已经连成片，只是在薄云移过来时，月儿才显出绰约的盘。灯光比先前少了，只有寥寥的几处在闪烁，反倒越加明亮。夜美在幽。深深的，沉静的夜啊，朦胧中有清晰，混沌中有明快，博大中有灵微，一切都介于涅槃和新生之间。吕锋关上窗，转过身背靠窗台，一只手摸着下巴，又推开窗，十分肯定又十分坦然地对我说："他爱你。"

"谁？"我问。

"田家祥。"他有力地挥了一下手，不容置疑地说，"你的一切细节他似乎都注意到了。"

我明知这是意料之中的，但听到它，仍然惊。这是我从除我之外的第一个"别人"那里听到的说法，而且这么肯定。我虽然早已感觉到田家祥身上有一种东西，那东西有时隐在深处，有时显露表面，但始终没有清清楚楚，说得明白，落地有声。它像一条绳索一样缠绕得田家祥痛苦万分，只有在这样的力的作用下，他才现出狼狈不堪来。但他始终没有说出心里的话来。如今，吕锋说得这么明白，这么清楚，这么确实，绝不是个人的猜测。他俩是什么样的关系啊！这简直不是两个人，他们亲密到何等程度，好像一个人用了分身法似的。从他嘴里出来的关于田家祥的消息还能有什么出入吗？

我双手托着下巴，装着处变不惊的样子等吕锋说下去，他一定知道得很详细。

吕锋说："除夕那晚上，我最先醒过来。篝火已经快熄灭了。白色的灰烬被风吹起来，洒了我一身。我首先看见的就是你正偎在田家祥身边，像一只小兔子似的呼呼睡着。我觉得好笑，但没有向别的地方想，那至多不过像小妹妹傍在大哥哥身边一样。因为要商量天亮以后怎么干，我叫起田家祥。他睁开眼，大概感觉到有个什么东西在背后，用手一摸，摸到你的小辫子，他惊厥似的爬起来，跪在地上，看着你。那时，你真是个睡美人，很好看。田家祥使劲搓了搓脸，这时我们同时看见了松软的黑土上写着好几个'田家祥'，字写得很不错。田家祥伸出手，把那些字轻轻抹平，又站起来，用脚踩了踩，离开你。我们到指挥棚里，田家祥第一句话是：'奇怪的城里人！'然后是一个冷笑。他在部队就对城里人有成见，我们觉得城市人灵活、乖巧、软弱、多愁善感、莫名其妙地机智，这些特点都好像专门为了和乡下人作对。我们讨厌城市人，好像他们是专为衬托乡下人的受苦而存在的。一句话，他们比我们过得好，所以嫉恨他们。下放知识青年时，我们就说过：叫他们下来受受罪也好，知道老子是怎样活着的，最好是全部交换，各在乡村住一段，十年一轮替。我明白我，也就理解他。他冷笑了以后，又忽然跑出去，把毯子盖在你身上。奇怪吗？

"那次送小石榴，我只送了几步，就回来了。田家祥骂我。你走了之后，我开他的玩笑：'是不是冲了你和小王的谈话？'他说：'屁！咱是干什么的？人家是干什么的？'我说：'小王对你真有点意思。'他笑了，笑得甜丝丝的。我说：'先温着，等咱成就了大事，再说。'他说你是毛孩子、小丫头，梦似的，靠不住，不会持久的。但他说话的时候，表情是很幸福的。谁知，我刚睡下不久，就听见外边有'当当'的响声。我看看地上，不见了田家祥——他虽然病刚好，还是要我睡他的床，他在地上铺了条草苫子睡的。我走出去，见水闸那边有一个人，月光下正挥动锤子在凿一块石头。锤起锤落，清脆的声音在寂静的夜里显得很有热情。我悄悄走过去，看见他神情专注而又严肃。一块长方形石头在他脚间躺着。錾头在石头上一进一退，跳跃着向前拱，一颗颗火星飞迸起来，带着红的、绿的和黄的色彩，空气里一股子幽微的石火的香味。我一直看着他凿完那五个字，才问他：'挡谁？'他说：'挡鬼。'我又问：'谁是鬼？'他说：'我自己。'我一下子明白了，他那刚刚萌发出的一点新芽就要被他碾死了，我告诉他：'这是在挡她。'他吼叫起来，叫我滚开，然后他就扛起那块石头，朝村子走去。他真狠啊！对自己也是这样。他把那石头埋在自家门口，他把它作为一只警钟，天天警告他：'注意，注意你心中的鬼！泰山石敢当！'你说他这个人，怪吗？

"一个人爱上另一个人，是很难掩盖得好的。你那么注意他，他说话时你那么呆痴痴地看他，你给他举焦淑红、萧长春的例子，你给他讲的那些热情洋溢的话，他都明白。他不是比别人迟钝，而是比别人更残酷，尤其对他自己。青少年时期，尤其是童年、少年时期所受的侮辱太深了，他没有一时一刻忘记自己的目标。为此，不惜牺牲一切。安排你当文书，他同意了。后来他说过，当你在场时，他讲话似乎特别有神，许多临场发挥的东西是自己也没有预想过的。但他不久就害怕这种感情了。当外边传出谣言，说你和他相爱时，他立即就惶惶不安起来，但又不忍心把你从他可以经常看到的地方调开。为此，他很是苦恼。神色恍惚，惴惴不安。有一次田老汉告诉我说田家祥毫无理由地打了他老婆。我问他为什么，田家祥沉吟不语。就是那一次，他告诉我：他不久就去城里开先进典型会议，叫我告诉田家贵，把公章和文书的所有权力从你那里移交给家贵。这样家贵和家祥更紧凑了，关于你的舆论也可以消弭一下，而且名正言顺，学校里缺人。啊，你什么都不明白，你去教学生了，而且教得那么好，和孩子们有了感情。我也敬佩起你了。田家祥虽然这样做了，并且用大道理搪塞了你，但他并不安心。他从县城回来的那天，经过村西那片松林，他见你已经领着孩子在跑步做操了，他不敢走过来，便趴在他的祖坟旁，在那阴暗的地方注视了你好半天，直到你放了学，回屋子去，他才敢出来。这个人，叫人莫名其妙啊。

"这样，本来息事宁人，没什么了。可是，后来发生了一件事。可能你不会记得了。有一次一个叫田永顺的孩子问你：'绑人对不对？'你说不对，不犯法，谁也没权力绑人。田家祥从他弟弟口里听到这一消息后，勃然大怒。他最听不得这样的话，他不准任何人向这个领域突破，他不准任何人在这个问题上向他挑战。这是他最敏感的一根筋。在他没有权力时，希望所有的人都为此大喊大叫；当他有了权力时，就希望大家都忘掉法。他认为在大苇塘村，他的权力应当是无限的，毫无约束的。那天他找到我，说要批判反动言论，还说要整顿学校等等。我听明白后，正色劝他不要胡来。他骂城里人整天说胡话，他甚至主张任何人不得上比初中更高的学校，再高就是听梦话了。我和他争辩得很凶。后来，他同意不整你，不点名，但执意要叫你回生产队劳动去。我也没法，只好迁就了他。此后，你知道，他对'知青'不那么关心了，连最基本的口粮、烧柴问题都不积极解决。后来，你们遭到了屈辱，弄不到粮食，要上城去告状了，田家祥才慌忙找到我，忧心忡忡地说：'弄不好咱这典型怕要砸了锅。'我说世界变了，复杂了，不能老是本着自己的一套干，那会坏事的。我们商量好：他去检讨，我给他圆场。可是，他到了你们那里，该认错的话基本没说出来。他这个人，就是不能认错。你也知道，他自己骂自己可以，别人要是轻轻动动他的汗毛，他都会如临大敌，受不了。还记得脱谷机那回事吗？就是那样！有时你可以不加揣测，就知道他某个主意十年不会变一变；有时则不敢保证一分钟之后他会做什么。

"但是，绝不能说他不爱你，这我清楚。每次我俩谈起你，都是他先提起。有一次他在苇塘边上对我说：'不知是谁的福气啊！'我问：'是说的小王吗？'他点点头，然后使劲地把手中的一块石头远远地扔进苇塘中的芦苇丛中，惊起一片雀儿。他凝睇着那些雀儿飞得很远很远，还不收回目光来。他入神了，絮絮地说：'真是好姑娘啊！能干、勤快，待人热情，心里也明亮……唉，真不知以后被哪个王八蛋娶去！'我见他这样焦躁，心里好笑，但又不想破坏他的情绪。过了好久，我对他说：'你老是拿不定主意,这样下去不行。爱就爱,不爱就叫人家走,她把你的心搅乱了,再说这地方不是她能长待下去的。'他点头称是,但又狠狠瞪了我一眼。又过了些日子,他高兴地对我说招工名额下来了,咱村两个。我们商量了让晓虹和你走。晓虹沉静,不显山不露水的,人人说好,而且她又注意培养了田家祥的妹妹学医,通路了,她走了也有人接手工作。你呢,是田家祥坚决地推上去的。这,谁看不清?表报上去以后,迟迟不得批准。那时我想:如果很快批下来,叫你走,那么田家祥会很烦恼。可是事情恰恰相反,县委杜副书记给劳动局和知青办打了招呼,非叫他女儿上去不行。而且说你小王不合格,又不说明是什么原因。田家祥去打听,反倒碰了一头疙瘩,人家不理他这个茬。他气哼哼地,跑这跑那,夸小王这姑娘多好多好,问人家为什么不要。他越夸,人家越暗笑。他为此几乎把所有认识的人都找了,仍然不行。而这时,又发生了一件别人看来极平常但对田家祥却如巨雷轰顶似的事情,是一句话,一句你说过的话,记得吗?不记得了?嘿,你一定说过他这么短短的一句话:'看你办的这事!'这句话非同小可啊!田家祥为此整整两天没吃饭。他从小就有这么个志气,要么不想、不说、不干,只要想过了,说出来,要干的事,便一定要干成。他真正想干的事是经过深思熟虑的,一旦行动起来,谁也别想阻挡。当了书记以后,这种自信心更强了。他极少空想,自认为难以做到的事便干脆不去想,他的理想几乎都是可以看得见的,摸得着的。他认为名额分下来了,他说叫谁去当个工人,还会有问题吗?可是偏偏这次遇上了顶头风。你的那句话是正卯可榫地打在他的痛处了。他在城里挣扎、努力,争取找到一点希望,可是人家不理会他的要求。他又一次感到自己的渺小、力量有限。为了办成这件事,他在县委书记家里哀求过,他把香烟递给劳动局长,人家明明看着烟从桌面上滚下来,就是不接。田家祥感到自己在更大一点的世界上仍然不过是一棵小草。当时,他慢慢走上前去,伸出一只脚,把滚到地上的那支烟狠狠地踩碎。带着两只冒火的眼睛,默默地离开劳动局。我叫他回来,他不回,我先走了;后来,他醉倒在村西,被人背回来时,心力已经明显不行了。晓虹给他打了针,我逼他喝了一杯葡萄糖水。他没喝完,就把杯子摔在地上,碎了。我不劝阻他,让他发泄。他把屋子的暖水瓶、茶壶、茶杯,全砸坏了,将一只旧洋瓷盆一脚踩瘪,扔出门外,还不够,又把我揍了两拳,然后打自己的头。只有在这间房子里,他才像君主,可以支配一切、摧毁一切。后来,他把我也赶了出来,剩下他一个人在房子里像哑巴似的呼天叫地。他在他占有的空间里弥补自尊心的损失。我没走远,一直等他安静下来。你知道,院内有一堆柴火,我就躲进那里面。我看见他走出来,听见他叫杜艳填表。然后,杜艳来了,打扮得很惹人。我听见他们在房里的几句话:'你爹在县上当大官,我当小官,这回,算我怕他,一切听他的。''我爸说你可能干了,要是大队书记都像你这样就好了。''哼!那么他有一百个女儿也不愁当不上工人了,对不?''田书记,你就瞎说,那么多孩子得找多少保姆!''保姆?我他妈的兄妹四个,连娘都没有,也长大了!''你是农村的呢!''城市的又怎么样?''城市吃国库粮,可以当工人,挣钱多。''你现在不也是农村的了吗?''我是暂时的,你是永久的。'田家祥哈哈大笑,声音狰狞可怕地叫:'填表!填好表我给你盖章!'一阵无声无息。'田书记,填好了。你给盖上章,手续就齐了。''盖章?我白白地给你盖上章?

我简直像一只蚂蚁……'杜艳在推拒什么，连说'不行不行'。后来就没有声音了，再后来，杜艳拿着表，踉踉跄跄地跑了出来……

"那时，我躲在柴火堆里，说不清有多么难过。田家祥，残暴的田家祥，他在犯罪。同时他又是我的生死之交。无论如何，我没有力量在那样的时候去阻止他，是的，我没有这个胆量。但是，我又难以压住自己的怒火。田家祥做的这种事完全不是在爱一个人！应当爱的他不敢爱，却用兽行来发泄自己的愤怒！是的，杜艳忍受了，姑娘的虚荣和严酷的舆论可能迫使她一辈子不愿说出真情，这几乎没有什么社会恶果。但是，至少它是如此严重地摧伤我的心。像有一根长矛扎进我的胸膛，我在柴火堆里打滚；又像是咽下一块灼热的铁，我真想撕开自己，想大叫，可是叫不出来。我拿一根芦柴咬着，可是划破了嘴。我把血抹在手上，那血立即变成一片火一样的东西，我吓呆了。我掏出火柴，想把这芦丛点着烧掉，可是那火刚着了一小片，我又把它踩灭了……我在这时才忽然想起我不是人，而只是一条狗！主人在干坏事、在犯罪，我守在门口的芦丛里，多么像一条看门狗！我是一个被出卖了的合作者。多少年来，天涯海角，风风雨雨，生死忧患，我都和他一起，紧紧在一起。他在我心目中是一个高大的坚强的重友情的好哥们。绿林好汉式的江湖义气占有了我们两个人。但我万万没想到他会用职权干出这样残忍的事来。当这种愤怒和烦躁感到疲倦和无能为力时，一种发自内心深处的悲哀一下子涌上心头。我把头使劲拱进芦柴里面，在那潮湿的带有腐味的柴火堆里，我流泪了，但却哭不出声。

"第二天一早，我赶到大队去叫田家祥。田家祥好像在哭，脸上还有泪痕。难道他为昨晚的事懊恼了吗？是的，可能，这个人就这样反反复复。我问他：'昨晚，你怎么啦？'他咬咬牙，说：'干了！'我也咬着牙说他：'你，整个儿牲口！知道吗？'他低下头，显出愧疚和慌乱的神色。他蹲下去，双手抱头，手指插进蓬乱的头发里，一声不吭。我肯定了自己的判断：他非常后悔，非常沮丧，他干完那事之后连一分钟的轻松都没有，就开始骂自己，他一夜没有合眼，这从眼皮下的青色可以断定。找正想轻轻说他几句，田家祥突然从地上一下子跳起来，抓住我的衣襟吼叫：'我该死，我犯罪了，你夫告我，你去告发我吧！但我不自首，我绝不自首！我有什么罪？我只不过是要把一个清清白白，为大苇塘村出尽了牛马力的知青送到城里去！送她去当工人，让她享她的福去，她应当当工人去！大苇塘村太苦了！从里到外都是活受罪。我不想因为我的无情使她痛苦，我有什么可指责的？我解释，他们不听。我再解释，还是不听！不听就不听，你们堂而皇之地换一个人也可以，我忍了，可是偏偏偷鸡摸狗，又大大方方地换上自己的女儿！才来大苇塘村几个月的女儿，可人家是给大苇塘出了好几年死力气的苦丫头啊！天地良心，良心何在？我田家祥不行，没能力办成这么一件事，我咽下这口气，已经不容易了，接着又给我一口气，我不咽了！他妈的，我不能白咽这口气！我报复了！吕锋，我明说：我报复了！我只有这一个办法，就使用了。草民百姓想报复还没办法呢！就这样。你想怎么办都可以。可是我要叫你回头看看，找田家祥是不是一个那样的人：那样的老婆，我认了；无处不有的媚眼，我冷若冰霜；那么好的姑娘，像仙女一样折磨着我，我守着咱们的事业，寸步不敢动。我这一辈子在这方面算是扔了！扔得光光的！可是这一次,我没放过,因为它不是……'他说不下去,脸上的肉都在颤动。我叫他安静一下,他不听,抄起门旁的铁锹,就奔向村西田里去了……

"我默默地回到房里,呆呆地坐在小板凳上。昨晚在柴火堆里的那种愤怒,也渐渐消散了。我失去了声讨他的力量,或者说我原谅了他。

"到省城开会的头一天,我在县城的一家糁铺里请他吃了一顿早饭。那个糁铺原先是一个只卖熟梨的小摊子。几乎每天拂晓,那个小老头儿都推一筐熟梨从城东喊到城西。大概那时有气管炎病的人多,老头儿每早一筐熟梨,总是出脱得光。我和田家祥一起考入县城中学念初中,田家祥因为家境太难,上到冬天便要退学。我也没办法,眼睁睁看他打好那一卷小被子,送他回去。离开校门时,天还不亮。他扶着中学的水泥门旁流了泪。他多么想继续上学啊!他说他不想走,他要念书;我叫他回宿舍,他又不回。他就那么摸着学校的门,两眼看着我们那间初一(三)班的教室,流着泪,跨出了门槛。那时他正好伤风了,咳嗽不止。我们一句话不说,在凉津津的晨风中走过一家骡马店,就听见一个老头儿在喊:'熟——梨——喽!'我掏出刚发的三块半钱的助学金,买了五毛钱的熟梨,给他装到兜里,叫他吃。他不吃,他说他爹也咳嗽,小妹妹还从来没吃过梨,他要带回去。我把剩下的三块钱也全给了他。他收了,并且没说一句感激的话,但他不哭了,可能是硬忍着咳嗽,牙咬得吱吱响。现在这熟梨摊变成一个小饭馆了,早晨改卖糁。这种用肉汁做的汤,加了各种佐料,还有肉片,挺好喝。我要了两碗鸡肉糁和半斤油条。田家祥说起旧事,感慨万端。他说:'那年,你买熟梨的事,我一辈子也难忘。现在又招待我，怎么担承得起啊！'我说：'你好好干，从省城劳模会上回来，再请我。'他忽然笑笑，问我：'该不该去看看小王？'我说：'当然应当去。'他说不敢去。他这个人，看不起城市人，又怕城市人。从省城回来后，他对我说起在省城找你的事，也说了照相的事，我问为什么不能好好照一张合影。他说，本来，那一天是很高兴的。他第一次感到不怕了，脚下有了稳固的地，再一个，又没有熟人，谁也认不出，和姑娘一起照一张相怕什么。他说他想起了童年在野地里的那些美好的充满情趣的梦，完全忘记了多年的坎坷、艰难，担惊受怕和绞尽脑汁的日子。一种好好做一个平常人的愿望，一种从世俗中逃脱出来的要求，一下子萌生了。他说他想挽着你，想抱抱你，或者轻轻亲亲你的头发。他知道你为了他所受的那些痛苦，想熨平你心灵的皱褶。可是，当他照相时，照那张相时，忽然梦幻般瞥见一大片胸前戴着'劳模会议证'的严肃斥责的人，便立即惊厥起来，像触电似的从自然放松的心境中跳了出来。所以，让你失望地拍了一张难堪的照片。事后，他后悔，因为那天的游玩是他成年后唯一一次幸福，唯一感到了做人的乐趣的几小时。他仍然十分忆恋那几个小时，忆恋他上树摘橡果的情形，忆恋你那火一样的忠诚的爱……

"回来不久，就接到又一批安排知青回城的名单，这一次，田家祥根本就没打算让你走。可是，当你从省城回大苇塘不久，村里一下子涌起股浪来，说你和他怎样怎样，还说杜艳被他强奸了等等。他意识到了问题的严重性，有人在把他向死里整。他找到我，厉声问：'谁造的？'我说：'至多是猜测。那晚上杜艳回去时一定神情不正常，走时她对你恨恨的，能不引起怀疑？反正我是只字不露的。'他点点头，叫我去城里一趟，落实材料。我当天就找到杜艳，杜艳一口否定有任何不好的关系，她还哭着向她爸爸告状，老杜差点气死，叫我狠狠处理一下村子里的无事生非者。田家祥将谣言一一追查到底，落实到那三个人。我知道他要整人了，但不知等到什么时候。又过了两天，田家祥上报了你的回城表。批下来之后，他先后开了民兵会，然后通知我开全村社员大会。

"我虽然知道他的本事，但也没想到他把那次大会开得那么好！近似不可收拾的沸沸扬扬的舆论，被他几分钟就平息下去，然后急转直下，将对手打得落花流水，一败涂地。没有半点装腔作势，没有把全部的箭都射出去，没有动用大道理，而是动用感情，就把政敌击倒了。他明白社员的心理像明白自己两只手十个指头一样。他当然应当是胜利者。对手的手段似乎只有男女关系这一种，对我，对他，一而再，再而三，总是这样。可田家祥有许多武器，每一件都可以制敌于死命。是啊，真是叫人惊心动魄，回肠荡气的会啊！特别是他故意不把所有材料都公布，这一招真绝！他没绑人，一绑就超过了限度，村民就不尽同情了。他非要押那两人去公社不可，又故意说'口头承认个错误，明天早晨再领回来'，实际上，他知道即使他不说，也必定是放回来。可他说了，说在前面了，无论怎样放回来，事实都会映照和注释他的权力。他多么精明！即使在大动肝火、痛哭淋漓时仍然不乱方寸。我不能不佩服他。

"这一次，他完全胜利了，对手彻底完蛋了。从此，田家祥可以高枕无忧了。但他又不得不忍痛失去你。在你离开大苇塘村时，他不是不想去送你，而是不敢去送你。他怕你流露出哪怕是一星半点的责备的话。你在苇塘边草坡上最后说明的那几句话,几乎把他整个儿地打碎了。他忍受着那种难以压抑的悲痛,呻吟着,他说他那时完全忘记了自己是死了还是活着。第二天,他决计刨出那块在星空下凿好的'泰山石',可是,在他撤去感情的警戒线,砸碎爱的警钟,击毙人性的拦路虎时,他的爱已经失去了……

"他怎么能不难受呢?你想一想就可以知道,你走后,他流过多少泪……

"田家祥啊!大苇塘村的田家祥!"

吕锋大概累了。他坐到椅子上,大口地喝着白开水。我站起来,像吕锋刚才那样倚在窗台边。从窗外吹来的风沁人心脾。月亮已经被阴云完全盖住了,夜也就更加显出了黑沉沉的本相。唯一活动的是流水,静静的夜色中隐隐有水波拍岸的声音。屋里是钟表的秒针在行动。

我没有力气说话。吕锋几次想打破这种沉默的空气,都失败了。他心灰意懒地问我:"你怎么回事?"

我什么也说不出,我能说什么?

"我推倒了你心中的塑像?"他问,"是吗?"

我摇摇头,说:"不。我能理解他。"

这是真话。如果说田家祥是我心目中的一座塔,那么,虽然这个塔的阴影我今天才看清,但只是阴影而已,它没有倒,反而更清楚,更全面,更立体了。忧愁风雨,经磨历劫,他没有软弱和颓唐,挺着身、咬着牙过来了,而且创造了如此辉煌的业绩。无论怎么说,他算得上大苇塘村无与伦比的英雄。他打击过我,牺牲过我,可是他没有别的呀,他每次牺牲都是用他自己做本钱,除了他自己的血汗、家庭,便是自己的心,再有,就是钱。这难道不是一种赏赐,不是一种荣幸吗?在那样的贫困弱小的家庭里产生那样要求做人,要求被人尊重的野心,是可以理解的,他并不是只对别人凶暴,更凶暴的是对待他自己。被他恨是可怕的,被他爱也是可怕的,问题就在这里。但我不能希望他忘记我,我为他能那样对待我而面红耳赤,热血奔涌。他看见我写的黑土上的名字了;他夜半刻打"泰山石";他为我做出的牺牲而惶恐不安;为了我能当工人,过一个幸福的日子,他重又现出少年时的卑小来;他只在摆脱了环境的压抑时才显现出短暂的真正的美,那美是多么灼目,多么浓烈啊!这一切都是因为这样几个字:他爱我。我曾经使这个英雄好汉的心那么痛苦地战栗过。我的爱如同炉火一样,锻造过他那颗刚强而又丰富的心。他懂得美,懂得感情,懂得我,这就足以叫我感到幸福。我没有叹息,也无须悲伤,我没有看错一个人,没有白白消耗我的纯情。我的心为此而欢快地跳动。我还是这样地爱他。

吕锋大概出于好奇,或者是不愿让我沉浸在这种幽深的思索中,便逗趣地说:"拿出你们当初在省城的照片看一看,一定是挺有意思的。"

我这次来,也想顺便看看田家祥,把这上面有关他的几张底片给他。说不清是留作纪念,还是促他回忆一下当初,别忘却了我的一片深情,就把这底片带来了。既然吕锋要看,也没什么不可以的。我从里间房的文件袋里把那个胶卷取出来,递给吕锋。

吕锋对着灯,细细地看着田家祥,当然也有我。他时而赞叹,时而惋惜,时而摇头,时而窃笑,倒把我弄得不好意思,后悔不该这样将隐私告诉他。可他和田家祥如同一个人啊!

吕锋看完,说:"总而言之,他曾经是一个了不起的男子汉,一个山东人。"

在这赞佩声中,我心中滋生出一股暖意,一点甜味。

"好,明天我给你找地方印两套。"

我说:"先别印,等我去大苇塘村,问一问田家祥再说。"

"怎么,你还要去大苇塘?"吕锋吃惊地问。

"是的。"我说,"我怎么能不去大苇塘村呢?"

"还要见田家祥——你心中的塔吗?"

"是的,我一定要见到他。"

"你觉得还有许多话吗?"

"没有很多,但要见到他。"

吕锋轻轻地叹息着,好像吐出百年郁积的浊气。我看他那轻轻摇着的头,心中纳闷,正要问,吕锋却转过脸,直瞅着我说:"晓云同志,你可能会失望的。"

"你说的是大苇塘村吗?"

他摇摇头。

那就是说,田家祥会使我失望。难道是说他仍旧会那样以钢铁的面纱掩盖他冷酷而又热烈的心,不对我说半句中听的话吗?噢,这没什么。我已经长大了,浪漫的梦幻注定不会变为现实,我已经明白了,但是,我要见的正是这个戴"面纱"的人,他是大苇塘村迄今为止最杰出的人物,那里还留着一段历史,一段未写结束语的历史。

"我要去看看,一定要去。"

"那好吧。"吕锋说,"我回去对家里说一声,明天陪你去。"

又踏上去大苇塘的路。吕锋讲他的妻子和情人。
田家祥和吕锋分歧了。田永顺成熟了。又一起桃色事件。
田老汉的一句话。田家祥思索着新的对策……

第二天一早,我就和吕锋各骑了一辆自行车,重踏上了去大苇塘村的路。

从县城到大苇塘,走小路是三十五里。虽然夏季里乡间小道不好走,可我还是坚持走小道,这样可以更清楚地欣赏田野风光。再说,这是我第一次到大苇塘村走的路啊!

久违的原野啊,几年没见,你变得如此丰满了!一眼望去,满目绿色,虽然有的是葱绿,有的是墨绿,有的恬淡,有的浓重,但都同样显示着勃勃的生机。水井里抽出的水在田边的小沟里流着,清得好像没有一样。每一片田地都管理得十分精细,没有杂草。玉米和高粱地如同青纱帐一般。水稻的秧苗在细风中微微作响。春大豆地里不时传来几声蝈蝈的吟唱。兖石铁路正在铺筑路基,载运沙石的大卡车不息地奔忙着,它标志着乡村和时代潮流更接近、更相通了。我记忆中的那条小道已经消失了。荒废的土地,大标语口号,批判栏和大喇叭,全都没有了。我心中产生的不和谐感稍纵即逝,新的平衡代替了旧的平衡,历史就这样前进了。

吕锋蹬得不快,这使我们可以有谈话的机会。

"成家了吗?"我问,"嫂夫人如何?"

"成家了,去年阳历年结的婚。"吕锋掩饰不住兴奋,得意地说,"所谓'嫂夫人'嘛,是你最熟悉的人。"

"谁?"

"大苇塘村的赤脚医生。"

"晓虹?"

吕锋哈哈大笑起来。

我真高兴。这两个可真是挺好的一对儿。我白白地狂热了那么些时候,至今孤雁单飞,他们不声不响的,就如此顺畅地成功了。"她可真有心计啊!"我感叹着。

吕锋咂咂嘴,甩甩他那一头黑发,开始夸他的妻子,言语中透出一股子自豪和感激。

"晓虹这个人,我早就挺喜欢她的。"吕锋说,"能做事,稳健,有心计,也贤惠。实话告诉你,结婚之前,她就批评我,说不能鄙视小石榴……"

"噢,她怎么说的?"我对小石榴这个人物记忆还是很深的,便问,"请透露一二。"

"你知道,自从那次耻辱之后,我接受了田家祥的批评,绝不愿再为了一个女人而损害我们共同的事业了。我也要像田家祥那样,有点出息,别那么多情重义,铁下心,才能搞政治。我他妈的就这样做了。可那小石榴仍然盯着我,听说她哭了不少次,还偷偷送我几次东西,被我冷言拒绝了。这使她很伤心。她骂过我,说'男人都不是人'。就这样,一直到我和晓虹结婚前,晓虹才批评我,说这样并不能表明自己高尚、坚强、了不起;在人类美好的情感面前,没有必要冷漠地回避;对这样一个女人不同情就是残忍……于是,我们俩一起回村去看望小石榴,晓虹和她聊了整整一个晚上,小石榴哭了一个晚上。小石榴热情得像火一样,招待我们,叫我们站在她面前反复端详,她送给我们一对绣着花草鸳鸯的枕头。后来,她到城里来,总是去晓虹单位看看她,两人像亲姐妹一样。我也……"

"你也去了一块心病。对吗?"我想,他们这事处理得多新颖,多高尚,多圆美!

吕锋沉思了半天,才说:"不只是去了一块心病,我觉得我从大苇塘村真正走出来了。"

啊,这话说得多好!他从大苇塘村,从那有着深深的污泥和缠绵的水草的密不透风的芦苇塘里走出来了!这个变化,叫人激动不已,激动不已。

我想知道,自从离开大苇塘之后,那小村庄发生些什么变化;我想知道,吕锋是怎样变为这样一个思想上也潇洒起来的人物;我想知道,田家祥是否别来无恙,他和吕锋——变化为一个新人吕锋——关系怎样……

啊,大苇塘,我还是这样关心你。

啊,大苇塘,我对你仍一往情深!

吕锋沉吟了一会儿。他远远地看着鲁南平原上一个个绿树掩映的村庄,看着那田畴上一条条阡陌,变得严肃起来。他回忆着,分析着,描述着我离开大苇塘村后那里发生的变化……

黄昏时分,邮递员一直到了吕家门口,把一封重要的信件交给吕锋。所谓重要,是因为邮递员从来是把一切邮件一揽子放在大队里的,而这一次是例外。

吕家都很高兴。这是他们家——在大苇塘村单门独户的一家——出的第一个大学生,而且也是大苇塘村第一个大学生。一家人为吕锋的成功而高兴。

没接到录取通知书之前,吕锋天天盼着;通知书来了,他反倒并不怎么高兴，晚饭一罢，他就穿了草鞋去田里了。太阳已经落下去，缤纷的晚霞渐渐变得灰暗。在幽微的夕晖里，吕锋走过一条条田埂，一条条小路。他缓缓地踏着凄迷的青草，一会儿抚摸路边墨绿的紫穗槐，一会儿倚着高大的白杨树，望着黄绿的禾田发呆。就要离开这里了，离开故土去寻求新的生活，此时，那种深沉的眷恋和炽热的爱比以往任何时候都要强烈。那曾经亲自开垦过的土地，那亲手栽下的树，那一锨一镐挖出的沟渠哟，还有那留在路上、田里的脚印！一切都那么熟悉，又都将变得生疏。祖辈的板车的轮辙和这一代胶车的辙沟在这路面上重叠了多少万遍，如今他的车要开向远方，去探索人生新的道路了。他不惧怕，只是留恋，他多情、聪明而又自信。他并不是自己非要离开这地方不可，虽然很苦。在那次大会开过之后，他就觉得田家祥对他有了疑心。老人们对他讲汉高祖，讲朱元璋，讲张良隐逸、刘伯温出走，他都不信。他觉得自己和田家祥真正是骨头肉都砸在一起了，肝胆相照，荣辱与共，惨淡经营，好不容易实现了先前的誓言，难道能中道分手吗？他向田家祥解释，田不说话，偶尔在嘴角上挑起一点冷冷的苦涩的笑。吕锋知道完了，他知道田家祥不仅怀疑他透了风声，而且怀疑他要夺他的权。吕锋比谁都明白，只要有人被认为涉及他的权力，那么这个人如果居住在大苇塘村，危险就是不可避免的，迟早有一天会倒霉。吕锋不再解释。就像对一个守着一摊财宝的人，你越是声明"我不会偷你的"，他就越怀疑你的用心。急流勇退，贵在抽身早，何事苦淹留！吕锋下定决心，集中力量复习功课，这种实际的行动虽然已经掩示出吕锋无意于权的心迹，但田家祥仍然对此不置一词。如今，录取书到手了，吕锋才感到如此伤心。忠贞不贰，仍不能取信于好友,他不知是自己浮薄还是朋友偏狭。大苇塘村旷远的田野上,凡能找到田家祥脚印的地方,必定也能找到吕锋的足迹。可是如今,将要天各一方,吕锋多么想和田家祥在这夏夜里,再像退伍前那样诉诉衷肠!一个人拍拍另一个人的肩头,说一声保重,另一个人握紧对方的手,说几句贴心话以壮行色……可是这想法,如同幻梦一样,在淡淡的夜色中刚刚形成,就又化为乌有了。吕锋头抵着树干,任凭稀溜溜的鼻涕和酸涩的泪水流出来,滴下去。

许多人来吕家道喜,送些瓜果零食,让吕锋路上吃。吕锋的妹妹把一个小布包放在哥哥的行囊里,吕锋一看,见是一个做工十分精巧的棉坎肩,他知道是小石榴送来的,但没有声张,也没有拒绝。这天夜里睡得很晚,乡邻们一伙一伙的,总难关上门。

第二天早晨,雾气淡淡的。吕锋打开院门时,见田家祥正蹲在他门旁的槐树旁。吕锋见他头发都湿了,知他已待在这里好长时间了,心里不是滋味。叫他进屋坐,他又不进,叫他站起来说话,他也不站,老是默默地蹲着,而且连头也不抬。

吕锋猜出来了:田家祥得知吕锋真的就要走了,就要离开大苇塘村了,心里恍然悔悟。他只有这时,才觉得吕锋是他的刎颈之交,才是他最好的永远不会再有的助手。他为失去这个有难能够同当的好友而难过。吕锋从来没有背弃过信誓,而今大苇塘的江山打下来了,却不能有福同享,田家祥感到不安了。

果然不出所料,田家祥拖着极沉重的音调说:"以后,再有了大事,我可去问谁呢……"还没说完,他就说不下去了。

吕锋又被他诚朴的感情感动了。他拖着田家祥站起来,对他说:"大苇塘村人是好汉子,一个人也能干下去!"

田家祥送给吕锋一条崭新的被子。他背着吕锋的行李卷，送到县城，还特意请吕锋在那个糁铺里吃了一顿饭。他们又一起去县医院看了晓虹。吕锋叫田家祥回大苇塘，他自己上车走，田家祥不答应。他硬是一直把吕锋送到省农学院。

就在学院门前，田家祥停下来。他不愿进去，他不想跨进这学府的门槛。当年离开中学时的情景又一次浮现上来，他注视着大学的牌子。咬了咬牙，转过脸来。吕锋知道他又想起旧事了，也默默地站在他身边。当吕锋昂首阔步跨进校门后，又回头看了一眼田家祥，他发现田家祥正在擦眼睛。

不久，大苇塘村的知青就全部回城了。村子里好像少了许多人，空气顿时显得沉默得多了。他们带走了青年人的快乐和朝气，也把城市的一点文明和乡村不稳定的希望带走了。他们在时，显得拥挤；他们走了，又显得空寂。一连过去好几个月，大苇塘村才恢复了正常。这时，田家祥忽然感到一种前所未有的傲岸和高大，高原坍陷下去，小山也就成为高峰。他一方面为没有吕锋这样能充分理解他看透他的人而伤感，同时又为自己的更加突出而高兴。剩下的人距他都那么远，他可以高枕无忧了。

一年级快要结束时，学校里有人搞了一次民意测验。凡参加测验的人都必须在一张表上的各个栏目中选择一个表示同意，也可以在备注里写上自己的新意见。有一张表是专门测验学生学习目的的，几个类项是：为自己找出路；学知识做一个有贡献的人；为国家繁荣强盛；为人类社会的文明和发展。吕锋觉得自己很难成为一个有大学问的专家，后两条又太高，他都做不到，也没想做到。于是便真实地填写了自己的目的——为自己找出路。吕锋没有说假话，他就是这样想的。如果不是田家祥怀疑他，他也许不会决然地离开大苇塘村。近一年的大学生活,他没有感到多么快活,天地狭小,生活单调,一切似乎都不如大苇塘村的田原好。他有时真想回去,田野似乎更适宜于他的性格,他适应那种生活,一切都运用自如了。但是,一种诱惑又使他必须继续读下去,那就是今后的工作和工资。从小时候起,他就羡慕工作人员,羡慕人家吃月份的,羡慕长裤子里面还有小裤子,大口大口地吃白馍的干部,希望自己将来能脱产。如今,一切就在眼前了。几年以后,他就再也不用从生产队里背回红薯和稻谷才能吃饭,只需隔些日子去国库里领回粮票就行了。他有时自得其乐地说:"这回他妈的搞到一张铁购买证铁饭碗了!"有人哂笑他,他还反讥人家虚伪,说人家,"不给你工资,你干?"

激动人心的时局,到底没能使吕锋平静下去。社会在大踏步前进。乌云迅速散去,阳光灿烂得晃眼。雨水从天上落下,污水从下水道里流走。带伤的勇士来不及擦干血迹,就又向高峰攀登了。无数的栅栏被推倒,解放的羊群像白色的云布满碧绿的草原。年轻人的胸怀变得如大海一样宽阔浩瀚。许多不敢想的问题被人提了出来。集中着,分散着,唤醒着,升华着,有的开拓,有的挖掘,有的透视,有的分析,整个中国都在创造的旋律上震动,那流韵激发着千百万人的心。那是一个多么丰富、多么需要关注的年代啊!

学术辩论会散了,虽然还没吃晚饭,但吕锋一点也不觉得饿。他觉得吃得太多,太饱了。无数的新奇的食粮填满他精神的荒腹,他觉得一时消化不了,连整理一下的空闲都没有。他一个人挎了书包,在学院的大草坪上踱步。明月当空,草坪上是一尊高大无比的雕像。他在那雕像的阴影里伫立着,这样,四周的景物反而更清楚些。他重新记起了学术讨论会的那几个题目：中国的封建社会为什么会延续那么长？为什么中国没有产生出强大的长期居统治地位的宗教？老庄哲学与孔孟哲学的不同是什么？为什么说中国农村的自然经济一定要向商品经济转化？……他想也不敢想，那些口若悬河的发言者竟都是他的同龄人！他们那么渊博，那么深刻，那么敏锐，峻拔而又深沉，冷静而又激奋，这是一代人啊！虽然同样是人，同样都有一颗心，可吕锋清楚地看到别人的心像大海，而自己的胸怀只能盛下一个鹌鹑蛋！他深深地自愧，他无情地谴责自己，骂自己是个沾沾自喜的小人，一个狭隘的没出息的目光短浅的庸人。一个地道的乡巴佬！他为自己的浅陋而心惊肉跳。他觉得已经很明白社会了，而社会却宣布他是一个陌路人。那种飞湍着浪花的潮流正在把他推向浅滩，吕锋恐惧了。所谓"小裤子""白馍馍"以及那些曾经引以为荣的东西全在嘲笑他。他借着月光和路灯，又翻看了会场上的笔记，仔细地咀嚼着，那种新鲜的带有原野上潮湿味的绿色的空气缕缕入怀，他感到了一个全新的旷野，一个比大苇塘村大不知多少倍的天地，他一下长高了。他摘下一片树叶，含在嘴里，一连吹了几声哨，一种刚刚输入的生命在那哨音中诞生了。他要为更了不起的目标奋斗，几乎是同时，他推翻了先前垒好的那些基石，否定了以前信奉的那种可怜的信条，曾经引以为荣的所谓江湖义气之类也都化为灰烬。当他大惊失色地发现自己走过的足印里原是一些个人的污水时，他羞惭得无地自容。一切都重新审定了，评判了，敲打了，那种新生的快乐感涌流到全身。他高兴得唱了起来……

　　暑假，吕锋探家。

当他又踏上故土，又看见大苇塘村幽幽的树林，吕锋觉得生他养他的村庄这么小，这么狭窄！整个村庄活像甲壳上长满藻类的千年神龟。这里没有车水马龙的大街，没有高大的电视塔，没有图书橱窗，没有现代城市中的一切特征。他曾经喜欢乡村的幽静，但现在这幽静竟变为凝滞了，他曾经深深地依恋这里的朴实，如今这朴实好像变为单调和浅薄了。他努力想摆脱这种有悖于传统的意念，让淡漠了的乡情重新聚积浓缩，可是他失败了。那种从高山下到涧谷时的郁压，那种从丰富多彩的世界走入荒漠野滩时的孤寂，浸透了他整个身心。这时他才觉得自己的故乡远离了社会潮流的峰头，几百年如一日地在这里待着，以前的一切想念都不过是夸张、自以为是和孤芳自赏而已。他不敢否认这样一个事实：他已经从深处不喜欢自己的故乡了。

时值伏期，又是阴天，吕锋感到浑身发黏，心里烦闷而又焦躁。幸亏只提了一个包，还不算太累。他不想再休息了，应当一口气赶回村子。前不久，他收到田家祥的信，田说他苦够了，想盖几间房，正儿八经地过日子。吕锋想趁这个假期的机会，帮老朋友干点活。渐近村庄时，他看见村西有几间崭新的瓦房从绿树的梢头突兀出来，高大轩昂，颇有气势。他想：应当让田家祥把房子盖好一点，别草草地搭几间矮房，不几年就落后了。

一到家，吕锋就从家里人和乡亲们口中证实，那新瓦房就是田家祥的，两处宅院，一共六间，兄弟各一。前出厦，带走廊，全砖全瓦，门窗都是玻璃的。吕锋的妹妹说："人家家祥盖房，可有派头啦！有人送米送面送猪肉，也有人送砖送瓦，有人给帮买便宜木料，工程是公社建筑队帮助实施的……"吕锋本是希望田家祥有几间好房子的，可见了这房子，心里又不是滋味。他仔细检点自己，是不是有某种嫉妒心理？没有，的确没有。那是另外的一种不祥的预见，一种担忧。他万没想到田家祥的计划一旦实行起来，竟会如此神速，简直如同变戏法似的。

既然帮不上忙，那么总要去看看。吕锋估计田家祥手头总有些拮据，便把新发的一份助学金带上，去见田家祥。

嗬，真是三日不见便当刮目相看！田家的旧草棚子已经不知去向，一个硕大的院子正在修饰之中；灶房已经盖完，尚未安门；厕所刚垒了一半；院子的地面已经铺好，甬道两条，都是鹅卵石子镶嵌的。院内几个木匠正在忙碌，两个正拉大锯解一段红松，另外两个在刨一块木板，旁边的火上正熬着胶盆。院里弥漫着烟味、水胶味和锯末儿的香味，新房的门窗大概刚刷了，远远就能闻到一股油漆味。田家祥坐在廊道上铺的一领红白格子席上，身旁是一个白茬儿的茶几，他正盘腿坐在席上，悠闲地吸茶。

见吕锋来了，田家祥慌忙站起来，趿着鞋就迎上去。

"你在大兴土木啊！"吕锋说。

田家祥好像没听见，只管冲着屋子吼叫："倒茶！"

他的女人出来了，腆着个大肚子。她倒了茶，便又去做别的了。她的唯命是从，恰恰满足了田家祥的心理。每当见她奴仆般俯首帖耳地颠来颠去，田家祥便觉得从心中生起一股子发泄出来的热气。他清楚地估计过自己：如果给他一位公主，他会感到更痛苦。

吕锋把二十块钱递给田家祥，说："我实在抱歉，穷学生，意思意思吧。"

田家祥也没推辞，大方地收下了，他并没把钱收起来，而是随便地扔在茶几上,好像那不过是一块红薯皮!

午饭是在田家吃的,可能因为有木匠,饭菜都很好,喝了几杯大曲,另外又加了一杯"味美思"。一群鸡到这边捡饭粒,田家祥把大半碗白米饭一下子扔到地上,那些鸡忙得啄个不停。

"欺祖啊!"田老汉远远地蹲在那边感叹道,"欺了祖先了啊!"

木匠们吃过了饭,正在喝茶,听见田老汉说话,便接下去道:"冲着家祥给大苇塘出的力,起一座楼也不为过!"

田家祥甜甜地笑了笑,那副矜持的样子,好像对这句话颇赞赏。

"家祥,你不是个简单的人物!"一个木匠说。

"他小时候爬起树来就比俺家二蛋快多了!"另一个木匠附和着。

"出一个人物不容易啊!乾隆爷下江南,说咱大苇塘村二百年内有大才出。这不是二百年了吗?三个甲子过去了。"那个正在铁盆里熬水胶的老头儿拿木棍在盆里搅了一阵,又在盆边敲了三下。

然后就是争论到底是二百年了还是一百九十九年。有的以关帝庙建造的年代为准,有的以大榆树做证,有的拿爷爷的爷爷的属相推算……田家祥在这一片赞扬声中,渐渐显出微醉的样子。他说话还是很少,但每句话都有令行禁止的力量。每次斟上酒,他叫谁"喝一个",那个人就一定乖乖地喝下去,好像田家祥的话就是圣旨,即使是鸩酒也要引以为荣地一饮而尽的。

田家祥没有问城市里的情况,只是打听书店里有没有卖《七侠五义》《胜英金刀会七义》《三侠剑》等书。吕锋说有,但是没买，手头有一本《卡斯特桥市长》，问田家祥看不看。

"哪个朝代的？"田家祥问。

"英国，哈代的。"吕锋说。

"洋鬼子也会写书？"田家祥不屑一顾地笑起来。

吕锋赞扬了这本书，并劝田家祥看看："多知道一些外界的事也有好处。"

田家祥摆摆手，一本正经地说："咱大苇塘就是天地当中央。"

…………

吕锋怏怏不乐地离开了田家。

回家的路上，他碰见小石榴的叔公公田家坤。

"大侄，"田家坤捋捋小胡子，郑重其事地说，"你和田家祥是一个人，我想托你求个人情面子。"

"什么事？"

"我四个儿子，都长大了。眼下只有一处房子，想求大队给划两处地基。今冬明春，大的、二的都要成家了，家雀儿也要有个屋头做窝呀！"

吕锋不知说什么好。家坤在村里是个有影响的人物，念过两年私塾，懂得廉耻礼义之类，轻易不向人开口告帮，可帮助别人办事却是极忠实的。他的四个儿子，是挨着肩儿长大的，家事也就一个接一个，日子挺紧巴。要两处地基盖房是合情合理的。再说家祥不也一下盖了两处吗？村里许多人家都划了新地基，正筹备盖房。可吕锋觉得他和田家祥已经疏远了，这种疏远使他没有兴趣再和田家祥多联系。那种不和谐的情绪刚刚发觉，就又遇上这样的人托办这样的事，真不知怎么办。

田家坤发现吕锋似有难处，便喟然长叹曰："子以道义交，君子之交淡如水，小人之交甘若醴。家祥盖房时，许多人送东西，我以为家祥是个刚正汉子，就没去表示表示。我这个人面皮也不行，手头也紧，失了一着，怨我呀！人一天有三迷，这话我信了。今儿你捎个话给他，我田家坤白不了他。他现今家里有木匠……"

说着，田家坤把两条香烟掖在吕锋胳膊下。

"大叔，用不着这样。"吕锋说，"我不信家猫吃生姜！本村本里的，又是支书，收东西能拿得下脸来？"

"唉，礼为上。"田家坤说，"不收再拿回来嘛，总比没个招呼好哟。"

吕锋执拗地推开了，他说："我替你去说说。"

吕锋为乡亲们办事也是认真的。第二天他就去找了田家祥，将家坤要求划地基的事说了。

"哟！"田家祥顿时起了疑心，问，"怎么，他朝你这个大学生告我了？"

吕锋当即解释："根本不能说告。是我遇见他，拉起家常来，他提起房子的事，我就替他先透个话。人家还要给你送两条烟……"

"我不稀罕！"还没等吕锋说完，田家祥就堵上了门，"早做梦去啦！"

吕锋没讨下这个面子，心里挺窝火。放在先前，他会义正词严地说一大通，并且指出此事的办与不办和田家祥会有怎样的利害关系，他会劝田家祥考虑远愁和近忧，上颜和下情，但是现在，他不想这样做了，既无兴趣，又无力量。读书使他变得优柔了，原先的慷慨激昂被温情代替，足智多谋也被理智的俯视和分析所取代。走出门来，他才觉得自己内心如此强大、傲岸，可在田家祥面前仍是这么无力，这么弱小。这究竟是为什么？他摸不清田家祥为什么现在如此不恤下情，他不明白田家祥为什么一言既出就难以改口，为什么他那么多疑，而多疑一旦和刚愎自用、偏颇固执结合在一起便会扭曲世界。田家祥才三十多岁啊！这方面居然超过了老年人！吕锋有点明白为什么有人总把命运寄托在关键人物的口形上了。

经过田永顺的家时，正遇见田永顺推着脚踏车出来。

"大哥，你回家来了？"永顺爽朗地叫，"早知你回来，托你带几本书来。"

"什么书。"

"什么书都要。养鸡的、养鸭的、电工手册、服装裁缝，小说、画报、历史、地理、科学社会主义……开卷有益嘛。"他那稚气的脸上已经显出成熟的样子来，爽快中流露出一种豁达和聪慧的气质。他问吕锋："你去干啥啦？"

吕锋不知为什么，竟把方才遇到的烦闷告诉了他。

永顺收住那洒脱的笑，说："为什么要这样求情呢？向一个人求情，他不开口就搬不得一块石片片。这是开玩笑。得立个制度，关键是有个章程，什么都有章程，就好办了。你看，我家这小破屋，够寒碜的吧？可我就不求情，谁也不求。我向大队打过报告，别的谁也不求。照样发财，照样和县长一起对着火抽烟。咱比谁矮半截？"

他那么有信心，有志气，倒把吕锋逗乐了。

吕锋叫他开个书单，回去替他买了寄来。

吕锋回校半个月后，永顺收到了两捆书，为了表示谢意，他给吕锋的妹妹买了一条砖红色全毛长围巾和一双湖蓝色的尼龙丝手套。

但是，田家坤盖房的事却没有办成，虽然吕锋又写过两次信，每次都顺便提起家坤房子的事，但田家祥根本不理睬，连信都不回。不久，吕锋收到田家坤的二儿子写来的一封信，请吕锋不要再为他家说情了，他们自己解决。听那口气，矛盾是进一步尖锐了。

自从大苇塘村的地基确定由大队支部统一分划以后，敢于无视支部的这一神圣权力而独自盖房的，只有田家坤一家。在失去一切希望之后，田家坤去请示公社，公社也说应当划地基盖房，可田家祥说："谁同意叫谁来划"，完全不听公社党委的意见。万般无奈，家坤父子五个联合了近族百十口人，用十五天时间，在村后的一片荒地上盖了三间房，准备给长子春节结婚用。其间，田家祥曾领着大队十几个民兵前来拆墙基，被田家坤父子呵斥散了。为此，田家祥撤了民兵连长的职务，他自己也去公社说不干了。

矛盾很快激化起来，公社也无法处理。他们一边叫田家祥不要伸腿不干，一边叫田家坤写出检讨并交出罚款一百元。田家坤却拒不服从。

秋收以后，大队说要从村前到村后抽一条像样的街道。计算下来，街道正冲着田家坤老宅子的一间房子。实施这一规划时，田家祥带领民兵来拆田家坤的房。田家坤心里骂道："官报私仇，这东西多损！"但表面上还是装出温厚的样子，劝将这街绕一下，或者不用这么宽。田家祥不听。田家坤招呼全家人一齐跪下向田家祥求情。

这时全村人几乎都来看景，大多数人同情家坤，但看见田家祥愤愤的样子，民兵又扛着枪，也都不敢吭声。

田家祥看见家坤一家老幼在他面前跪下了，他曾经有过三秒钟的得意。是的，在这三秒钟内，他清楚地感到，权力胜利了！无论怎么说，权力是个好东西，这个无形的东西把如此强有力的一个家庭折倒在地，像风吹枯草一样。田家祥感到了自己的分量。但是，这只是三秒钟，一刹那，一个闪电般的念头而已。当他看到四周社员的目光时，他从那压抑的愤懑中看到一种更重大的东西在失去。这种跪伏，是一种挑战，一种嘲弄，是的，田家祥感到了。这种乞求是在争取广泛的同情，或者说，已经争取过去了。他从心里骂道："这个坏老头儿，这个念过私塾，懂得春秋纵横、战国捭阖的老家伙，真狠哪！"田家祥很快地就明白了：如果答应了，那么他的话就成为可以改动的，不是字字千钧驷马难追了，如果答应了，那就意味着以后将会有更多的折中；而无论怎样，田家坤父子既然已经跪了下去，仇隙便是不能解除的了。他面临着一种牺牲，他没想到要付出这么大的代价！当闪电一般的回忆把他又带到床边，又看见父亲和妹妹弟弟一起向他求情时，他浑身抖了起来。也就是这样的镜头，他付出了一生的幸福，接受了丑的每月每时的嘲弄；这一次，又是这样的形式，他又要牺牲自己的威力，软弱将铸成一生的笑柄！心慈手软是不中用的。他咬咬牙，大声说："拆！"

他这一声落地，田家坤腾地站了起来。他慢慢地走近乡亲们，满脸老泪，围着乡亲们转了一圈，然后对田家祥看都没看一眼，就招呼儿子们："都给我站起来！跟我上房！"

这是怎样的一个场面啊！村民们呆呆地看着，田家祥愣愣地怔在那里。只有田家父子，正亲手把他们的房子拆毁。每一个人都有话要喊，但没有一个人喊。尘土飞扬着，田家坤不准任何一个儿子哭出声来。所有的力量都在这时平衡了，飓风的中心可以放一盏不灭的油灯，相信吗？强大的权力，压抑的愤怒，对专制的畏惧，对善良的同情，山东人的豪爽，孔孟之乡的忍让，全都平衡在一起，杂糅在一起，和谐在一起了。这是一架大苇塘村的天平，这是历史的抛物线的顶点，这是一场无声无息又石破天惊的争斗。阶级的？宗族的？公与私的？专横与民主的？不要肯定，也不要否定。社会现实的每一个章节里都包括科学里几十个主题。不顾一切一直前行的只有一个东西——历史。

街道按田家祥的意志，从南到北，大苇塘村多了一条路。

即使傻瓜，也不会相信这件事就此完结。田家坤父子同田家祥进入了长期作战的时期。家坤父子像侦探一样，无时不在追寻着田家祥的脚印。他们为了追寻一个线索，宁肯全家人把熟透了的麦子扔在田里不割，也要把材料弄清楚；他们像胶一样希图粘住每一个在县委地委工作的干部，不失时机地向他们反映田家祥的问题；他们将潇洒俊秀的三儿子入赘给县委常委的一位丑女儿，三儿子为了报全家之仇，认了。同仇敌忾，全力以赴，慷慨悲歌。田家坤全家终年笼罩着复仇的肃杀气氛。田家祥早就警惕了，但是，他那早已滋生出的东西又绝不能为了对付一家对手而持久地谨小慎微，经过一段时间的警惕，他松懈了，因为他要按自己的意志生活。

初冬，夜幕刚刚降下。田家坤和小儿子去新屋里拿草喂羊。他的新屋现在是侄媳小石榴暂借了用来织草袋的。田家坤走近房屋时，听见里面有人说话。

"脱下来!"一个低沉的男子在焦急地命令。

"不行、不行。"一个女子在拒绝。

田家坤猛地堵住小儿子的嘴,把他按在墙根,然后自己轻轻地溜到门旁。

"别不识抬举!"

"我不要。自打吕锋那事后,我谁也不要。"

田家坤已经听清是谁和谁了。他故意不说话,一直等到里边有某种声音了,才招呼小儿子过来。他一脚踹开门,小儿子的手电筒立时照在了田家祥的脸上。

田家坤轻轻笑了一笑。

"田家祥,你一个叔辈的汉子,强奸侄媳辈的女人,天地良心何在?"田家坤先以理拿人。

田家祥要穿衣服,被田家坤一手夺了下来。

田家祥十分恼火,他两眼直冒火星,在一场输局面前,他迅速冷静下来,吼叫道:"两相情愿,就是和姑奶奶睡觉,别人也瞎汪汪。"

此时,田家坤的另外三个儿子也赶来了。

就是这样一种形势:小石榴面对着墙,倚在墙角的一堆稻草上;田家祥披着夹袄,光着下身,站在屋子中央;田家坤的三个儿子堵着门,他自己则不慌不忙,掐了一节草梗慢悠悠地剔牙。

消息传得真快,不一会儿,就有几百人围上了这幢出了桃色事件的新屋。

"别靠近,下身还光着的呢!"男人们警告女人们。

"难看死了,还有脸见人?"

"和侄媳妇鼓捣,丧了天伦啦!"

"那个小妖精也真是,见一个坑一个。"

"这一回不是她的事,裤子是叫书记硬拽下来的,腰带都拽断了。"

"坏东西!"

"还没揍吗?"

"把那玩意儿割下来!"

"人家还说只要情愿,什么姑娘媳妇、婶子大娘、姑奶奶,都来得……"

这些话一句比一句厉害,把整个村庄的人心都刺痛了。传统的道德和正常的伦理都被田家祥践踏了,别人受得,大苇塘村人可是受不了!他们都是一个"田"姓啊!人们都觉得自家的女人面临着魔鬼的巨爪,而今天,有人把巨爪逮住了。他们要借这个机会让魔鬼现眼,而且对手正是田家坤父子。这样真实的戏剧对村民的吸引力太大了。一个个伸头露角,想看看田家祥,可是看不清。这就只好更加放肆地议论,更加无所顾忌地咒骂。

田福申、田福珍也来了。谁都知道他俩是什么心情。

他俩充当了调解人。

田家祥为了及早脱逃这个现场,只得接受调停;而田家坤所要求的条件并不高:邪秽污了他的新屋,要田家祥买一挂一百响的鞭炮,立即在这房里放了,驱除污秽,图个吉利。

田家祥接受了。他掏了钱,福珍去买来鞭炮,福申举了竿子,田家祥点了火,一挂一百响的鞭炮就在屋子里响了起来。

就连大苇塘年纪最大的人,也是第一次听说这样的事!丑闻、奇事、新鲜、腻歪,希望其有但又希望其无,大快人心又想讳莫如深,许多种情绪纠缠在一起,弄得人哭笑不得。男的,女的，老的，少的，无不说冤家路窄，骂田家祥孬种，说田家坤懂礼，舆论如此一致地偏向后者了。当一声声沉闷的鞭炮声从屋子里传出来时，人们从那声音中听到的是一种类似宣判一样的味道。火光一闪一闪，映照着围在门口的人们，谁都想看一看田家祥，就像希图看见从未看见过的名人一样。田家坤轻松地剔着牙，他显然很得意。他希望这挂鞭炮是一千个或一万个，一夜放不完，永远放下去！田福申高叫着，叫前来抢哑炮的孩子小心脑袋，田福珍把剩下的零钱当面点清，装在田家祥的衣兜里，然后把裤子从家坤手里要过来。田家祥急忙穿好裤子，推开人群，大步地走开了。

夜色下的场子上，一片叫声。

此时，谁也没有注意一个人，一个老头儿。他几乎从一开始就蹲在屋子后面的一棵老槐树下。任别人怎么叫喊，怎么咒骂，怎么嬉笑，他全不注意。他压根儿就没打算为儿子分辩，他从不护短。确切地说，他一直是闭着眼睛的，在默默地听着，品评着，咀嚼着什么。这个忠厚的质朴的老农民，这个任凭苦难怎么折磨仍不息地劳作，任凭儿子怎样上升，怎样发家都不能使他迷惑的老头子，似乎早就看见了这一天。他一直听到鞭炮声结束，才站了起来，朝家走去。

第一个发现他的是田家坤。田家坤在老汉面前低下头，哽咽着说："大叔，逼的，我田家坤本不是这种咬死老虎的人啊……"

田老汉举起颤抖的手，抚摸着田家坤的胳膊说："老侄，别人不明白，我明白：蜂老自死！"

田家坤望着田老汉慢慢离去，自语道："大苇塘村人啊……"话没说完，泪就涌出来了。

虽然，大苇塘村每家每户都在议论这件趣事，但是，真正就此大做文章的却只有福申、福珍二人。

第二天一早，他们就各骑一辆车，向公社奔去。

在村东头，他们遇见永顺。

"大爷爷，三爷爷，你们干什么去？"永顺问。

他们反问："永顺，大早晨你趴在地里鼓捣着什么？"

"我在研究土壤。各处我都看了，咱们村的黑土严重缺肥，缺农家肥。长期使用化肥，土地的力气都泡出来，用尽了，也就板结了，黏度增大，腐殖质减少，透风保湿能力都差了。而单靠现在的办法已经不能迅速解决。这是关系到全村生计的大事啊！"永顺把一团土坨子向半空扔起来，又接在手里，说："我知道你们去公社干什么的。"

"你猜猜看。"

"告田家祥。"

福申、福珍二人相视而笑，然后虚伪地摇摇头。

"瞒不了我。"永顺自信地说，"你们别告，不如找他谈谈这土地的事，谈谈大苇塘村的出路的事。说实话，凭这样的事，你们也告不倒他。再说，即使告倒了他，也不会再让你当支部书记。"

"为什么？"福申惊愕地问。

"你们代表的是过去。"

"过去？"福申笑笑说，"你知道，过去打倒的，现在都平反了。"

永顺哈哈笑起来："那不是一回事。"

福珍说："俺俩去供销社买、买点图钉……"

说完，他们急急忙忙地上车走了，好像那里现放着两顶一品乌纱帽，谁先去谁先戴似的。永顺好不开心地笑了。

他对着两个人的背影喊："你们不去谈，我可要去找田家祥谈了！"

二人不应，照样地飞跑着。

田永顺拿着那坨子黑土，果然去找田家祥了。

苇塘岸边茂盛的芦荻中有几条狭窄的小径，枯黄的芦叶被人踩得贴在路上，散落的白色的芦花絮儿在空中飘荡。永顺抱着一坨子黑土，穿过芦苇荡子，便向塘北岸坡上爬去，爬上岸，就是田家祥院前的空场了。

在他还小的时候，就听见田家祥和吕锋在外头当兵，混得不错，田永顺心中就十分敬仰这两位了不起的人物。后来，田家祥回村了，干得热火朝天，这使田永顺更加相信在外边混过的人有本事。但他又不能宽恕田家祥大年初一绑他父亲那件不共戴天之仇。他老是想报复。后来，田家祥越来越红，地位越来越稳固，田永顺找不到偿还一绳之仇的路子，也就渐渐失去了希望。他知道田家祥看出了这一点，总不会给他出路的，于是便在手艺上发展才干。这几乎是所有受到政治压抑的青年的出路。田永顺上完中学，就学当泥瓦匠、木匠，跟一个乡下师傅学了一年铁匠。一切乡村能够学到的技艺他几乎全学了，在全村同龄的青年人中，他是被公认最有才能的聪明过人的小伙子。他比谁都更注意风云变幻，但他的手段却只有靠劳动挣钱。他连续三年办孵房，赚了三千多块；他育山楂树苗，培植花卉，养鸡，到苏北去贩卖豆饼，每年也能收入千把块。他成为大苇塘村首屈一指的富翁。

一个人只有在这一方面得到宣泄和发挥，才会忘却那一方面的痛苦和郁闷。他不止一次地对着田家祥的大院说："你有权，我有钱，咱比比谁过得好！"渐渐地，他发现他自己连同他的老爹都把那一绳之仇淡忘了。他觉得已经报复了，没被仇人压下去，而且生活得比他还好，这还不够吗？他读书，读了很多书，那一行行的字把他的心打开了，像第一次看见海洋的人那样，他惊呆了。田永顺发现了先前的可笑和卑微，从而完全取消了报仇的念头。"无意思，都是历史了，还翻腾那个干什么。"田永顺感到心头卸下一块巨石，他更轻松，也更洒脱了。在乡亲们夸他时，他反而觉得自己做得很不够。他发财了，交了许多粮，县里给他发了奖，叫他入了党。但当他发现自己正在走田家祥的路子时，心里忽然警觉起来，因为他亲眼看到，近两年的田家祥已经不是人们敬仰的人物了。田永顺看出田家祥的失败在于出了十分的力却想得到一百分的报酬。田永顺觉得自己不可能有田家祥那么坚韧、那么刚强，他比不上他，但他又想让全村人都能富起来，使自己这个党员不至于成为拿了奖状做红袍子的典型。因此，他必须通过田家祥将自己的心迹和意志表达出来。

惊魂未定的田家祥正在家里睡大觉，实际上他睡不着，只是躺在床上罢了。他正在恨田家坤父子，恨福申、福珍，恨小石榴的迷人，恨村里人的不记其前功，心里像塞了乱草，见永顺捧了一坨子黑土来，田家祥先就不高兴，他头没抬，照样躺在那里假睡。

"大叔，"永顺进屋，把土坨子放在一个破瓷盆里，拂拂手，说，"咱这土，得改良了。"

田家祥听见永顺的话里满含着真诚，好像完全不知道昨晚那件事，便轻快了些，睁开眼，懒洋洋地问："什么大事？"

"多年施化肥，总是水田，也不轮作，土都板结了。"永顺把一盆土端到床前叫家祥看。

田家祥没有认真看，只是说："这我还不知道？改良，怎么改？"

"改种两年旱田。"田永顺说，"每亩地施上四十车土杂肥，就解决了。"

田家祥叹一口气。

他十分清楚，不要说每亩地施四十车，就是十四车，也办不到。前些年硬逼出来的那股子劲已经松懈下去，再也勒不出新的热情了；吕锋走后，他在生产管理上显出了缺少办法的弱点，其余几个人也都是当干部挣工分的，并没有什么志向；村里的猪圈不少，但积肥不多，各家的土杂肥几乎全都送到自留地里去了……除非天上落肥料，否则，大苇塘村绝不可能搞出那么多肥料。况且，人心也散了，许多地方搞责任田，大苇塘村人心浮动，像虫拱似的。

"我有一个办法。"永顺说。

"说。"

"分田，"永顺说："像小苇塘大队那样，分下去，各包各的，不出两年，地就养好了。"

"单干？"

"对，单干，一户一户地包下去干。"

"收呢？"

"谁收的是谁的。公粮照交不误。"

"还要社会主义不？"

"这就是社会主义。"

"放屁！"田家祥腾地坐起来，吼叫着，"别他妈的想高门，有我田家祥在，大苇塘村就别想走资本主义的路！"

说完这话，田家祥以为永顺会立即站起来愤愤而去的。可是，田永顺并没有走，甚至根本没有去理那句骂人的话。他的脸只是泛了一阵子红，但很快就又复原了。他坐在尚未生火的炉台旁边，手里捏着从盆里抓来的土，平静得如同什么也没发生。

没有什么能比无视别人的激动更刺激人的了。家祥从心里感到一种震动。他忽然意识到眼前这位比自己小十来岁的小青年已经成熟了，成熟得那么饱满，使田家祥如临大敌。他从床上下来，趿着鞋，坐在床沿上抽烟。

"地，是一定要分的。"田永顺仍然坚持他的看法，而且说得十分坚决，"大苇塘村的土地上不光生出了一双双勤劳的手，还生出了一个个想过好日子的脑子。就是这样一个事实，越是让利益紧紧连在他的家庭上，那双手才能不住地做，谁也否认不了。分了地，各人的耙儿搂各人的柴火，这叫不打自叫唤。一年之内每亩地压上四十车肥，是绝对没问题的，小苇塘村的事实已经证明了，人家去年的单产就超过咱了。"

"胡说。"田家祥最怕听见别人超过他，因为他是典型。他对田永顺说："你知道什么！小苇塘去年单产比咱低七斤。"

"可是，你也应当知道：人家没把红薯算进去，当作饲料了；可咱们大苇塘，把稻谷的产量当作大米上报了。难道不对吗？就这样，还赶不上人家，索性把自留地的产量也算进去……"

本来，田永顺是想用事实说明他要论证的问题的，可田家祥一下子感觉到这青年在揭他的老底，好像法官公布他的罪行一样。他受不了，他不能无视这个青年人的挑战，他一下子又想到曾经绑过田永顺的爹，于是气急败坏地一脚踢翻了那个盛着黑土的破盆，叫喊道："想干什么就明说，别绕这些圈子！"

田永顺愤愤地站起来，对田家祥说："作为一位支部书记，这样对待一个党员的建议……"

"党员有什么大景致，"田家祥说，"我是党员时，你还穿漏裆裤子呢！"

田永顺将一把黑土甩在地下，对田家祥说："看来，你到此为止了。"

"有本事尽你使！"田家祥恼羞成怒地叫道，"家雀儿长牙要吃鹰！"

田永顺出去了。他经过田家祥的院门时，看见田老汉在瑟瑟发抖，但天并不冷啊！

走出田家大门，田永顺不知向何处去了。他站在芦苇塘边，先是看着水面发了一阵子呆，然后转过身，向田野里走去。

初冬的旷野，比夏秋单调多了。该收获的已经收获，该开垦翻耕的却没有翻耕。寂寞的田茬，带着复发出的野禾，在冷风中哆嗦着。如此安静的原野却使田永顺心潮翻滚。自知力量不够，他从不敢奢望自己能有回天之力，将大苇塘再推进一步。但希望有能力的人干，自己加一把力。可是，他失望了。能干的人已经躺下，而且听不进别人的劝告——他在他的床上起不来了。同时，他还反对别人起床、劳动、进步，追求新的生活。田永顺慨叹历史走得这样快，它简直就是在一瞬间把一个由它推出来的人物一下子甩得远远的。一种神圣的责任感，正从田永顺心头生起，他要自己认真想一想，掂一掂面前的担子。担子很重，但他想担,因为别无他人。他要向田家祥证明:一个真正的共产党员是应永远不停止地前进的;他要用实际行动说明:大苇塘村并非只有你田家祥才是英雄好汉!

他激动了,从来没有这样激动过。在他的面前,出现了一幅崭新的大苇塘村的前景图画:劳动者不再是在强力的威逼下出苦力,而是主动地以其体力和心志去创造;庄稼人不仅有了粮,有了钱,也有了欢乐和自由;他们不再是偏居一隅的乡民,而且向城市进攻了;土地上长着茂盛的庄稼,副业和各种手工业都发达起来,一个越来越接近现代社会的乡村正在大苇塘村的上空形成。田永顺想把这一切变为现实,而且就在不久的将来。

他想找到那些同伴,那些迫切想过好日子的父老兄弟。应当好好筹划一下,怎样才能富起来,怎样才能让每一个人知道,大苇塘村还有好景在后边。他要把所有自己会的手艺教给别人,他要让许多同伴从土地上解脱出来,去创造更多的财富,去表现更丰富的才智。田永顺从来没有像今天这样自信。

田家祥余怒未消,他在院子里打跑了所有的鸡(包括一只刚下过蛋尚未得到犒劳的母鸡),自己一个人蹲着喘粗气。

田老汉仍旧不停地忙着,他对自己的儿子一点也不重视。田家祥素来就习惯了爹的这种淡漠,他希望爹什么也不要说,因为他认为爹什么都不懂。

"蜂老自死!"田老汉居然冒出了这么一句。

这句话使田家祥打了一个寒战。

田家祥隐隐感到自己犯了一个错误,一个不小的错误,虽然不大,但很可怕。他想挽回这丢失了的牌,把推走的一位青年拉回来。理智战胜了感情,他打算马上找田永顺谈谈。如果他能变成像吕锋那样的得力助手,那么大苇塘村就仍然是田家祥的铁壁铜墙的古堡。

田家祥又变得神采奕奕了。他觉出自己的脚步那么轻快,那么敏捷,好像又恢复到几年前初回大苇塘村时的样子了。凭一个书记的身份,去拉一个稚嫩的小伙子合营一个大队的事业,一定是没有什么困难的。如果田永顺忠诚——且不管他本事大小——那么,给他一些权力,我田家祥更加省心省力,另外保留着田家贵的职务,从中牵制双方,事情就好办了。如果永顺这小子真有点本事,就让他发挥出来,大苇塘村的典型就更加牢不可破了。田家祥是聪明的,他已经看到大苇塘村能出的油基本都挤出来了。一年多来,他虽然使出了全部心力,仍然找不到路子。许多事情像大山一样不可动移:社员出工不出力,肥料偷偷运到自留地里;一大群大小队干部不干活,先进单位交粮必须拔尖,而这又必定降低社员口粮……解决这一切,田家祥感到力不从心。按下葫芦浮起瓢,打了骡子马不动。眼见产量下降,可是没有办法。小苇塘村又偏偏先实行了责任制,很快就赶上来了。县委提醒大苇塘不能落后。社员人心浮动,一个困境正在田家祥眼前形成。此时,他多么想有吕锋那样的人物,披肝沥胆,矢志不渝,拧着劲干,要勇有勇,要智有智,能说能写能干,那是多么得力的干将啊!田家祥恨不得一下子把田永顺拉到面前,各伸出一个指头,钩了,说一声:干!大苇塘村马上柳暗花明,光彩夺目了……

走到永顺家门前,才知道永顺不在家,吕小妹正在他家帮着打扫猪圈。

"永顺哪去了?"

"福申爷请他去做货架了。"

"做什么货架?"

"福申家不是自办了一个代销点吗?人家连执照都办好了。"

"谁批准的?"

"那俺就不知道了。反正是大队点了头的。"

田家祥先是一气。在他不知不觉时,福申竟抢着办了一个代销点!大苇塘村早就缺一个像模像样的代销点,后来大队设了一个代销员,可年年赔款、丢款,田家祥生气取消了。刚一取消,就被田福申钻了空子。他猜想,这事一定是田家贵这小子办的。家贵盖房,想借家祥三千块砖用,家祥知道他不会还的,拒绝了,这小子翻脸不认人,立时回头和福申打成一伙了。如今田永顺又去帮着打货架,想必他们在凑群了。田家祥一下子便怀疑这些人要篡他的位——自从他当了第一把手,几乎天天梦见这样的事情发生。他想:如果吕锋在,两个人商量一下,也许略施小计,便可将这一团伙人马击溃。他觉得自己先前是极灵活的,如今不知为什么竟也变得迟钝了。偏偏这时又见吕小妹在这里忙活,便问:"小妹,你在这里白出什么力!"

"我们向永顺哥学技术的。"小妹说,"学生帮老师忙点活,不是应当吗?"

"学什么技术?"

"什么都学。"小妹说,"农闲到了,永顺哥打算办夜校,一百多名青年报名参加,现在就有四十五个,开始上课了。"

"谁批准的?"

"这也要批准?学习还要批准吗?"

田家祥本要说"什么都得批准"的,可他没说。他像把一块热铁咽下去一样，默默地走开了。他已经感到一种脱离他的权力而存在的一股势力，这股势力对他睬都不睬，就大摇大摆地占据了大苇塘村相当大的地盘。田家祥几年前力挽狂澜，改变了大苇塘村形象的时候，这一伙青年只不过是刚刚出农中大门的学生，嘴唇上的毛还是黄茸茸的，如今竟敢向他挑战了。田家祥像帝王看见农民准备操戈起义那样，浑身一阵战栗。

田家祥已经没有兴趣再去找永顺了。凭感觉，他知道田永顺不会变成吕锋，这种感觉延展开去，使他更加想念吕锋。他恨不得插翅儿一下子飞到吕锋那里，或者把吕锋拉回来，两人促膝交谈，运筹帷幄……而现实是他自己一个人，所有的茅屋里的人似乎都不和他一条心了，他很难把这出独角戏唱下去，他感到力不从心了。

但他天生又是一副刚强汉子的脾气。他不认输，永远不会，宁肯把一盘棋掀翻也不会认输。他虽然已经离开永顺的家很远了，耳边仍然听见永顺家那几十头猪在叫，在拱，在吃食。他知道永顺那几间草房里必定积攒了许多钱。春天办孵房，冬天跑生意，夏天培植木耳，一年四季喂养土鳖子，外加上铁木零活，至少一年可以收入两千块。就是这些钱，使田永顺的腰杆子硬了，可以无视田家祥的权力，居然敢于登门说三道四指手画脚教训别人应当怎样怎样不应当怎样怎样了！这种情况又像荒野的火一样在蔓延，如果全村的人都这样干，那么将会出现一个十分可怕的无法约束的局面。相形之下，田家祥的权力将黯然失色，这还是次要的，更难使田家祥安然的是，他再也不是全村混得最好的人物了。那些发了家的人物必然是名利双收，人们的注意力将被这些钱包最大最鼓的人吸引去。田家祥恨不得一下子把这些人的钱包全没收、烧掉、剁烂，或者上缴，都可以。可是不行，上级现在正支持这种人。

田家祥想寻找一个时机。

但是这种时机迟迟没有到来，潮流反倒越来越凶猛了。全公社所有的村庄都实行了责任制，只有大苇塘村仍一如既往，恪守旧章法。县委和公社党委对大苇塘村的去向，在认识上有分歧。一部分人认为必须按群众的要求，实行新办法；另一部分人在"押宝"，他们希望留这么一个点，万一政策再变过来，可以让大苇塘村再当一个"坚持社会主义道路"的典型。反正，对他们来说，两千来人的生计不是多么重要的。

田家祥很快就明白了大苇塘村所处的政治背景。他从内心感到可怕。他觉得自己正在一条钢丝上行走。那种逆风行船的味道，他分明感觉到了，可是他又不想转舵。他不愿把土地分到各家承包，他觉得那些土地的完整就象征着权力的完整。如果把地分下去，那么他就必须如同别人一样在田里劳动。他已经在大集体的形式下完成了自己的目标，可现在马上又要叫他撤出胜利的阵地，让元帅和士兵一样生活，他认为现实故意地在捉弄人，在开他的玩笑。他喜欢和别人比，虽然自己还不太多，但只要除数是零，那么这个算式就没有意义；最多可以让除数是个一，那么被除数就可以因自己的有效数字成为除数的倍数；再多了绝不行，不能让除数是二，是三，是五……更不能超过被除数。这种心理如此强烈地纠缠着他，使他感到一种被束缚的痛苦。他不愿意放开这些绳索。

田家祥回到家里，在院子里转了两圈，又看见田老汉那冷漠的目光。他受不了，就抄起一把铁锹，朝田野里走去。

初冬的田野，寂静而又安详。大苇塘村黑色的土地像出尽了力气的老人似的，疲倦了，昏沉沉地睡着了。凉飕飕的西北风掠过坦荡的田原，轻轻地呼啸着，像一位好久没有找到丢失了宝贝儿子的妈妈在沙哑着嗓子呼喊。田家祥也疲倦了，但他却不想再寻找什么。他困顿地躺在浅浅的田沟里，黑色的松散的土粒滚进他的脖领里，他也感觉不到。阳光灿烂，但并不暖和。辽阔的蔚蓝色天空中不时有雁群飞过，他为那雁群整齐的队伍而惊羡，却压根儿没有想到那头雁的作用，他只是因此而想起大苇塘村的群众为什么没有那大雁听话守纪律。他不知道为什么躺在这里，也不知道应当到哪里去。无数的田埂、堤沿和沟渠在他面前组成了一张硕大无朋的网，而当初织这张土地的网时，他曾经付出多大的辛劳啊！吃在这土地上，睡在这土地上，风餐露宿，夜以继日，这里渗进了他多少汗，润进了他多少心血啊！他捧起一把松软的土粒，久久地端详着，然后又慢慢地松开十指，让土粒从那指缝里簌簌地流下去，流下去……他一遍又一遍地重复着这个动作，一直到眼泪从那深深的眼窝里流出……

他是多么热爱这片土地啊！那情感恰如烈火一样。火种是祖先遗传下来的。从小在这土里滚爬；稍大些，就蹲在耙上耙地，任那涌起的温暖的春土掩埋了他的脚面；夏天，他踩着泥巴，每一条路上都留下了他的脚印；秋天在这里收割，顺便逮些蚂蚱和蝈蝈；冬天，唤着狗在雪地上追逮野兔或拿了挠子在这里挖田鼠。他在这里锻炼了意志和体魄，像这土地一样坚韧，一样厚实。他想：这片土地能变成这个样子，大苇塘村人能吃上大米干饭，就应当知足了。可是不然，人心无尽，潮流和金钱如此强烈地诱惑了这里历来朴实憨厚乐天知命的乡亲们，他们不停地更换着梦境，一个一个地追扑着，并如此任性地企图使梦成为现实。谁能使他们的小囤变成大囤，使一毛钱变为一块钱，他们就跟着谁走，为此他们甩掉一个头人就像夏天甩掉一顶破毡帽似的。世事沧桑，一切都不好预知，田家祥陷进深深的悲哀之中。他烦恼，他怨愤，他委屈，他痛恨无常的变幻，历史的螺旋挤得他浑身疼痛。

他腾地站起来，甩了几圈铁锹，然后把铁锹一下子甩出老远。他在大平原上发疯一样地狂叫：

"杀——人喽！"

他像一只发狂的狮子在地上打着转，脚下不时跄起一团团尘土。

他喘着粗气，停了下来，像凶兽一样抬起眼。他看见的是一个女人，一个红脸黄牙的女人。

他像吃红了眼的狼一样盯着自己的女人，在这一刹那，他忽然想起：自己舍弃一切就是为了这片土地，而这块土地马上就要从他手里丢掉了。他将变得一无所有，他将这一切怨恨都发泄到这个女人身上。他向她猛地扑去，那架势，是要一下子掐死她。

可是，那女人并没惊慌，当猛兽似的男人向她扑来时，她一闪，田家祥就一个踉跄撂倒、趴在地上，而且没能爬起来。

那女人没有走开，一直等田家祥重新站起来。

她以为他又要扑来，做好了防备的姿势。

可是田家祥却支持不住，软软地瘫在地上了。

她拉起他，背着他回去了。北风吹动她的衣襟，她仍然那样不紧不慢地驮着丈夫走着……

回家之后，田家祥就一下子病倒了。原先就有的胃病更加严重。不吃就痛，一吃就胀；喝水，水在肚子里不下去，晃一晃能听见里面水晃荡；吃干的，又直嗝气。心律不齐，常常感到心慌。闭上眼就做梦，可怕的梦，醒来就是满脖子汗。他虚弱得多，也黑瘦得厉害。浑身好像没有四两劲。村子里的事几乎全都委托给田家贵了，但有一条却怎么也不松手：那就是土地，绝不能分。田家贵不敢违抗，但其他事多是他自己拿主意的。有时先斩后奏，有时斩而不奏，有时多斩少奏，有时奏而不斩，田家贵趁田家祥生病之机，很是得意了一阵子，而且也捞了不少好处。其次，长了名望的是田永顺。他已经六次被选为公社、县和地区的先进专业户、重点户了，奖金得了一大把。他不久就和吕小妹结了婚，添了劳力，日子过得越发红火，而且带起了一大批人。大苇塘村每举"能人"的例子，便说是永顺。田家祥当年气吞山河的传奇色彩也渐渐地模糊了。

田家祥就这样销蚀着光阴，光阴也销蚀着他。

又是一年的夏天，田家祥突然一反常态，变得充满信心，生气勃勃了。唯一的原因是他知道吕锋已经毕业，而且就要回本地区的政府部门工作了。

吕锋回村的那天，田家祥一直在村西头等着。他从来没有像今天这样期待过一个人。太阳平西的时候，才见大路上来了一辆自行车，不紧不慢，全不像吕锋当年一蹬上车就像没命的似的，那姿态，稳重而又深沉。霞光灿烂，天空和田野如同绸缎一样美丽。那个人渐渐近了，田家祥看清那就是吕锋，便想飞扑过去，扳住吕锋的肩头，朝肩胛窝上揳一拳。可他刚刚跑了两步，便停下来，又慢悠悠颇有绅士风度地摇了过去。

"是你呀！家祥。"吕锋显然很高兴，"还用得着迎？人地两熟。"

"这也是个规格嘛！"

"咱管那一套去。"

两个人都没有上车，便推着走。吕锋不时地看看田野，既不说好也不说不好，只是眉头皱着。一直到村边一片自留地处，才说："这里庄稼长得怎好！"

"私字。"田家祥哼了一声，又转过话题说，"我接你就像接张天师一样。"

吕锋笑笑，说："也许接了一个鬼呢。"

"到我家吃晚饭，喝一气。"田家祥真诚地邀请。

"我，先回家看看，你到我家去吧。"吕锋看看田家祥的高大的瓦房，婉言拒绝了。

田家祥没有随吕锋一起走，他知道吕锋一到家，便立即有许多人去说话，机灵的吕锋是会一一应酬，不会怠慢任何一个人的。加上田永顺，那场面一定是热热闹闹，熙熙攘攘的。田家祥已经知道自己不习惯这样的场面了。他已经养成了这样一种癖好：要么占据一个场面的中心，别人，所有的人都像众星捧月那样对待他；要么他就和别人单独一个人谈话。试想一下，那么多人，田家祥也如同一个普通的邻人一样听吕锋讲外边的新鲜事，那对他来说，该是何等的难以忍受啊！因此，他对吕锋说："你先回去歇着，我晚些时候再去。"

已经是夜里十一点了，田家祥才来到吕锋家。进门之前，他先咳嗽一声，也没有人来接，他便自个儿进去了。

聊了一会儿家常和阔别之情，田家祥便想议论一下村里的事，以便商量个办法。现在的吕锋已经是地专机关的干部，又是大学生，正吃香，有他的通力合作，大苇塘村将是另一番气象。

但吕锋的话总如天马行空一样，叫田家祥摸不着头脑。他那种气概，大有天下就是他的，一百年以后，两千年以前全看清了的劲儿。田家祥努力地朝耳朵里塞，那些话却都溜了出去，一点也进不到心里去。

"家祥，你难道没有感觉到，这是一个叫人激动不已的时代啊！序幕刚刚揭开，就如此响亮、如此辉煌，简直叫人不能有片刻安宁！别的咱不说，就说这乡村，新路子一铺开，被压抑的生产力就飞速发展起来。真叫人高兴啊！吃饱喝足，身暖心安，这就不待说了，一两年时间解决了几十年焦头烂额也没能解决的问题，无论如何这个历史的伟大启示需要认真总结。过去被认为只有天灾人祸妻离子散才不能不离开土地的人，现在自愿离开土地，这是需要研究的啊！商品生产在乡村像潮水一样地涌流起来，一些，不，是一大批农民变为专业户，一场乡村中的工业革命在兴起，而且绝不同于英国的圈地运动。试想想，当几亿农民变为工业生产者，整个社会将发生多么大的变化。这种变化绝不是简单的物质丰富，它将从根本上改变整个社会的经济面貌和文化面貌。一旦这个基础形成，那么，随之而来的又将是对行政管理、某些重要的体制、文化、流通、教育，甚至传统的道德、伦理等等，发生巨大的冲击。政治家们再也不用为凝滞的某些东西而发愁，社会学家再也不必为小农意识的普遍存在而悲哀，那种汽车头拉不动火车厢的局面将彻底改变。一场未曾完成的革命就要迅速完成，我们可以在明天或后天宣布：中国已经追上了时代的潮流了！"

"我听不懂这些大道理。"田家祥如堕五里雾中,但又像在大地上被剧烈地颠簸,他抓不住吕锋任何一句话的真正含义,也不想去抓,他凭直觉感到吕锋在说一些对他不利的话,而吕锋却是那么兴高采烈,好像找到一个最理想的情人似的。田家祥打断吕锋的话,又说了一遍:"我听不懂!"

"不,你应当听懂,而且一定要听懂!"吕锋固执地强调他的话的意义,他说,"我应当说得更明白,更通俗一些才好……"

"那么,让我讲一个故事给你听。"吕锋笑了笑,更加兴致勃勃地说,"我写了一个童话,或者说是寓言:一个小小的池塘,雨天里,他有幸蓄满了水,可是久不流动,便腐变了;水整天苦恼,想流出去,后来池塘有了缺口,水就高兴地跑到河流里去了。池塘骂水抛弃了他,骂河流夺去了他的财富,骂河流是危险的没有正性的猛兽,因为河流偶尔也会决口的。但大海却处之泰然,因为每一条河流终归要流到他那里去,而他又可以给池塘与河流以不息的生命。但池塘又骂大海……"

"我听不懂!"田家祥愤愤地站起来,把一支刚点着的烟使劲扔在地下,拿脚踩碎,说一声:"你别变着法儿骂人!"便悻悻地离开了吕家。

一走出吕家的门槛,田家祥就觉得头晕目眩。他原看见地上似乎有一个可口的西瓜的,等到抱起来,才知道是一只地雷。他原听见这里似有一支美妙的乐曲,可细听起来,才晓得是一串摄魂勾魄的丧钟声……吕锋并没有具体地针对他说任何不好听的话,可田家祥觉得整个山峦都被吕锋炸开了,轰碎了,漫天飞舞着石块,石块碰出一团一团,一堆一堆的火星,在田家祥眼前如萤火一样闪烁。大地崩溃了,这不是一锨一镢刨的坑或穴,而是整个地都在摇荡，都在解体，像生石灰遇到水一样！田家祥从来没有遇到这么沉重的打击。他走不动了，只好靠在大榆树上休息片刻。当他记起这棵树就是当年吕锋被人绑缚的大榆树时，立即跳了起来，真不堪设想啊，那个歃血为盟、撮土为香结交的好友，如今竟变成这样一个人；他变得那么高，好像整个中国就是那么手掌大的一块；他变得那么强，扭动乾坤也不过像掐一片树叶那么容易；他狂妄，狂妄得连素来自愧不如的田家祥都不屑一顾，如同大海嘲笑池塘，如来佛嘲笑孙悟空一样。田家祥已经确定地看到吕锋不是朋友而是敌手，头痛的是这个对手竟变得如此强大，强大到什么都不在话下了。这是为什么？田家祥想来想去，找到了两条原因：一怨形势"倒退"太快，二怨大学把吕锋教坏了。

离开这里，他走过小学后边的那条小路，见屋里好像还有学生在学习，也许是永顺还在备他妈的技术讲习课。田家祥无名火起，拿起一块石子，就朝那明亮的窗玻璃打去。

玻璃碎了，里边一阵叫喊。田家祥急忙弓起腰，慌慌张张地跑回了家。

他没有进屋，心里闷得不行。月光很好，树影婆娑，田家祥感觉不到这夜色的美。他真想一下子把大苇塘从地球上挖起来，甩到月亮上去，或别的什么星球。一场来自四面八方的挑战，是分分明明的了。田家祥经营了如此长的时间，竟被别人在一两年内超过了。现在能盖田家这样的瓦房的主儿，大苇塘村已不下五十户；许多人吃得比田家祥还讲究；更严重的是，他们根本不把书记放在眼里，似乎一个支部书记还不如他们的一张汇款单，一袋木耳或一车大白菜！他受不了这种全面的嘲笑。田家祥冥思苦想着对策。

啊，多么苦的思索啊！田家祥从早晨想到黄昏，从家里想到外边。他要找到一个药到病除的最佳处方，一把能够开启任何一家门锁的钥匙，一条把所有人拴在一起的绳子。他相信这种方法一定能够找到的。以往的经验告诉他：田家祥是有足够的办法和力量对付任何一种局面的。在这种思索中，他微妙地感觉到一个强烈的力，在没有这个力时，他在无限的空间内可以找到许多解决问题的办法，然而现在转来转去总被这个力推到一个"小胡同"里去，而在这"小胡同"里只有一个办法，一条出路。他觉得自己已经没有本领和条件再去找别的出路，只有这一种办法，最有力、最现成，也最得心应手。既然如此，田家祥只好抓起这唯一的武器，向着他的敌人出击了。

大苇塘村空气紧张。又是一次村民大会。
老百姓变得不那么温顺了。一次具有决定意义的支委会。
田家祥受不了笑声，一头撞在语录壁上。

我和吕锋来到大苇塘村时，才是小晌午，疏懒的人家也许早饭刚罢。夏季里，庄稼人是早晚狠干，中午要歇息的。这时候应当是闭门锁户街空巷净的，但今天却有点异常。许多人不趁这早上还不太热的时候下田做活，却集结在街头巷尾，好像在议论什么。

吕锋最先感到了这种山雨欲来风满楼的紧张空气，但他没有说。

乡亲们见我重访大苇塘村，很是热乎。庄稼人的寒暄有时比士大夫还要迂阔，我听着乡亲们的夸奖和问候，也感觉到四周的气氛有点不正常。我问吕锋,吕锋说:"好像要出事了。"

田永顺一见我,老远跑过来,握着我的手,连声叫"老师"。

我简直认不出我的这个学生来了。几年前那个细瘦的孩子,如今已经变得这样高,这样健壮,好像田野里一株正在晒米的红高粱。他还是那样淳朴,敞着怀,大红背心,只是那身上的肌肉变得更突出了。从那双机智的眼睛里可以判定这是一个颇有心计的不慌不忙过日子的好后生。学生成人了,自己却反倒成为学生,我不禁笑起来。

我说:"你出息了,当了老师,办夜校了,我却成了学生,真是有意思呀!"

"您上的学和俺这学不一样。"田永顺憨厚地笑笑,"您上的是大学。"

我问了他们夜校的情况,田永顺简单介绍了一下,说乡村缺文化,现在挣钱的门道多了,书成了宝贝,谁都想学点知识,他觉得力不从心,想自费去大学里深造深造,可是村里又离不开,许多人说"田永顺走了,咱这日子就要蔫下去"。我从侧面知道了田永顺在村里已经成为举足轻重的人物了。

"永顺,村里要出什么事吗?"吕锋问。

"大队广播说十点开会,要收钱。"永顺平静地说。

"收什么款?"

"十几项呢。"永顺说,"昨晚上大队广播室广播的,可是别的支委都不知道。"

"小妹呢?"

"到公社去了,交这个月的税,顺便向公社党委反映这里的情况。"永顺看看去镇上的路,不见人,说,"她大概要中午饭时才能回来。"

我想到小学里看看,送点少年儿童读物给我原先工作过的地方。结果,小学里没人,关门了。乡村小学还不到放暑假的时候啊,怎么就停课了?在小学里当校工的老头儿告诉我:"田家祥说今天开会,叫小学提前放假。昨天才通知的,试也没考完,这算什么事!天王老子,谁也不敢抹他的棱……"

走出小学,正碰见田家祥。看上去他比以前胖壮了些,身子更厚实了,披一件白褂子,慢悠悠地正在把一支烟安进紫红色烟嘴里。原来黑红色的面容已不存在,变得黑黄色了,下眼睑耷拉下来,那是纵酒的标志。他走起路来,已经没有了那种大踏步风风火火的神采,而是悠悠地踱着,右腿还莫名其妙地一抬一抬的,叫人觉得像小丑在演滑稽戏。

他竟没有认出我。

吕锋只好向他做了介绍,他好像略微有些吃惊。我目不转睛地有些愕然地注视着眼前这位想当年气吞万里如虎的好汉子,怅然若有所失,心里很不是滋味。

田家祥朝我瞥了两眼,"啪"地打着火机,点了烟,在一片白色的烟雾里,传出他的不冷不热的声音:"哟,城市人,戴上'二饼'了!"这是乡下人嘲笑戴近视眼镜者的俚语。

我没说什么,垂下眼来。

"人是命啊!"田家祥像在感慨什么,轻轻叹一口气,说,"下乡光荣时,人家下乡;现在知识分子吃香,人家又上大学!"

他见我和吕锋都没接话,便又接着说:"上大学是好门道哇!四年下来,工资涨两三级。不过现在讲文凭讲得也太极端了吧?城里人、知识分子,连韭菜麦苗都分不清。旁人巴结,咱可不敢……"

看着田家祥那双浑浊的眼睛，起初我只觉得有些失望，待听到他这些阴阳怪气的话，立即产生了一种厌恶感，甚至有些伤心。是的，当年下乡光荣，可我们并非只是为了时尚的宣传上的虚荣，而是真正为大苇塘村出了力的，忧患的汗水和泪水是洒在这里的土地上的，收获的却归了你田家祥。难道那一切都只能得到你这一句浮薄的评价吗？更何况我王晓云的心弦曾经为你颤动得那么苦！为了保存你自己，牺牲我，如同甩掉手中一张小牌似的！他还是那样敌视城市人，老是用万古不变的"麦苗非菜"讥笑他们，却不知道城市人也可以用别的东西嘲笑他。不会的，可以学会；唯有这种狭隘是难以挽救的。想到这些，想到初次见面就受到了这样的揶揄，我有点恼火了。但我没有明显地表露出来。我看看吕锋，说："别的地方转转去吧。"

吕锋好像在考虑别的什么，似乎没有听见我的话。他靠近田家祥，小声但严肃地说："家祥，有些事咱们应当再争论争论，对不？"

"没什么好争论的。"田家祥断然拒绝了吕锋的提议，左右甩了甩空荡荡的袖子，说："我是哪里断绳，哪里卸牛。你自己争论去吧，我够了！我要去开大会了。"

田家祥大步流星地走了。

吕锋苦笑了一下，从身边的小槐树上掐了一根绿梗，放在嘴里嚼着，低下头沉思什么。

看着田家祥逝去的背影，我忽然发现这样一个实际的变化：我先前看到的田家祥，头上总有的那一圈光环，现在已经没有了，一点也没有了。他成为一个实实在在的人。我品评着生活中这个精神过程的完成,低声自言自语:"美总是浪漫的。"

吕锋接着说;"浪漫的东西永远存在,美也就不会断种。"

"但美是可以转移的。"

"而且必然是不断转移的。"

…………

看过原先的知青宿舍,拐回来,又经过当年开大会的靠着苇塘的那片禾场时,我和吕锋发现这里集结了几乎全村所有的青年人和成年人。小学的教师正在把抄好的一份告示贴在一堵斑驳脱落的旧语录壁上。

我和吕锋也和许多人一样,凑近去看。这是一张黄有光纸,上面用工整的隶书写着:

大苇塘村党支部关于加收
办公费等款项的决定

为了同心同德搞四化,大队决定自本月起加收一部分款子用于数项办公开支。这些项目是:干部工龄补助费,夜间开会加班费,干部工作奖,干部自行车补助费,照顾落选干部情绪费,人口普查费和会议粮,计划生育费,干部日常福利费。以上各项,除会议粮按人口均摊外,其他几个项目由专业户承担,抽取其收入的百分之十一,收入额由专业户自报,大队支部会议决定。

(下面是大苇塘村的公章)

人们拥挤在这块残垣上仔细审视这块告示,像这样和绝大多数人的实际利益有关联的东西，老百姓一律称为文件。他们要仔细品评一下这件事的来头、背景和实质以及自己将在其中损失多少，才能决定是发言还是沉默，是大声吼叫还是背后嘀咕。他们祖祖辈辈就挤在这个村庄里生活，而且还要继续生活下去，不能自由迁移使许多人变成沉默的胆小鬼，因此要他们轻易地表态是很难的。他们的办法就是希望有人代表他们的利益说话，希望这样的代表是强有力的有本事的，而不是横冲直撞的冒失鬼。这种代表如果胜利了，他们会小心翼翼地庆贺；如果失败了，他们就暗暗同情，或者指责他什么地方做得欠妥。然后，生活又进入沉默的一段……

看了这个告示，有的叹息，有的摇头，有的跺脚，有的蹲在一起抽烟，反正都不说话。他们如此涣散，常常对正义和邪恶一样让路。他们逆来顺受，只是回到自家茅屋里时才对着某人的背影骂几句。而这种沉默，历来被解释为同意、肯定和支持，造出了"默许"这样的词。

只是当田永顺走过来时，大家的眼睛才亮起来。

田家坤的几个儿子首先围过来，问永顺怎么办。他们家不仅开办了一个饲料加工厂，而且还兼营一个豆腐坊，收入不少，怕田家祥狠敲他们一杠子。

田永顺，这个才二十出头的年轻人，在这样的时候总是特别持重。这种持重是乡村积年历久的复杂斗争和高强度的劳动磨炼出来的。他知道：田家祥是铁，他必须是钢；田家祥是狼，他必须是狮子；田家祥寡言，他必须每一句话都像小锤子一样。这一对人不仅要较量机智，更要较量内在的力度。因为田家祥比他多一件武器——权力。

"这个时候,他是政府啊!"田家坤也凑过来,着重地提醒田永顺。

"这是他的得力处,也是他的破绽处。"田永顺沉静地说,"我们的政府是要听群众的,为老百姓办事的。明白吗?大伯。"

田家坤在硬布鞋底上磕磕烟斗,放心地看看这个年轻人,笑着走开了。

我和吕锋也夹在人群中,听着各种各样的议论:

"反过来,正过来,还是人家的巴掌大。"

"咱他妈的叶子还没长出来,就先得叫人家剥皮!"

"历来如此——除了加法就是减法!"

"咱要离北京近,我就打个车票去一趟。"

"胳膊扭不过大腿,但愿别给我定得太高。"

"经是好经,又叫小和尚念糟了。"

"是咱养起来的狗,就甭怕吃咱的鸡。"

…………

从这些义愤填膺又含混不清的议论中,我明显地感觉到一种对立。我不知道这个场面怎样发展。一边是大片群众,一边是大苇塘村至高无上的权威,谁胜谁负,不敢料定。我觉得这种类似苛捐杂税式的摊派有些可笑,但又明白这里的村民历来是温顺的。

会议开始是很平静的。田家祥登上土台,做了一个简短的发言,先说国家得大头,集体得中头,个人得小头的道理,然后说大队是一级政府,有权征收这部分款项,还说此事已问过公社某书记。

这都无所谓,大队要办的事总是有道理的。他们关心的是具体到自己头上要交多少钱。

当田家祥宣布了每户应交的款数以后，会场顿时鸦雀无声。这时大队广播室里开始播送《社会主义好》。

这时候，如果没有人出来说话，大家也许就默认了。无论背地里怎样诅咒，钱还是要交的。相反，如果有一个人站出来，把问题提出来，开一个头，上千张嘴便会一齐鼓噪起来。现在是需要"头羊"领队的时候。可面对田家祥，充当这个"头羊"角色的应当是位多么有力的人物啊！

田家祥看看会场平静得很，没人提出异议，便宣布散会。

正在他庆幸自己余威尚存，庆幸大苇塘村毕竟还是古色古香，庆幸这次会议如此顺利时，田永顺站出来了。

田永顺站在人群中，向田家祥招一下手，说："且慢。"

田家祥一点也不惊慌，他早已料到有人要提异议了，所以有所准备。他淡淡地说："好，说吧，大家协议一下也好。"说罢就打着火机抽烟，显出一副优哉游哉胸有成竹的样子。

田永顺从兜里掏出一沓纸片来，他先展开一张，这是省政府关于对个体户、专业户征税的文件；他念的第二张，是报纸，是中央关于禁止乱向群众摊派钱粮的通知；第三张是县人民政府关于本年度税收问题的若干说明……

田永顺念完之后，向田家祥提出三个问题：一、既然国家得大头，那么国家税收按利润的百分之五抽税，本大队这个百分之十一又怎么能算"中头"？二、作为个人，他阐明这种摊派是不合政策的，他本人以及全部参加夜校的学生拒绝按这个数目交款。三、此事应当由大队管理委员会和全体社员大会讨论决定，现在的办法是搞突然袭击，不合于民主程序。

没有激扬的言辞，没有流溢半点愤怒，也没有刻薄的讥讽，连说话的速度都是舒缓平和的。但是，每一个人都感到了田永顺的力量。田家祥的烟灭了，不得不重新燃着。

"永顺，你觉得这件事该你管吗？"田家祥也平静地问田永顺，但声音中显然压抑着恼怒的火焰。

田永顺点点头："是的。我是全县专业户代表之一，又是县人大代表，当然可以质询。不知你看过报纸吗？中央开会是有质询制度的。"

"屁！"田家祥第一次失去理智，因为他从未在这么多人面前遇到过小人物的挑战。

"这些都是原则，田家祥，你可要说话注意。"田永顺的话进一步刺激了他。

田家祥毕竟是成熟的人了，政治生涯的经验告诉他，在这样的时候，在这样的问题上，他不能造次，不能上火，不能信口开河，不然会被人抓住辫子。他咽下了一大口烟，然后从鼻子里缕缕流出。这种内心的第一次挫折，使他不由自主地感到了对方的强大。

"依你说，怎么办？"田家祥想先叫对方把牌亮出来，然后一口吃掉。

田永顺并不掩饰。他只有一张牌，而且立即亮到大庭广众之下："建议大队管委会主持开一个村民大会，决定这个决定要不要取消。"

"现在？"田家祥问。

"是的，现在，将就您召集的这个会，先民主一下。"田永顺转过来对四周的村民说，"反正今日的活是干不成了，咱就把这个会开好，怎么样？"

"行！"

"出上三天不做活，也开完这个会。"

"回家抱铺盖卷来陪着也行！"

——这毕竟是牵连到每家每户切身利益的大事啊！

这个大队的管委会主任是田家贵，其他四位有三位是听命于田家祥的——田家祥是干什么的？不听他的，能进这么个班子吗？因此，田家祥很放心地笑了笑，便叫田家贵立即开会，就在这土台上开会。他要当面向田永顺说明谁更强大些。

台下的群众都怨田永顺失了策，这就等于叫别人给田家祥的稿子盖上戳。田永顺自己也没个底，他甚至估计过管委会会肯定这个决定。那也没什么，可以让村民看看这个管委会的面目，而且这才是戏的开头，再上一道劲也许不坏，因为他前些日子在县上开会时听县委书记和县长说过要严禁下边乱摊乱派，再说这个会议的决定要由村民大会同意才行呢！

田家贵领着其他四名管委会成员上了土台子，好像要演出一个什么节目似的。因为没有准备，他们有些慌乱，一个个畏畏缩缩好像不知如何是好。

这时田家祥在旁边催促："又不是扮脸子唱戏，有什么说什么，速战速决！"话中含有一点威胁。这也可以从他的脸色上看出来。

田永顺对这种会外的警告很不满，他也大声告诉委员们："我是你们管辖的一位公民，也有几句话要提醒你们：说话要代表村民的意志，不然，你们也就失去了威信；没人拥护的决议是没有人执行的，反比没有决议更糟；今后开支账目要一一公布清楚的,况且你们已经领到一份补贴了……"

我站在人群后头了。这显然是因为人们在向台前挤去。他们总觉得有一种说不出的东西在压抑着,不能酣畅淋漓地表达出来;田永顺似乎故意这样有板有眼地做,借以控制群众的混乱和盲目,这也便于堵住田家祥喷火的口眼。局势难以明朗,谁胜谁负都在未卜之中,我也帮不了忙。我的心情却并不轻松。

管委会在众目睽睽下举行了。聪明的田家贵既不想得罪田家祥,又怕失去群众。他希望田家祥垮台,又怕垮台以后第一把交椅轮不到他。他左右为难。其他几个委员都不愿先发言。台上冷了场。

台下却热闹起来:"这回咱看着他们开个会,省得他们私语。"

"怎么,还得找个人拿唱本提词吗?"

"还不是想从我们身上揩点油!"

"说话呀,你要不会说我去替你说!"

"告诉你们,就是定了,我也没那么多钱缴。"

"国家的税,我们已经按数交清了;你们也收了一份,还不够?真是阎王不嫌鬼瘦哇!"

…………

田永顺也不制止,也不煽动。他走到我这边来,请求我在省城给他的夜校买些书。我答应了。

田家坤重又不安地过来提醒田永顺:"事情怕要坏。"

田永顺说:"坏不了,您老人家看不清这是什么时候!"

不一会儿,管委会开完了。田家贵指着语录壁当众宣布:"我田家贵今天说了算一回:这决定原本我们就不知道,现在根据大家意见,举手表决一下了事。"

形势急转直下,表决结果,没有一个人同意这个决定。田家贵示意田家祥看看下边表决情况,什么也没说,就离开了土台子。

这个办法是他们权衡再三折中而成的。光天化日之下,他们不能掩盖任何一句话,又怕直接违抗田家祥,便只有此一条路可走了。大家也都松了一口气。

会场刚刚活跃起来,田家祥重又走上土台子。他虽然还是那样沉着的样子,但却好像矮了许多。自从那次败在田家坤父子手中以后,这是他的又一次重大失败。他想挽回这个败局。

他又用那美妙的男中音说话了,这声音浑厚圆实,总是蕴含着一种叫人感叹的情调。许多年来,他就是用这声音帮助自己的事业得到发展的。几乎在任何困境下,他都坚信自己的这种声音的感召力。他慢慢地巡视了一下会场,说:"兄弟爷儿们,我田家祥生长在大苇塘,风里雨里,没为大伙干很大的成绩,可也没造什么罪吧?……"

会场上一阵哂笑。

田永康大叫:"知道你干了不少好事呀!一百响的鞭炮!"

女人们有的笑出了声。

这时,田家祥的脸陡地涨红了,显然他感到了直接的羞辱,可又没有办法。他压了压火,又继续说下去:"这次收款,是为大队办一些事情。比如夜校的费用……"

田永顺说:"夜校的费用不能平摊,谁上学谁交学费——这事用不着您提了。"

田家祥恶狠狠地看了田永顺一眼,但他碰到的是比他更冰冷更无畏的眼睛。他只好收回来,说:"请大家相信,这些开支都是合理的。"

会场上又一阵大笑。有人开始揭露大队干部多吃多占侵吞集体财物的实例,而且语言尖刻幽默,伴着一阵阵冷嘲热讽和放肆的哂笑。

田家祥忽然不再解说了。他受不了这种嘲弄,这比打他还要厉害,他感到人们好像一边笑着一边毫不介意地把他扔到水塘里去,像扔掉一只破草鞋似的。他发怒了,带着不再压抑的愤恨,像狮子一样吼叫起来:"今天,我代表党——支部宣布:这个决定必须执行!"

正在这时,吕小妹从公社回来了。

田永顺问了她几句话,便直冲着田家祥喊:"公社党委已经开会了,说我们村的这个决定不能实行。公益金征集办法将另行决定。"

田家祥不理这一点,他叫道:"在我这一亩三分地上,我就说了算。"

田永顺针锋相对:"可你得听上级党委的!"

"现在,你得听我的!"田家祥,走下土台来,像要吃人似的,来到田永顺旁边,恶狠狠地说:"你有经济实力,我有政治实力。叫你缴三百,你不能少我一个钢镚儿!"

田永顺也说:"告诉你,我连半个钢镚儿都不交。"

田福申、田福珍也凑上前来,以安慰解劝的口气对田家祥说:"家祥,别太硬了。听大伙的一次吧,这不为丢人。人都有个三时两运,不走运的时候就别硬撑劲……"

田家祥扫一眼他的这两个宿敌,没去理他们。他知道最危险的敌人、最有力量的对手是这边这个小小年纪就伶牙俐齿深得人心的田永顺。他知道田永顺记着其父的一绳之仇。

"永顺，你真敢不缴？"田家祥的声音中透着一股杀气。

"我不是小孩了！"田永顺咬钢嚼铁似的宣布。

田家祥招呼民兵："把这小子绑起来！"

来了几个民兵，其中有田家祥的弟弟。

田永顺冷笑一声："用上子弟兵了，也不害臊！"

田家祥举手就朝田永顺打去，这时一位老汉扑上来，架住了田家祥的手，一个颤抖的声音在喊："要绑先绑我。"

这就是田家祥的父亲。

田家祥气红了眼睛，一把把他亲爹推倒在地，上来就揪田永顺的衣服。

吕锋、吕小妹、田家坤父子、福申、福珍一齐扑过去，拉住了田家祥，并把他围了起来。

田永顺说："田家祥，你的路快走到头了。你可能以为我记你的私仇，是不是？我可以告诉你，我还不至于下作到那种程度。你的对手都是你自己培养出来的，包括我！"

田家祥如同一只困兽一样，在众人围起的圈子里左旋右转，大声呼喊着，骂大苇塘村人不要良心以怨报德，诅咒与他为敌的人没有好下场。他的话还是那样重，但却语无伦次了。在他憋得通红的脸上可以看得出无可奈何的悲哀。他已经失去素有的理智，如同第一次被激怒的老虎似的。他曾经几次呼叫民兵动手，天大的事他包着，但还是没有人听他的。田家祥只好拿了绳子，径直朝田永顺扑去。他已经进入疯狂状态了。

终于，吕锋走上前去，面对面挡住了田家祥。

两位好友在这样的情况下相遇,双方对视了足有三分钟。

"他是你妹夫。"田家祥歪着嘴、咬着牙说。

"是的,他是我妹夫。"吕锋应着。

"你说怎么办吧。"

"我想让你听我说几句话,仅此而已。"

"那就——快说!"田家祥吼叫起来。

吕锋低下头,想了想,右手按了按胸脯,以平静的口气开始述说:"家祥,在这个地方,几年前你曾主持过一次大会。那一次,你胜利了。那时,你有群众,因为你在奋斗,为个人也为大家。现在,又是在这个地方,你又主持了这么一个大会,可是失败了。为什么?因为你失去了人民群众的支持。作为一代好汉,你的路走完了,但大苇塘村不能停止啊!新的人物又长成了,在这片土地上长成了。他们有更新的理想,大苇塘村人便选择了他,历史选择了他。你怎么会是他和他们的对手呢?所以,挑战者一出现,你就受不了啦!你不准任何人触动你的任何一点利益,包括你神圣不可侵犯的自尊心。你觉得今天压不倒田永顺这样的人你便一败涂地,于是恼羞成怒,暴跳如雷,大打出手。不准任何人超越你,而你又把持着大苇塘村的咽喉,这怎么能不发生冲突呢!而你又怎么能不是失败者呢!你……"

田家祥听不下去了,他克制了浑身的颤抖,觉得心里有一团火燃起来,全身都燃烧了,金星四射,整个世界在旋转,他受不了这种灭顶之灾,便纵身朝吕锋撞去。

吕锋机灵地一闪,田家祥撞在贴着那张决议的语录壁上。

小石榴跑过来,扶起了他。她已经重为大队赤脚医生了。

吕锋、田永顺把田家祥背到卫生所里去了。

我又回到招待所里。一篇神话。我在那个夏夜里失眠。
在河滩上，我栽下一棵树，并且举行了一个小小的葬礼。

  田家祥的头撞破了，流了不少血。在大队卫生室包扎过之后，虽然没有危险了，但他仍然昏迷不醒，许多人建议去县城大医院检查一下是否脑震荡。下午，要了一辆救护车来，我们把田家祥抬上车去。
  我已经和一些老乡叙谈过了，要想细致地了解更具体的东西，还是需要住下来。但今天我不想住下，这一幕对我的震动太大了，我要找一个安静的地方，认真想一想，沉淀一些东西，然后再回大苇塘村来。
  我和吕锋都是搭救护车一起走的，这样可以顺便在路上照顾一下田家祥。
  车经公社驻地，绕大道回城，颠簸得并不厉害。车上还有田家祥的弟弟和妻子。彼此的心不尽相通，似乎又有些尴尬，都默默的。车开得并不是太快，原野上的风从车窗里吹进来，荡着窗帘呼噜噜响。我也找不到合适的话题，便注视着田家祥。他的头伤得不轻，很厚的绷带都被血渍透了。他用力太猛了，那语录壁也是当年他领着我们砌的。他撞倒在自己的纪念碑上了。有一种思想正在启迪着我向纵深思考，那里有一大片未被垦耕的处女地，我必须有个机会涉足，思索和探讨这块宝地。
  我们把田家祥安排住了院，医生说问题不大，我就和吕锋回来了。
  晚饭以后，我和吕锋谈了一会儿话，我问他："田家祥以后将怎样？"

吕锋说:"这几年田家祥犯了不少错误,贪占集体财物经营自己的安乐窝,安插自己的兄弟当工人,生活作风上比较烂,经常殴打社员,三中全会以后,一直顶着上边的路线和各地好经验……"

吕锋又说:"这种人走完了他们的路,终点就是这样。局限,没办法。如果不上大学,重新改造,我和他一样。但是,田家祥又绝不会垮台。他这个典型树起来之后,很有些人在这面旗帜下发了家,升了官,他们不会让这面'红旗'倒下,就像自己不愿倒下一样。我估计,公社可能会免去他的大队支部书记职务,调到社办工厂里去工作。这是此地的惯用办法。"

我相信吕锋的分析。他总是这样精明。

吕锋走了以后,我一个人看了会书,《中国封建社会的经济状态》。这样的书是不适宜旅行途中看的,太重。我想找点可以消遣的小东西看看。正巧桌上有当地印的一个小报,报上登了这样一篇神话故事。我觉得很有点意思,便剪下来,贴在笔记本上:

很久以前,有个英雄,能使一根神杵,武艺非凡。当地有两大害,一叫天龙,一叫地虎,经常吃人。英雄和天龙打了一仗,胜利了。百姓为了给他酬劳,便为英雄盖了一所宫殿。可是却把神杵作为房柱而使用了。当地虎又来侵扰时,英雄有心去斗,可是没了武器;如果抽出武器来,这宫殿就要坍塌。他若是保留宫殿,连他自己也要被地虎吃掉。经过痛苦的内心反省,他终于接受了人们的意见:用巨石立起了一根新柱子,把神杵抽了出来,又和地虎作战,并打死了地虎,自己也伤重死去。人们为了纪念他,把这个殿称为英雄殿……

我觉得这个故事很有些味道，又一时说不出来。我想象那根神杵应当是什么样子，英雄挥动神杵和天龙地虎作战时是怎样一种壮烈的场面。尤其是他的内心反省的胜利，这一英雄的抉择是何等伟大，何等勇敢！

思绪如此厚重，使我难以理出一个清晰的头绪来。我一直待在房子里，一个劲地喝茶，希望在这宁静的思索中得到一些东西。

可能是过于兴奋，也可能是茶叶水起了什么作用，或者是超过了平时就寝的时间，虽然躺下，却怎么也睡不着。这么凉爽湿润的夏夜，听着沂河水轻轻拍岸的声韵，正是极美妙的好时候，怎么会睡不着呢？我使劲地闭着眼，但眼皮总在抖抖地跳，老想再睁开，眼珠子好像变长了变大了，或者要跳出来。我数着长长的自然数列，不行，我轻轻唱摇篮曲，也无用。我迫使自己什么也不要想，但却什么都想。真怪呀！后来，我双目圆睁，让它疲劳，在这单调而幽暗的房间内疲劳，然后再合上，也许好些，事实上这也不中用。最后我打开灯，看一张白天看过的一点意思也没有的报纸文章，虽然没有读进去，但也未生起一点睡意。我证实自己真的失眠了。

我生性就急躁，越失眠越急，越急躁越睡不着。我索性向自己宣布：现在权当是下午两点半，开始工作！

干什么呢？我坐在床沿上，无所事事。

我又打开先前的日记和后来在大学里写的对于往事的追忆。我勇敢地读起历史来，陪读的是我那颗颤抖的心。

啊，回忆痛苦，这是多么了不起的残忍啊！我居然敢把血淋淋的伤口再审视一遍！我又重温历史了，又回到叫人激动不已的大苇塘村了。重现的画面使我热血奔涌。我多么兴奋,我又看到那年夜里的篝火的跳跃,又看到那黑色的土地上闪烁的夜灯和无垠的天幕上跳跃的星光了。我又看到烈日下挥汗如雨的古铜色的脊背了,又听到那一阵阵劳动的号子了!啊,大雨滂沱中,那不是我吗?正在碧绿的田野里,在给一方一方的禾田培埂、放水。多么叫人感奋的岁月啊,还没有流逝,一切还这么清晰。我又看到了那些孩子,他们在如饥似渴地询问我,向我要求知识。多么可爱的孩子们啊!一个普通的村庄,却有着传奇般的色彩,古老的传统、特别的乡俗,百折不挠的劳动者,侠肝义胆的青年人,小石榴火一样灼热的心,杜艳、晓虹,我们年轻人的宿舍和劳动,吕锋被绑在大榆树上,田家祥在配水站里呻吟……

不知为什么,一提起这个人,我的心仍旧如此难以平静。我爱过他,真诚地痴迷地爱过他,我为他写下了几万字的日记和信,我多么崇拜他那一身力气,那刚毅不拔的意志,那大气磅礴的性格,那忍辱负重不达目的决不罢休的男子汉气质。我心目中的萧长春啊,我心中的美,我的理想的体现者,你曾经勾魂摄魄般迷住了我这颗单纯的烂漫天真的心。我不后悔,我爱得情有可原。虽不现实,也不合法,但我拒绝任何指责。他不是不懂得爱,虽然他企图用"泰山石"挡住这种爱,但他还是战栗过,他明白我的心。多么好的青年啊,在千佛山那充满诗意的石径上,在那葱绿的橡树上,我见过他的本相,那么淳朴,那么憨厚,聪明而又活泼,可惜他总是把本相掩盖着,是什么叫他这样做的?是谁?他变得不可思议,难以捉摸。他对自己那么残暴、对别人也不善良。为了他的目的,他常常无情地牺牲着一切,当目的达到时,又变得什么都不愿牺牲!他强大,强大到连自己都不能战胜！他又那么软弱，软弱到不敢正视自己。悲剧如此可笑！他的最好的朋友，那么可爱的吕锋，也终于和他分手了。他变得一无所有时，却以为比谁都富裕，是财主；而贫穷时才是最丰富的。我相信，如果我在，一定不让他变成这个样子，他会听我的话的，因为他爱我。但是，这也难说，他听过谁的话呢？他只相信自己。他是一个了不起的农民，地地道道的农民。他用农民的伟大完成了他的进取，又以农民的渺小完成了他的衰颓。但，他始终是一个完整的人。他完成了、存在了……

我不愿再回忆下去了，我怕看见这个人的后半部分。虽然知道怕也无用，可还是回避了。房子里又是一片寂静。我取出那个胶卷，对着灯，一张一张审视着。那个形象，高大、魁梧，质朴的笑容，刚强的风度，温厚的内心，全都这样迷人，即使是最后那一张曾叫我难堪万分的照片，至今想来也是滑稽好玩，多少有些诙谐的了。

我轻轻地抚摸着这个胶卷，想决定是否把它印出两套来。一套留着，另一套给……给谁？给他吗？给田家祥？啊，忽然，我几个小时前看到的那个人物出现了。他已经变得如此可怕：狭隘、保守、自私、虚伪、狡诈、平庸、凶暴……像一个魔鬼一样。我的身心发抖了。他头上的光环消逝了。我像从佛光中看到泥塑的俗僧一样，浑身冰凉，失望和沮丧把我击倒了。我想起吕锋对我说的一句话：严重的问题是教育农民；更严重的问题是被农民所教育。

房子里如此沉闷，我索性走了出来。

从楼梯下去，一拐弯，便是招待所的颇为幽美的后院。后院里堆了一堆煤和一些杂烂木头，其余全是树。大概是新栽的，不高，林子并不深。我在这河滩上慢慢走了一会儿，才知道已经下露水，我的鞋子湿了。这反倒使我感到一点惬意，心情也清净些了。看门的老师傅问我为什么起来夜游，我说我有早起散步的习惯，他好心地嘱咐我不要着凉，便自回去歇了。

我在那一堆杂烂木头里居然找到了一把破旧铁锹，我本来不知为什么要捡这么个家什，正想扔掉时，忽然又想起了一件要做的事。

我在河滩上挖了一个坑，河滩基本是沙，挺好挖。我掏出那个没印过、也永远不会再印的胶卷，郑重地放进坑里。然后，我挖了一棵只有一米来高，由一棵大槐树衍生出来的连根树。我把这棵小树移过来，放在新挖的坑内，仔细认真地培上了沙土。

这时，东方已经显出了亮色，黎明就要来到。伟大的、象征希望的曙光就要到来了。我重又激奋起来。我想起了我的学生田永顺，想起了那时还是个小丫头的吕小妹，也想起了我所熟悉的吕锋。在这片土地上，英雄是不会断绝的。能长草的地方，就能长大树，这一点也不奇怪！我尤其为吕锋而高兴，他是由小草长成大树的。这是一个脱颖而出、在涅槃中找到新生的农民的子孙。是的，他和田家祥分手了，和历史分手了，他去拥抱未来了。而且他那么幸福，这个机灵的交了好运的时代宠儿啊！

我默默地站在小树旁，面朝着拂晓前的东方，严肃地为我的记忆、我的爱，举行了一个只有我一个人参加的葬礼。虽然没有印出来，但那人物毕竟是感过光，底片冲洗过的了。我知道那上面的黑白和实体是颠倒的，但我已经不注意色彩了。我要的是本质。我不能保留历史所抛弃的、人民所抛弃的东西，我要走向新的生活。

当我把脸轻轻偎在那被夜露打湿了的小树叶上，感到那水的冰凉时，才感到自己的可怜。我的初恋那么真诚，那么热烈，没想到却是那样的错误！虽然诞生的喜悦已经足以战胜破灭的悲哀，但我仍不能一下子排遣这种苦恼。

我拢了拢被晨风吹乱的头发，默默地站在小树前。看着那黄沙下埋葬着的过去，我开始低吟我即景而成的小诗：

　　成熟的，收获了，
　　希望的种子播在土中。
　　落叶也随风儿，
　　找到了归宿。
　　可我，除了遗憾，
　　什么都没有……

　　晨星吟唱着黎明，
　　夜色却不肯告辞。
　　斗转星移，世事沧桑，
　　一切都顺理成章。
　　哀愁也罢，
　　惋惜也罢，
　　我应当让干渴的喉咙
　　呼唤什么？
　　小树啊、小树，
　　种下了，就会慢慢长大。
　　诗一样的露珠，
　　魔一样的风雨，
　　自然和谐也罢，
　　荒诞离奇也罢，

经历着，不烂的年轮，
便会引你到英雄的大厦。

啊，拂晓如此美妙，
遥远处正闪烁着光的颂歌。
该流逝的正在流逝，
伴着河边明灭的灯火，
该埋葬的已经埋葬，
用我心中这流血的吟哦。
天亮了，
我将大踏步前行，
因为我的行囊如此干瘪。
耕耘的，收获了，
风儿也在收集落叶。
啊，除了遗憾，
什么都没有了……

我吟唱不下去了。越是隐忍，泪水越多。我想大叫几声，或者疯狂地捶打一阵什么，可是，我没有做出来。我双手捂着纵横满面的泪水，泣不成声。

但我仍坚强地站着，一动也不动。我偶尔可以从指缝里看见晨曦正在东方跳跃。

我看着那小树梢头的微光，热烈地为新生活祈祷着……

《钟山》1984年第5期

小 鲍 庄

王安忆

引 子

七天七夜的雨，天都下黑了。洪水从鲍山顶上轰轰然地直泻下来，一时间，天地又白了。

鲍山底的小鲍庄的人，眼见得山那边，白茫茫地来了一排雾气，拔腿便跑。七天的雨早把地下喧了，一脚下去，直陷到腿肚子，跑不赢了。那白茫茫排山倒海般地过来了，一堵墙似的，墙头溅着水花。

茅顶泥底的房子趴了，根深叶茂的大树倒了，玩意儿似的。

孩子不哭了，娘儿们不叫了，鸡不飞，狗不跳，天不黑，地不白，全没声了。

天没了，地没了。鸦雀无声。

不晓得过了多久，像是一眨眼那么短，又像是一世纪那么长，一根树浮出来，划开了天和地。树横漂在水面上，盘着一条长虫。

还是引子

　　小鲍庄的祖上是做官的,龙庭派他治水。用了九百九十九天时间,九千九百九十九个人工,筑起了一道鲍家坝,围住九万九千九百九十九亩好地,倒是安乐了一阵。不料,有一年,一连下了七七四十九天的雨,大水淹过坝顶,直泻下来,浇了满满一洼水。那坝子修得太坚牢,连个去处也没有,成了个大湖。

　　直过了三年,湖底才干。小鲍庄的这位先人被黜了官。念他往日的辛勤,龙庭开恩免了死罪。他自觉对不住百姓,痛悔不已,扪心自问又实在不知除了筑坝以外还有什么别的做法,一无奈何。他便带了妻子儿女,到了鲍家坝下最洼的地点安家落户,以此赎罪。从此便在这里繁衍开了,成了一个几百口子的庄子。

　　这里地洼,苇子倒长得旺。这儿一片,那儿一片,弄不好,就飞出蝗虫,飞得天黑日暗。最惧怕的还是水,唯一可做的抵挡便是修坝。一铲一铲的泥垒上去,眼见那坝高而且稳当,心理上也有依傍。天长日久,那坝宽大了许多,后人便叫作鲍山,而被鲍山环围的那一大片地,人们则叫作湖。因此别处都说"下地做活",此地却说"下湖做活"。山不高,可是地洼,山把地围得紧。那鲍山把山里边和山外边的地方隔远了。

　　这已是传说了,后人当作古来听,再当作古讲与后后人,倒也一代传一代地传了下来,并且生出好些枝节。比如:这位祖先是大禹的后代,于是,一整个鲍家都成了大禹的后人。又比如:这位祖先虽是大禹的后代,却不得大禹之精神——娶妻三天便出门治水,后来三次经过家门却不进家。妻生子,禹在门外听见儿子哭声都不进门。而这位祖先则在筑坝的同时,生了三子一女。

由于心不虔诚,过后便让他见了颜色。自然,这就是野史了,不足为信,听听而已。

一

鲍彦山家里的,在床上哼唧,要生了。队长家的大狗子跑到湖里把鲍彦山喊回来。鲍彦山两只胳膊背在身后,夹了一杆锄子,不慌不忙地朝家走。不碍事,这是第七胎了,好比老母鸡下个蛋,不碍事,他心想。早生三个月便好了,这一季口粮全有了,他又想。不过这是做不得主的事,再说是差三个月,又不是三天,三个钟头,没处懊恼的。他想开了。

他家门口已经蹲了几个老头儿。还没落地,哼得也不紧。他把锄子往墙上一撑,也蹲下了。

"小麦出得还好?"鲍二爷问。

"就那样。"鲍彦山回答。

屋里传来呱呱的哭声,他老三家里的推门出来,嚷了一声:"是个小子!"

"小子好。"鲍二爷说。

"就那样。"鲍彦山回答。

"你不进来瞅瞅?"他老三家里的叫她大伯子。

鲍彦山耸了耸肩上的袄,站起身进屋了。一会儿,又出来了。

"咋样?"鲍二爷问。

"就那样。"鲍彦山回答。

"起个啥名?"

鲍彦山略微思索了一下:"大号叫个鲍仁平,小名就叫个捞渣。"

"捞渣?!"

"捞渣。这是最末了的了,本来没提防有他哩。"鲍彦山惭愧似的笑了一声。

"叫是叫得响,捞渣!"鲍二爷点头道。

他老三家里的又出来了,冲着鲍彦山说:"我大哥,你不能叫我大嫂吃芋干面坐月子。"说完不等回答,风风火火地走了,又风风火火地来了,手里端着一舀小麦面,进了屋。

"家里没小麦面了?"鲍二爷问。

鲍彦山嘿嘿一笑:"没事,这娘儿们吃草都能变妈妈。"此地,把奶叫作了妈妈。大狗子背了一箕草从东头跑来:"社会子死了!"

东头一座小草屋里,传出鲍五爷哼哼唧唧的哭声,挤了一屋老娘儿们,吸吸溜溜地抹眼泪甩鼻子。

"你这个老不死的,你咋老不死啊!你咋老活着,活个没完,活个没头。你个老绝户活着有个啥趣儿啊!"鲍五爷咒着自个儿。

他唯一的孙子直挺挺地躺着,一张脸蜡黄。上年就得了干痨,一个劲儿地吐血,硬是把血呕干死的。

"早起喝了一碗稀饭,还叫我:'爷爷,扶我起来坐坐。'没提防,就死了哩!"鲍五爷跺着脚。

老娘儿们抽搭着。

队长挤了进来,蹲在鲍五爷身边开口了:"你老别忒难受了,你老成不了绝户,这庄上,和社会子一辈的,'仁'字辈的,都是你的孙儿。"

"就是。"

"就是啊!"周围的人无不点头。

"小鲍庄谁家锅里有,就少不了你老碗里的。"

"我这不成吃百家饭的了吗?"鲍五爷又伤心。

"你老咋尽往低处想啊,敬重老人,这可不是天理伦常嘛!"

鲍五爷的哭声低了。

"现在是社会主义,新社会了。就算倒退一百年来说,咱庄上,你老见过哪个老的,没人养饿死冻死的?"

"就是。"

"就是啊!"

鲍五爷抑住啼哭:"我是说,我的命咋这么狠,老娘儿们,儿子,孙子,全叫我攥走了……"

"你老别这么说,生死不由人。"队长规劝道。鲍五爷这才渐渐地缓和了下来。

二

鲍山那边,有个小冯庄。庄上有个大闺女,叫小慧子。一九六〇年,跟着她大往北边要饭,一去去了两三年。回来时,她大没了,却多了个两岁的小小子,说是路边上拾来的。她就叫他拾来,他就叫她大姑。于是,渐渐地,一庄子人都改口叫大姑了。大姑一辈子没嫁人,守着拾来过。大姑疼拾来,疼亲儿似的。拾来吃稠的,大姑喝稀的;拾来穿新的,大姑穿补的。只见大姑对拾来翻过一次脸,倒也不是为什么大事。拾来不知从哪翻出个货郎鼓,坐在门口摇着耍,大姑劈手夺回去,给了他一耳光子。多少好东西叫拾来糟蹋了,大姑也不心疼,也不知这货郎鼓是金打的,还是银打的。倒是有些蹊跷。还有一桩蹊跷事。有一天,几个媳妇姊妹坐在一堆晒太阳纳鞋底,拾来走过来,一头钻进大姑怀里,伸手就掀她的裉子前襟。大姑脸变了,推开拾来,站起身

拾了板凳就朝家走,留下拾来呆站着。娘妇们逗拾来:

"想吃妈妈?找你娘去,这是你姑啊!"

拾来扁扁嘴,要哭又没哭。

渐渐地,庄上传出一个怪话,说的什么怪话,从不叫大姑听见,倒是常常有人去问拾来:

"拾来,你大姑那货郎鼓找来让我耍耍可管?"

"拾来,你大姑的妈妈你吃过吗?"

"拾来,你大姑……"

拾来虽小,却晓得问的不是好话,倒不回去向大姑学嘴,只是一味地沉默。问的人便越发觉着蹊跷,越发地要问。

拾来阴沉沉地看着他,然后一声不吭地走了。于是,人们更加觉着这一大一小共同保守着一个什么秘密。而拾来则变得孤寂起来,尽力躲着人,和一切人疏远着,只与他大姑接近。

就这样,大姑带着拾来过。到如今,大姑老了,没人上门提亲了;拾来大了,长得又高又大,堂堂一条汉子,干活拿九分五的工了。住的还是大姑她大盖的那间小屋,快趴到地底下去了,拾来要弯下腰才能进门。屋里黑洞洞的,一眼两块砖大的窗,冬天塞团草,夏天把草拔了。灶底下是张案板,案板边上是一张床,床板上一领凉席,凉席上一个枕头一条被。拾来大了,一头睡不下了,大姑缝了个布口袋,塞进麦穰,又做了个枕头。一人一头睡。大姑抱着拾来的脚丫子睡,拾来的脚丫子一直伸到大姑暖暖的怀里,心里才觉着踏实,不一会儿就睡过去了。

初春的夜里,拾来觉着有点燥热,忽然睡不着了。一双脚搁在大姑的怀里,暖暖的,软软的。他轻轻地动了一下脚指头,脚指头触到了一个更加柔软的地方,他头皮麻了一下,不敢再动了。他听见了自己的心跳。风吹进窗洞,窗洞里的草吱啦啦轻响了一下。他试探着又动了一下脚,想离那柔软远一些,不料他的脚在那柔软暖和中陷得更深了。拾来这才发现,他的脚是在一个温暖的峡谷里。这双脚已经在这峡谷里沉睡了十五年了。他感觉到那峡谷最底层,最深处,有一颗心在跳动。风吹进窗洞,轻轻地响了一声。

第二天早起,拾来眼皮子耷拉着喝稀饭,不吭一声。大姑问他:"怎么啦?哪儿不好过?"

他不说话。

大姑去摸他的脑门。

他一扭头,让开了。

中午,大姑烧开了锅,才见他扛了个凉床架子回来了。问他从哪扛来的,他不吱声,闷着头,扯绳子网床。

夜里,他自个儿睡在凉床上,枕着枕头,裹着一床破棉絮,缩成了一团,直到下半夜才慢慢伸展开来。他梦见自己的一双脚又搁进了温和的峡谷里,岂不知大姑把棉被给他盖上,自己和衣蜷了一宿。

三

鲍仁文缠定了老革命鲍彦荣,要了解他的生平,以著成一部长篇小说。题目已经起定,就叫作《鲍山儿女英雄传》。老革命这一生尽管有过几日峥嵘岁月,跟着陈毅的队伍打了好几个战役,可谓是九死一生,眼下每月还从民政局领取几元津贴,可他极不善于总结自己,也一无自我荣耀的欲望。他最关心的是一家六七张口,如何填得满。见了鲍仁文成天拿了个本本问那早已作了古的事,而且问了一遍又一遍,心下早已烦了,想起身而去,又禁不住鲍仁文烟卷的笼络。十分折磨。

"我大爷,打孟良崮时,你们班长牺牲了,你老自觉代替班长,领着战士冲锋。当时你老心里怎么想的?"鲍仁文问道。

"屁也没想。"鲍彦荣回答道。

"你老再回忆回忆,当时究竟怎么想的?"鲍仁文掩饰住失望的表情,问道。

鲍彦荣深深地吸着烟卷:"没得工夫想。脑袋都叫打昏了,没什么想头。"

"那主动担起班长的职责,英勇杀敌的动机是什么?"鲍仁文换了一种方式问。

"动机?"鲍彦荣听不明白了。

"就是你老当时究竟是为什么,才这样勇敢?是因为对反动派的仇恨,还是为了家乡人民的解放……"鲍仁文启发着。

"哦,动机,"他好像懂了,"没什么动机,杀红了眼。打完仗下来,看到狗,我都要踢一脚,踢得它汪汪的。我平日里杀只鸡都下不了手,你大知道我。"

"这是一个细节。"鲍仁文往本子上写了几个字。

"大文子,你赔了这么多工夫,还搭上烟卷,是要干啥哩?"他动了恻隐之心,关切地问道。

"我要写小说。"鲍仁文回答他。

"小说?"

"就是写书。"

"是民政局让你写的?"

"不是。"

"是公社要你写的?"

"不是。"

"那是给谁写的呢?"

问到了文学的目的,鲍仁文作难了。这是历代多少大文豪争辩不清的问题,他小小的鲍仁文做何回答。他只草草地说了一句:"我自己想写呢!"

"写成书能得钱吗?"老革命锲而不舍地问道。

"没得钱。'文化大革命'了,稿费取消了。"鲍仁文耐着性子解释道。

"那你图啥?"又回到了"文学的目的"的问题上。

鲍仁文不再回答,只是微笑了一下,笑得有点忧郁。停了一会儿,他又问:"我大爷,你老再说说涟水战役可管?"

鲍彦荣沉默了一会儿,从兜里摸出烟袋。

"你老吸这个。"鲍仁文递上烟卷。

"我还是吸这个过瘾。"鲍彦荣执意不接受烟卷,他忽然觉着自己在小辈面前做得有点不体面。

鲍仁文只得自己点了一支吸起来。

烟雾缭绕着一盏油灯,一点火光跳跃着,把人的影子投在墙上,鬼似的乱扭着。

影子在霉湿的墙上扭着,忽而缩小,忽而扩张起来,包围住整间屋子。人坐在影子底下,渺小得很。

"我要写一本书。"他心想。他在县中念了两年,晓得苏联有个高尔基,没上过一天学堂,结果成了大作家;他有一本《创业史》,听说那作家是在乡里的;他有一本《林海雪原》,听说那作家是个行伍出身,不识几个字的……古今中外,无穷的事实证明，作家是任何人都能做得的，只要勤奋。"勤奋出天才"，他写在自家床头。

他没日没夜地写着，写在中学里没用完的练习本上，写了有几厚本了。他大他娘要给他说媳妇，他也拒绝了。先著书，后成家，这也是他的座右铭，记在了心里。

人家叫他"文疯子"，这里有着几重的意思。一是他的名字叫仁文；二是他这个疯子是文的，而不像鲍秉德家里的，是武的，耍起疯来几个男人也弄不了她；三是这"文疯子"的"文"里还有着一层"文章"的意思。

面对大家善意的讥讽，他不动声色，心里想着他记在本子上的又一句话："鹰有时飞得比鸡低，而鸡永远也飞不到鹰那么高。"

四

牛棚里，孤老头子鲍秉义坐在凉床上，唱花鼓戏：

> 关老爷门口字两行，古人又留下劝人方。
> 这一字出马一杆枪，二字上横短来下横长。
> 三字立起来像川字，四字好比四堵墙……

老革命鲍彦荣目不转睛地看着他，听得出神。

鲍彦山家老大建设子替他喂牛，铡齐的麦穰子填进槽，唰啦啦地响。

鲍秉义打小跟一个戏班子唱戏，卖过嘴，叫族里人瞧不起。老了，回来了。孤身一人去，孤身一人回。问他在外成过家吗，他微微一摇头。有多事的人，给他说过几回寡妇，他还是微微一摇头。

后来,传来一个怪话,说他在戏班子里,和那挂头牌的女角儿相好了,那女戏子又把他甩了。还有个怪话,说他对东头鲍彦川家里的有点意思。鲍彦川死了有四年了,他家里的拖了四个孩子,再嫁也是难。只不过,都是一族里的,论起辈分来,鲍彦川家里的该叫鲍秉义叔,是想也不敢想的。

如今,他单身一人,就让他喂牛,住在牛棚,他有落脚处了,牛也有照应了。

虽瞧不起他干的那行当,可大人小孩都爱听他唱,都叫他作唱古的。一段曲儿能唱遍上下五千年的英雄豪杰:

一字出马一杆枪,韩信领兵去见霸王。
霸王逼在乌江死,韩信死在厉未央。
写个二字两条龙,王母娘娘显神通。
花果高山摆下阵,水帘洞里捉妖精。
写一个三字三条街,陈世美求官未回来。
家里撇下他的妻,怀抱琵琶又上长街。
…………

一把坠子吱吱嘎嘎地拉着过门。

五

捞渣满地乱爬了。小脸儿黄巴巴的,一根头毛也没有,小鬼似的。就是笑起来的模样好,眼睛弯弯的,小嘴弯弯的,亲热人,恬静人。大人们说他看上去"仁义"。

他没得什么吃,只有他娘的奶。他娘像头老牛——他大说的，吃什么都能变成妈妈。开始是吃红芋，后来红芋也不能吃净的了，要掺红芋秧子。

他大哥建设子过年十九了，还没说上媳妇。媒人还没进门，就吓回去了。黑洞洞的三间屋，给水泡松了，眼看着就要瘫成一堆烂泥。屋里那块床板，两床棉花套子破成渔网了。

这天，门前来了个打莲花落子要饭的，一个十一二岁的小丫头，尖尖的下巴颏，圆圆的一对眼睛。他大姐抱着捞渣站在门前玩，那小妮子站定了，打响莲花落子，滴溜溜地打了一转，才开口唱道：

　　这大嫂，实在好，
　　抱小孩，也不闹。
　　…………

他大姐还没过门呢，涨红了脸，唾了一声，进屋去了。他娘却乐了，觉着这妮子鬼得喜人，从大锅里舀了一瓢稀饭给她喝。她不喝，倒在一个大瓷碗里，说要端给她娘喝。

"你娘在哪里？"他娘问。

"在庄东头大柳树底下，有病了。"小丫头说着走了。

他娘一顿饭吃得不踏实，心里七上八下的，像是搁进了一桩事。吃罢饭，她把锅撂下，又盛了一满碗稀饭，抓了两张煎饼，往庄东头去了。

庄东头大柳树是小鲍庄最高的地方。那年夏天，下了九天九夜的雨，一整个庄子，全淹在水里，只露出大柳树的梢，一丛子草似的，停了几十只老鼠。

柳树下果然靠了个病病歪歪的女人，蜡黄的脸皮。小妮子偎在她身边自己给自己梳小辫。干巴巴猴儿似的人儿，倒有两条乌黑油亮的大辫子。鲍彦山家里的往这娘儿俩身边一蹲，摸摸丫头的辫子，说："早年，我也有这么一头好头毛。那时，只扎一根独辫子，这么长一段红头绳。"她将手指伸成一拃。

后半晌，有人看见鲍彦山家里的，带着外乡人模样的娘儿俩，往家去了。过了两日，那女人脸色滋润了一些，走了。小闺女留下了。每日里，跟着捞渣那十二岁的小哥文化子下湖割猪菜，回到家就抱着捞渣在门前玩，唱小调儿，嗓门又尖又脆，听着喜人，惹得那些二流子似的小伙站在门前不走了：

"小翠子，唱个'十二月'！"

鲍彦山家里的便从门里蹦出来，先把二流子们骂退了，再骂小翠子："甭唱了，没脸没皮的，唱什么！"说急了，还在她身上拍两下。渐渐地，小翠子便不唱了。嗓门也像喑了似的，哑哑的，连说话都懒得说了。她唱，她不唱，捞渣总和和气气地对着她笑，笑得她也只好笑了。

人人喜欢捞渣，独独鲍五爷见了他就来气。为的是捞渣落地的时候，正是他的社会子咽气。于是他便认定他的社会子是叫捞渣抓了替身。如今他被队里"五保"起来了，心中却是很不乐意听说这"五保"两个字。"五保户"在人们心目中，就算是"绝户"的代名词了。鲍五爷脾气犟，见不得自己成了大伙的累赘，总到队里争活儿干。队里便给了他些烂草烂绳头，让他搓绳。于是，他每日里就坐在磨房的墙根下，晒着太阳搓绳。

磨房里人不断。小驴蹄子嘚嘚打着地；石磨骨碌碌地轧着石盘；推磨的娘儿们尖起嗓子吆喝驴；面，沙沙地从筛子上洒下箩。他听着总觉得心窝里暖烘烘的，不那么寂寥了。

小翠子背着捞渣，一手挎着篮子，一手牵着小叫驴，来磨面了。

小叫驴套上了套，戴了眼罩，捞渣被放下了地，坐在太阳下抓石子玩，就在鲍五爷脚边上。鲍五爷斜起眼瞅他，轻轻骂了一声："鬼！"

"鬼"听见了，伸出手拍了一下鲍五爷的大毛窝，笑了。

鲍五爷心里头咯噔一下子，觉得那笑模样实在像他社会子，鼻子一酸，说："你这个鬼呀！"

小叫驴嘚嘚地围着磨盘转，小翠子轻轻吆喝着："吁，吁。"

六

鲍秉德家里的又闹了，爬树上梁的，把锅都砸了。几个大男人拉住她，被她拖了几丈远。最后把她四脚朝天翻倒在地，才捆住了。她龇牙咧嘴地吼着，没人声了。

鲍秉德抱着脑袋蹲着。鲍彦山家里的端了一碗稠得能挑上筷子的芋干子稀饭，夹了两张煎饼，给他送去。他不吃，说心里堵得慌。众人们也没得法子，只能陪他叹气。

鲍秉德家里的疯了有八九年了。她娘家是鲍山那边十里铺的人家，做姑娘时如花似玉。都说鲍秉德交了桃花运，娶了十里铺的一枝花。不料这娘儿们中看却不中用。来的头年怀了一胎，生下是个死孩子，第二年又是一胎，还是个死孩子，怀了有三四胎，胎胎是死的。暗地里就有人说怪话：兴许是做姑娘时不规矩来着。生下第五个死孩子时，疯了。疯了以后，那怪话才没有了。说疯子的怪话就太不厚道了。

刚疯的那阵子，曾经有人劝过鲍秉德，把她离了，再娶一个。鲍秉德一口回绝："我不能这么不仁不义。一日夫妻百日恩，到这份儿上了，我不能不仁不义。"他说不出过多的道理，只是口口声声地"不能不仁不义"。后来"文疯子"写了一个广播稿，题名大约是"阶级感情深似海"，还是"阶级情义比海深"之类的，投了公社广播站，给广播了一下。后来，他又往县广播站投，就没投中。不过，鲍仁文的名声还是出去了，知道小鲍庄有了个舞文弄墨的。鲍秉德的名声也出去了。这下子，就是他想离也离不成了。就这么凑合过吧，只是鲍秉德一日比一日话少，成了个哑巴。他心底深处，很奇怪的，暗暗地，总有点恨着鲍仁文。好像，他给自己的事情做了包办，后来却又撒手不管，很不负责。而鲍仁文，隐隐地，也有些畏着鲍秉德，似乎觉着自己欠了他些什么。总之，有些尴尬起来。

鲍秉德家里的在地上乱挣着，一会儿，地上就被她歪了一个坑，浮土一蓬一蓬地扬起来。这疯子虽说是武的，却不伤别人，只打她男人，打孙子似的揍。鲍秉德是不怕她揍的，这么捆起来只是为了怕她伤了自己。有一年腊月里，她一股劲跑到湖里跳了大沟，鲍秉德忘了自己不会水，也跟着跳了下去，让人一起救了上来。

鲍秉德闷着头，不由得滴下一滴泪来。他遮掩着大声咳了几声，吐出几口痰，把那滴泪盖住了。

"你也别太愁了，"鲍二爷劝他，"啥事都有个头，你又没做过缺德事，凭什么这样难为你。"

"我家里的她娘家，有个疯子，疯得蹊跷，好得也蹊跷，"鲍彦山说，"不知怎么就疯了，疯了有十几年，爬树上梁的。后来，他奶奶死了，棺材一落地，他这边立马就好了。醒过来了哩,就好比做了一场梦。问他是怎么啦!他什么也不知道,这十多年就像是睡过来似的。"

"是真的吗?"大家都问问他,连鲍秉德也抬起眼睛,好像看到了一丝希望。

"现在都有两个儿了,好好的,清泠得很。"

"这是胡诌八扯的,"远远地,蹲着鲍仁文,"说正道的,该送我七奶去城里疯人院。"

"那是不成的。"大家一起反对。

"那么些疯子都关在一起,不打成一堆,撕碎了才怪。"

"听人说,那就像坐大狱似的。"

"大夫都拿着带钉的棍哩!"

"这不是病!"

鲍秉德自己是不用再说什么了,只是恨恨地盯着鲍仁文。

鲍仁文长叹一声,立起身,走了。傍晚的太阳,落在地沿上,把他的影子拉得细溜溜长,孤孤单单地斜过去了。

七

拾来和他大姑分床睡了,到了夏天,他便把凉床抬出去,在大槐树下睡。等到秋凉了,外面睡不住人了,他把凉床子扛进屋的时候,他大姑猛然发现拾来长成了一条汉子,屋子越发的小了。

拾来越发的孤独了,唯一可接近的大姑,这会儿他却疏远起来,比对平常人还要疏远得厉害。一天没有三句话,吃饭只听得喝稀饭响。吃罢饭,对坐着,连喝稀饭的响都没了,只觉得又腻味又不自在,只得早早上了床睡去。夜里听见大姑的磨牙声,打鼾声，睡也睡不踏实。到后来，他见了大姑就要躲，怕似的，又像是恨似的。自己也捉摸不透，只觉得心窝里烦躁得慌。

早起，他大姑和他商议，把猪卖了。

"卖就是了。"他没好气地说，像有一肚子火似的。

"卖了猪，扯几丈布，给你缝个新被窝。"大姑说。

"扯就是了。"

"买个凉床子。"

"买就是了。"

"那凉床，冯大家虽然没说要，可话里那音，总是急着要使的意思。"

"还就是了。"他就好像吃了枪子儿似的，绷着脸，埋着头。

"你向队长告个假，上街一趟。"

"不管。"他一口回绝。

"咋不管？"

"不管就是不管。"他硬邦邦地说。自己也不晓得为啥不管，故意要找别扭。

"你不去我去。"大姑也气了。她也弄不明白，这些日子咋侍弄不好这个侄儿了。

大姑换了一身衣裳，借了一挂平车，把猪捆了，推起就走。她迎着早晨的太阳走去了，蓝白花的褂子裹着她健壮的身子，肩膀头圆滚滚的，轻轻快快地上了路。

拾来眼睁睁看着他大姑上了路，心中又十分地后悔起来。一整天，他心里都不安生，不时抬头看看日头，再往大路上眺一眼。大路上走着一挂平车，却不是他大姑，是个大男人，推着一平车的红芋。

203

直到收工，他大姑还没回来。拾来烧开了锅，馏上馍，蹲在家门口等着。不晓得怎么回事，这会儿，他想起了他大姑的种种好处。他心里那一团无名火融成了一片热腾腾的东西，像水似的荡漾开来，流遍了他的全身。他想着，该对他大姑好。

上弦月升起来了，碧空上细弯弯的一钩，却把个大地照得明晃晃，白花花。

他心里忽然不安起来，会不会出什么事了？都什么时候啦！他浑身一激灵，站起身，来不及锁门，就往庄头走。迎面过来几个割猪菜的小孩，背上的草箕子比人高，小山似的。走到跟前，让开了道，看着拾来过去，看稀罕似的。拾来总叫人觉得稀罕。而面对这些探究的眼光，拾来更与人接近不了啦。他成天价虎着个脸，叫人见了害怕，岂不知他心里是害怕人的。

白花花的一条大路，弯弯曲曲盘过一道坝子，没了。

坝子上翻过来一只黑虫，顺着白花花的路爬了起来，越来越大了。定睛一看，是一挂平车哩！

拾来一拍大腿，三步并两步地迎上去。果然见他大姑推着一挂平车，平车上是凉床，凉床底下有一只篮子，篮子里，有布，有两斤肉，还有一盒卷烟。拾来眼窝热了一下：她见我吸烟了？

拾来捡了一个烟嘴，拾掇了一个烟袋，背着人吸呢。

他跑上去，接过大姑的车把子，迈开大步，把大姑甩下了二丈远。他的两张大脚片子踩在白花花的大路上，轻轻巧巧地走着。车轱辘嘎吱嘎吱转着。路边一只小虫曪曪地唱，秫秫唰唰地在拔节儿。月亮婆婆把什么都照得明明晃晃，清清白白。拾来心里一片空明，又平静又欢愉。他不明白，事情咋会变得那么好，叫人觉得，活着是一桩多大的美事，受了多大的恩德。

八

小翠子长个儿了。细溜溜的身子，穿了她大姐的紫花布褂子，直拖到膝盖上。烧锅，刷碗，割猪菜割得比谁都多。人喜欢她，她也喜欢人。就是不和建设子说话，建设子也不理她。两人不能搁一个桌上吃饭。有时见了面，隔老远眼皮子就耷拉下来了，像是几百年的仇人似的。鲍彦山家里的倒喜欢，说这才稳重，稳重好。她对小翠样样满意，就是有一桩搁在心里老放不下，这丫头子太聪明了。她时常想起第一次看见小翠的情景：滴溜溜地打着莲花落子，小嘴一张："这大嫂，实在好，抱小孩，也不闹！"太鬼了！其实，她最怕的也就是当时她最爱的。看看建设子那么蔫，几棍子打不出一个响。这丫头子能乖乖地跟他过吗？鲍彦山家里的心中没有一点数。因此，有时候，她难免觉得自己要吃亏。逢到这种念头上来，她就拼命地使唤小翠子，似乎是要在鸡飞蛋打之前把本给捞回来。

"翠，喂猪了！"

"翠，把你哥的衣裳拿河里洗了！"

"死妮子，水缸见底了。"

小翠给使唤得滴溜溜转。她眼睛里的笑模样一天比一天少，变得十分严肃，下巴颏越发的尖，两条乌黑的大辫也有点见黄。有人看见她在庄东头大柳树下哭过，不出声，抹抹眼泪，赶紧地又走家了。看见的人自然要叹息，可是大家都晓得，比起别庄上的童养媳，小翠可说是享福了，不挨打，给吃饱。小鲍庄的童养媳是最好做的了，方圆几百里都知晓，这庄的人最仁义，可惜是太穷了。

有了小翠这一把割猪菜的好手，文化子下了晚学，再不必急急忙忙地下湖了。他深感得着了小翠的好处，嘴甜得很，赶着小翠叫"翠姐"。他叫一声，小翠的脸就红一下。文化子不愧是文化人，读着书，晓得男女平等的道理，有着很先进的民主思想，见他娘吆喝小翠吆喝得紧了，他常常会挺身而出："我去担水。"

他担着桶去了，小翠撵着喊他放下。他不干，飞快地跑，小翠便飞快地追。这么跑着追着到了井沿上，他抢什么似的把桶放了下去，桶脱钩了，漂在水上，傻眼了。

"你看你，慌啥？"小翠说他。

"都是叫你赶的。"文化说她。

"看你咋办？"小翠说。

"这有啥难的！"文化弯下腰去，伸下扁担去钩，扁担绳晃悠晃悠。

"看你能的！"小翠撇撇嘴，弯下腰去夺扁担。

"我能行。"文化不放手。

"给我。"

"不给。"

两人趴在井沿上，水上漂着一只桶，一根扁担钩晃悠晃悠。井底映着两个人影，一个小翠，一个文化。扁担钩子钩着了桶，却没吊起来，倒把水搅花了，花了一阵，又平了。小翠和文化又出来了，看电影似的。

"你看你那样儿！"小翠说文化。

"我看你还怪俊哩，翠姐！"文化嬉着脸说小翠。

"呸！"小翠唾了他一下。

"怎么，我说错了？"

"错了。"

"你丑吗?"

"不是这个错。"

"那又怎么错了?"文化子纳闷儿。

"就是错,就是错。"小翠点着他鼻子说,那活泼泼的样子又回来了一点。文化子又傻了眼,不吭气了。

桶,捞上来了,水打满了。两桶水搁中间,文化在后,小翠在前。文化把扁担搁上肩,弯着腰,半蹲着,等着小翠上肩。刚要上肩,小翠又直起腰回过头问道:"你多大,我多大?"

"你属牛、我属鼠。"文化立即回答。

"那么你咋叫我姐?"

文化一愣。

"可不是你错了!"小翠直起腰,扁担上了肩,唰溜溜地就走,把文化拽得一跟跄。

扁担悠着。水在桶里悠着,悠到桶边上,又回来了。

九

捞渣歪歪扭扭地能走了,话也能说不老少了。正吃晚饭,鲍五爷拄着拐来了。鲍彦山招呼他:"五爷,来吃。"

捞渣学嘴:"来七(吃)。"

鲍五爷装没听见,不理会他,在门槛上坐下来,看蚂蚁搬家。

"吃过了吗?"鲍彦山紧问着。

"吃过了。"鲍五爷回答。

"咋吃的?"

"煎饼,稀饭,咸菜。"

"你老要懒得烧锅了,就过来。咱家人多锅大,多一人少一人见不着。"鲍彦山家里的说。

"我能烧。"鲍五爷回答。闷着头看地。天黑了,看不见蚂蚁了,一只蚱蜢蹦跶过去。

什么东西碰了他的嘴,定睛一看,捞渣什么时候到了跟前,小手里摸着一块煎饼,捏成了团,直送到他嘴边。他看看捞渣,捞渣朝他笑着,一脸厚道相。他心里又是咯噔一下,扭过了脸去。

月亮升起了,眼前豁亮了许多。

鲍五爷掉回头,捞渣正坐在他脚边抓土玩,稀稀的黄头毛底下露出了头皮。鲍五爷伸出手在那头皮上胡噜了一下,心想:"我咋像是在哪见过这鬼哩。"

前边牛棚里在唱古,坠子吱吱嘎嘎地传得老远:

写一个五字无底洞,薛仁贵跨海又去征东。
征东招够人共马,回马枪挑凤凰城。
写一六字变化开,我配姣娥女裙钗。
带领三千人共马,才把唐王我主救出来……

十

在一千里外的北京,正进行着一场江山属于谁的斗争。一千里外的上海,整好了装,等着发枪了。

十一

里外三新的新被窝,软软和和地裹着拾来。拾来钻在被窝里,舒服得心里发虚,有点不实在。翻来覆去,不知怎么舒服才好，反倒睡不踏实了。

月光照进堵了一半的窗洞，落在大姑的床上。大姑盖着一床旧棉被，薄得像纸，硬得也像纸。

大姑是真疼自己，拾来想。这世上不会再有像大姑这样疼自己的人了。是媳妇也不能这样，是娘也不能这样，是姐妹更不能这样。拾来这辈子没娘，没姐妹，还没媳妇，他不知娘、媳妇、姐妹的疼是啥味道，他只觉得大姑的疼是天底下最最好，最最好的。

是大姑给铺的被，身下垫一层，身上盖一层，脚后跟还折了一道，紧紧地裹住了脚。脚一暖，浑身都暖了，俗话说："寒从脚底来。"好多日子，脚没这么暖和过了。可是，这暖和又和那暖和不一样。拾来想起那温暖的谷。那柔软的暖和是非常特别地包围着他的脚。

月光移到了大姑的脸上，那脸庞近两年丰腴了起来，只是眼角的皱纹很密。

大姑好像微微地哆嗦了一下，拾来赶紧闭上了眼，等他再睁眼时，大姑已经掉过身去，脸朝里了。月光移到了她的身上，注下去而又凸起来的地方。

过了几日，有一天，大姑对拾来说："拾来，你过年就十八了吧！"

"嗯哪！"拾来生硬地回答。天一亮，他夜里的那些柔情便全退潮似的退去了，不晓得退到什么地方，找也找不见了。

"也该说媳妇了。"她停了一下。

拾来不吭声，心跳了。

"二奶她娘家高庄有个闺女，比你长一岁。啥都好，就是小时出花，脸上落了疤。"她又停了一下。

拾来不吭声,心跳得凶,气都喘不过来了。

"她不嫌咱家穷,愿意跟你过。你要是愿意,明天就上高庄去一下。我让冯大家二小子进城捎了两斤馃子。"她停住不再说了。她听见拾来喘气声,像牛一样。

只听得砰的一声,碗碎了。拾来站起身跑了,带倒了案板,带倒了板凳,咸菜碟子掉了,臭豆子撒了一地。

大姑怔怔地望着一地的碗碴子。进来一只鸡,啄着臭豆子。啄啄,又丢下;啄啄,又丢下。

拾来出去一天,直到夜半才回来,三星都偏西了。大姑坐在床沿,没睡,等他。

他一进门,拉开被子,蒙上头就睡倒了。

"拾来。"大姑叫他。

他不动弹。

"拾来,"大姑脸对着窗洞,一字一句地说,"我给你置一副货郎挑子,你走吧!"

他不动弹。

"你成人了,自己过去吧。我不能养你一辈子,你也不能守我一辈子。"

他不动弹,只觉得从头到脚都凉了,就像掉进了冰窟。

一个风和日暖的早晨,拾来挑着一副货郎挑子,上路了。上路前,大姑不知从哪摸出一个货郎鼓,她用手抹了抹鼓面,轻轻摇了一下,叮咚,货郎鼓响了一下,响得还脆。她看看鼓,又看拾来,张张嘴,要说什么,又没说。然后把鼓交给了拾来。拾来接过鼓看了看,恍恍惚惚记着小时玩过,为了玩它还挨了一耳光子。这是他从小长成人,第一次挨耳光子,就一次,也记得住了。他随手把货郎鼓往货架上一插，径直走了，没有回头。货郎挑子在他宽厚的肩上晃悠着，货郎鼓清清脆脆地响着：

叮咚，叮咚，叮咚，叮咚。

大姑听着那鼓声一步一步远远地去了，眼泪直流了下来。

十二

早几天就听说，县上要来个作家，来此地采访治水的事。

这几天又听说，那作家日后就到了，住宿都安排妥了，住县一招。

鲍仁文耍去见见那作家。早几天，就把他这些年写的文章拾掇出来，看了几遍，改了几遍。这几天，又重新抄了一遍，整整齐齐地摞在一起，用他娘糊的鞋靠子贴上光溜溜的画报纸，做了个精装的封面，封面上用墨笔写了两个立体的美术字——作品。直弄到夜半，他只眯盹儿了一小会儿，天就亮了。他起床洗了脸，刷了牙，又用他娘的破梳子蘸了点清水梳梳头，穿上他的蓝卡其学生装，夹着"作品"出发了。

他娘撵了他有半里地，要他捎上半篮鸡蛋上街卖了。他装没听见，大步流星地走出了庄子。

太阳很好，把风都暖热了。半个多月没下雨，大路上的浮土有半脚深了。大车过去，平车过去，自行车过去，人走过去，把那浮土踢起来，扬了个半天，遮黄了太阳。

他感到燥热，走过大方家井沿上，向个提水的老头儿讨了半瓢水喝，再接着赶路。

路，向前蜿蜒，看不到头，难得遇见个人。远远地，看见个小黑点。走着走着，渐渐大了，大了，大了，显出人形了，辨清男女了,认出眉眼了。到了跟前,过去了,前边只有一条白生生的路,蜿蜒到看不见的远处去了。太阳到了头顶,踩着自己的影子走。

他觉得困顿,像是睡着了。"作品"的封面滑溜溜的,老往下打滑,他把它搂搂好,向前走。

这是他的宝贝,他的心肝,他的所有的一切,一切的所有。他为它熬了多少夜,熬了多少灯油。他累极了,困极了,难极了,写不出一个字却又非要不停地写下去,写下去。这时候,他便会困惑起来:"这么苦究竟是为啥?究竟图的啥?会有个什么结果呢?"于是他一下子委顿下来,心里充满了虚无的情绪。这种心情冲击得最强烈的一次,他竟把他写了九个晚上还没写完的一篇小说撕了。然而,等那一阵狂暴过去之后,他望着一地的碎纸片,落寞地哭了。这时,他特别想往什么上面偎靠一下,温暖一下,安慰一下自己这颗破碎而孤寂的心。他觉得自己苦得很,苦得很。他蜷曲着,自己偎依自己,慢慢地平静下来,又重新摊开一张纸,拿起笔。除此以外,他不明白还有什么能给自己安慰和偎靠的。只有这么写着,他才能够希望着什么,妄想着什么。

路,无穷无尽地延伸着,这是一条寂静的路。他又觉着渴,却再不能遇上一口井了。

日头偏过正午,他走上了刘庄的地,前边就是县城了。有人担着空挑子往回走,是从街上下来的。

城里很安静。街中央馆子里,一地的鸡骨鱼刺,一个围着稀脏的围裙的娘儿们,正往外扫,招来了两条狗。剃头店里只有一个师傅靠在剃头椅子上打呼噜。一头猪大摇大摆地从百货店走出来。

他走过邮局,走进招待所。他心中忽然有些紧张。他努力回想着"作品"中最叫自己满意激动的段落、语句,想给自己增添一点信心和勇气。然而,却怎么也想不起来,那些绞尽脑汁写下来的章句全消失得无影无踪。他发觉,自己过去的半生的价值,和今后半生的价值,马上就要得到一个裁决。他有些腿软,几乎要掉过头走去了。

传达室的老头儿在打盹儿,口水流在衣襟上。一个女人低着头织毛线。没人理会他。

"大姐。"他犹豫了一下,还是叫了。

"大姐"皱着眉头抬起脸,不太耐烦的样子。

"大姐,这里住的可有一位作家?"

"什么'坐'家,'站'家,不知道!"她回答。

"就是从外面来的,写文章,写书的。"

"叫什么名儿?"

"不知道。"

"男的女的?"

"不知道。"

她低下头继续织毛线,不再搭理他。

他又恳切地叫了一声"大姐",没有回应。无奈,只好罢了。他站在招待所门口,思忖了一会儿,掉过身往县委走去。他有个中学里的老同学,在县委宣传部打字。

很顺利地找到了那老同学,她也还认得他。而当他向她打听作家时,她却茫然了好一阵,然后才想起带他去找一位王科长打听。王科长皱皱眉头,抬起手,抖一抖手腕,把袖子抖下去,露出亮晶晶的坦克链表带,然后才去抚摸锃亮的分头:"听说过这么一件事,不清楚,不清楚,听说过。"

"你去问问张科长嘛!"那老同学微微撒娇地扯扯他的袖管。

原来这位王科长只是个干事,"科长"不过叫叫听听而已。等找着了张科长,真相才大白。是有这么回事,曾经是要来个作家。可是后来不来了。也许是这里治水的事情不够典型吧,犯不着曲里拐弯地到此地来。于是,便不来了。

鲍仁文寂寞地走在大街上,心中不知是喜还是悲。倒像是放下了一块石头,觉得轻了,又觉得空了。他慢慢地走着,觉出了饿,口袋里有一卷夹了大葱的煎饼,他打算出了城就吃它,走过邮局,他站在报栏前看一会儿报纸。他注意到一张报纸的下角有一块目录,是省里一个文艺刊物的目录。何不向那儿投一稿试试呢?他忽然想到。不由得激动起来,血液向上涌去,脸红了。他镇定了一会儿,默记下那刊物的地址。然后,走进邮局,在角落里坐下,翻开他的"作品"。

他把"作品"放在桌沿底下看,没有人瞅见。邮局里没有人,只有一个老头儿,在缝一只包裹。那老头儿像是个先生,文质彬彬的样子,戴了一副框架发黄的眼镜,笨手笨脚地拿着一管大针,一针一针缝合着包裹。包裹是寄往青海的——鲍仁文偷看了一眼。

鲍仁文挑了一篇小说,又挑了一篇散文,想想,再挑了一篇小说,卷在一起。

柜台里的人问他:"是什么东西?"

"稿子。"他迟疑了一下,脸红了。

"什么?"那人不明白。

"稿子。"他说,脸又白了,好像在做一桩极见不得人的勾当似的。

那人把稿子往秤上一扔,过了秤,然后又拿起来往一个大筐里一扔。鲍仁文瞅在眼里，怪心疼的。就好像自己亲手养大的孩子要出远门游历去了。

从邮局出来，他心里却又一片恬静。太阳落了，黄黄地照着路边的土墙。有人进了馆子，传出划拳声。猪，哼着。广播里在播放一支快活的曲子。

他算着那稿子的路程，什么时候可以到省城了。他从这一刻起，就在等待了。他从此便有了理由等待，有了东西可希望了。

他觉着很幸福，不由得跟着广播哼了一句，没合上调，哼得难听，赶紧住了嘴。

晚霞在他身后的天空上变幻着。他看不见晚霞，只觉着了那绚烂的光。

十三

大姑耳朵跟前，老有一只货郎鼓在响着：

叮咚，叮咚，叮咚，叮咚。

十四

太阳落到地边上，割猪菜的孩子都往家走了。小翠和文化来得晚，草箕子里还差点才满。

"文化子，你每日价，在学校，一早晨，一白天，忙的啥呀？"小翠子问道。

"上课呗。语文、算术、地理、历史、自然……学习就是了。"文化告诉她。

"学啥哩？我看你啥也不懂。桶掉井里也钩不起来，割猪菜割得多笨！"小翠子讥笑文化。只有在湖里，对着文化子，她才敢撒野。

"哼，我懂的，你不懂的，多着呢！"文化子不服气，他在学校里尽得两分，只有在小翠跟前，才有得显摆。

"你说说看！"小翠斜着眼瞅瞅他。

"你知道，人是打哪儿来的？"文化问。

小翠扑哧笑了："娘肚子里生出来的呗！我当你知道什么哩。在学校里就学了这个？躲滑罢了。"

文化微微一笑，不与她斗嘴，继续深入问道："娘是打哪儿来的？你会说娘是姥姥肚里生出来的。姥姥打哪来的？姥姥的姥姥打哪来的？"

小翠果然被问住了，扑闪着大眼睛，不吱声了。

"告诉你吧，人是猴子变的。"文化压低声音，极其神秘地说道。

小翠轻轻地惊呼了一声。

"你看，猴和人像吧？活像！"

"那，猴又是什么变的呢？"小翠怔怔地问。

"猴子，是鱼变的。"文化犹豫了一下，最终还是很肯定地说出来了。

"咋是鱼变的？"小翠困惑极了，鱼和人可是一点也不像。

"你知道吧，这地球上……"

"地球？啥球？"

文化打了个格愣，感到和小翠说话十分困难，由此领会到了进行启蒙教育的必要性："就是咱们住的这地。"文化用脚跺跺地，又伸出胳膊画了个圈。

小翠转头看看周围，大地笼罩在苍茫的暮色里。

"这地上,最早,最早,最早,最早,什么也没有,只有水,只有水。"

"哦!"小翠抬起眼睛,望着渐渐暗下去的天,出着神。

"只有水,只有水。"

"那可不就像闹水的时候。"小翠轻轻地说。

"你们那地方也闹水?"文化问。

"差不多年年闹。我小时候,刚满周岁那一年,闹得可凶。听俺娘说,没天没地了,只有水。"

"你能记得?"

"我记得……有一条长虫。"小翠怔怔地说。暮色越来越浓,她的眼睛在暮色里闪亮着,像两颗星星。

"走家吧。"文化有点害怕。

"割满了就走。"小翠子垂下眼睛割了一棵富富苗。

文化低下头,割了一棵七七芽:"走家吧!"

"你割不满没事,我割不满可不管。"小翠忽然生气了。

"瞧你说的,我娘就这么偏心吗?"文化有点难堪。

"你娘偏心,天底下没有比你娘更偏心的娘了。"

"你咋胡侃哩!"文化也有点生气了。

"咋是胡侃?你娘为啥叫你念书,不叫你哥念书?"小翠回过头,一双黑黑的眼睛看定了他。

文化说不出话了,半天才结结巴巴地说:"我哥人老实哩。"

"谁稀罕他老实。"小翠子提起皁箕子,跨过两条芋头趟,又蹲下了。

"老实人靠得住。"文化又结结巴巴地说了一句。

小翠不理他,手脚麻利地割着猪菜。她眼尖,哪儿有猪菜都逃不过她的眼。她的手快，眼到了，手也到了。过了一会儿，小翠说话了："文化，你往后给我讲讲，你们上的学吧。"

"管，"文化说，又加了一句，"那还不管。"

小翠说："我不会亏待你，我唱曲儿给你听。"

"唱个'十二月'。"文化子立马说。他是从那些二流子嘴里听说有个"十二月"，也不知"十二月"究竟是什么，想得心痒痒的。

小翠子稍停了会儿，唱了一句：

正月里来本是个新年……

她调门起得很高，声音细细的，尖尖的，颤颤的。文化觉着，小草哆嗦了一下。四下，毕静。

喜欢笑那哈万象更新。
牵挂个美少年。
知心人难见，
相思对谁言……

她哀哀怨怨地唱着，并不懂一字一句里的意思，听大人唱，她也唱，唱熟了，便觉出那一股凄戚很对她心思。

她凄凄戚戚地唱着，文化子凄凄戚戚地听着。

十五

捞渣会给鲍五爷送煎饼了。这倔老头儿才怪，谁送他饭食，他都不要，似乎一吃人家饭，他便真成绝户了。可是捞渣给送去，他便为难了。看看那张小脸，不收就觉着不过意。

捞渣会拉呱了，见鲍五爷一个人孤得慌，晓得同他问长问短地解闷。

"吃过了吗？"他问鲍五爷。

"吃过了，你呢？"鲍五爷搭理他。

"吃过了。"

"吃的啥饭食？"鲍五爷问他。

"吃的面条子。"

"不孬。"

"你吃的啥？"他问鲍五爷。

"煎饼，稀饭，臭豆子。"鲍五爷一字一句地回答，毫不含糊。

"蛐蛐儿。"他拿给鲍五爷看。

"是蛐蛐儿。"五爷点头。

"是男，是女的？"

五爷笑了："这鬼。蛐蛐儿咋说男女，要说公的，母的。"

"是公的，是母的？"

五爷自己默了一会儿神，感叹道："要论起来，说男女也没错，也是个性灵。"

"把它放了吧！"捞渣忽然抬头说。

"放就放吧。"五爷说。

一老一小看着那蛐蛐儿一蹦，蹦没影了。

捞渣和鲍仁远家二小子玩"斗老将"。鲍五爷帮着捞渣捋杨树叶子，捋了满满一大鞋壳，一小鞋壳。鲍五爷捂一只鞋，捞渣捂一只鞋，一捂捂两天。捂出来的杨树叶梗子，黑得油亮，比麻还韧。鲍仁远家二小子的杨树叶梗子捂得嫩，拉不过捞渣。斗一个，断一个，斗一个，断一个。急眼了，越急越断。捞渣就把自己的换给了二小子。

然后，二小子便翻本了，斗一个，赢一个，斗一个，赢一个。捞渣输惨了，可他不急不躁，依然是喜眉喜眼的。鲍五爷在边上瞅了这半晌，等二小子走了，他问捞渣："捞渣哎，你咋把你的'老将'全换给二小子了？"

"我看他要哭了。"捞渣说。

"你输了不难受吗？"

"难受。"

"那你还换给他？"

"我看他要哭了。"捞渣又说。

鲍五爷不问了，看看捞渣，在他稀稀拉拉的黄头毛上胡噜了一下，叹了一口气。停了一会儿，自语似的说："你也该让他，论起来，你是他叔哩。"

十六

大姑老听得见一只货郎鼓响：

叮咚，叮咚，叮咚，叮咚。

十七

鲍仁文每天收工都要往庄东大路上走两步，见有没有送信的来。大前天迎到一回，有两封信，一封是鲍彦海家大小子打金华部队上来的；一封是鲍二爷家的，打关外来的，鲍二爷家里的是那年他闯关东从关外带来的。昨天又迎到一次送信的，却没有信，送信的只是打这里路过，往大刘庄去的。

今天他又往大路上走去，远远地听见有什么在响：叮咚，叮咚，像是一只货郎鼓，渐渐地才看见过来一个人，是个走路的，担着货郎挑，慢慢地近了。

他背后是太阳，红通通的停在大路的尽头，他走在大路上，货郎鼓叮咚叮咚响着。

"兄弟，你见没见有骑车子的往这边来？"鲍仁文大声问道。

"没有。"卖货的回答。走近过来了，剃得雪青的头皮，黑黝黝的脸膛上，宽肩大膀，嘴唇上的胡子却还没硬，软软地趴着。

"大哥，前面的庄子叫什么名？"他问道。

"小鲍庄。"鲍仁文回答，慢慢转过身往回走。

"哦，这就是小鲍庄。"小伙子说，和鲍仁文齐着肩走，货郎鼓叮咚叮咚地响。

"怎么，你知道小鲍庄？"鲍仁文瞅瞅他。

"咋不知道？小鲍庄的名声可响哩。都知道这庄上人缘好，仁义。"小伙子说。

"哦。"鲍仁文不再问了。

小伙子东张西望着，早有几个小媳妇听见货郎鼓声音，探出头来了。

"大兄弟，你停一停，让我挑个顶针儿。"有人喊。

回头一看，见是个四十多岁的女人从台子上走下来。她黄白的皮肤，头发在脑后随随便便窝了个纂，耳朵边上散落下几绺头发。身上穿的褂子破得可以，好像就前后披了块布，闪闪忽忽，飘飘荡荡，结实的身躯时隐时现着。她走到货郎挑子跟前，低下头，在匣子里挑顶针儿，手腕圆圆的。垂下的眼睑上长着密密长长的眼毛，是个毛乎眼。

"收工啦？大文子。"她招呼鲍仁文。

"买针啊？二婶子。"他招呼鲍彦川家里的。

又来了几个媳妇儿，要买针头线脑的。鲍彦川家里的，挑个顶针儿挑个没完了。

"他二婶，你再挑也挑不出金的银的来。"鲍彦山家里的说她。

"我就是买根针，也要挑个可心的。"她回答，耐心地挑着。"大兄弟，打哪儿来的？"鲍彦山家里的问他。

"打山那边来的。"

"家里有父母吗？"

"没了。"小伙子瓮声瓮气地说。

"有兄弟姐妹吗？"

"没。"

"呀，是个苦命的孩子。"鲍彦山家里的抬起头看他，看他宽鼻大眼，生得厚道，不由得怜惜起来。

鲍彦川家里的正试着一个顶针儿，试戒指似的。这会儿回过头来问："你叫个啥名儿？"

"拾来。"他说。他发现这女人的声音好听，低低的，厚厚的，听起来就好像一股温暾暾的河水从心上淌过去。

她终于挑好了，把一个两分的分币递到货郎手里，温乎乎的，有点潮。

一群媳妇姊妹围着他，都抬头看他，看得他背上冒冷汗，不自在得很。

"咦唏！"娘儿们同情地叹息着。

拾来脑门上开始冒汗，虽说别扭，可心里却暖和和的。自打走出冯井，他第一次露出了笑脸儿。

那么些媳妇姊妹的手在他匣子里翻江倒海地翻腾,他一点不生气,蹲下来,拔出烟袋。烟荷包里却挖不出烟了。忽然,啪的一声响,一样软乎乎的东西掉在他手上,一个烟荷包。抬头一看,那买顶针儿的二婶正看着他,说了声:"吸吧!"转身走了。一件破大褂子挂在身上,飘飘忽忽地上了台子,闪进一扇门里。

这天夜里,拾来宿在牛棚,和唱古的鲍秉义挤一床。晚上,牛棚里照例挤了一屋人,听他唱古:

写一个七字把腿翘,关老爷手提偃月刀。
我问老爷哪儿去,霸王桥上去逮曹操。
写一个八字两边排,八仙随后过海来。
蓝采和撕掉阴阵板,四海龙王又糟糕。
....

十八

鲍彦山家里的很纳闷:小翠可不是天天在眼皮底下转,怎么猛地一下,开始长身子了?那身板不再是竹竿子似的直溜到底,不知什么时候圆了,结实了,胸脯子满满的,小腿肚子鼓了起来,尖下巴颏子圆了。女大十八变,变俊了,水灵了。

多少人同她说:"该给孩子圆房了。"

她同男人商量:"该给孩子圆房了。"

建设子已经二十四,该圆房了。

小翠子觉出了不对劲。她娘待她和气多了,那天失手打了个碗,也没说她,只叫她扫干净碗碴子,别让捞渣扎了脚,便完事了。文化子却又远着她,不再与她说长道短的了。建设子白天黑夜地收拾里屋，往地上垫土，往墙上抹石灰。而庄上那些大嫂大婶，都对着她挤鼻弄眼的，诡计得很。

小翠子把捞渣从屋里拽出来，带到井沿上，问他："捞渣，翠姐待你好不好？"

"比亲姐还好。"捞渣说。

"那你为啥骗翠姐？"

"我没骗。"

"你骗了。"小翠激将他。

"没骗，真没骗！"捞渣急了。

"好，你不骗我，那你告诉我，这几天，我娘和我大商量啥了？家里要办什么事了吗？"

"俺大哥要娶媳妇了。"捞渣说。

小翠子只觉得头脑子轰的一声，炸了似的。她定定神，夸奖捞渣："说实话才是好孩子，你走家吧。"

"你上哪儿？翠姐。"捞渣问。

"我站一会儿，"她说，又改口道，"我上二婶家去借个鞋样子。"

捞渣走了，没走远，站在树影里瞅着小翠，他是个有心眼儿的孩子。

小翠一会儿回转身，慢慢地朝东头走去，越走越快，捞渣撑不上了。

她跑到庄东头大柳树前，一头栽倒在树底下，抱着树号啕大哭起来，一边哭一边嚷，嚷一句话："我才十六岁，我才十六岁！"

哭声几乎把全庄的人都招来了，捞渣早已跑去报了信，鲍彦山和他家里的一起跑来了，要把小翠拖回家去。小翠死抱着柳树干不松手,号着:"我才十六岁,我才十六岁!"

旁边的人都忍不住滴下泪来,特别是刚过门的小媳妇们,更是触景生情,哭成泪人儿了。

鲍彦山家里的流着泪劝小翠:"咱娘儿俩一起过了这么些年,有什么话儿不好说,要你这么伤心?"

小翠往树身上撞着头,声泪俱下:"我才十六岁,我才十六岁!"

"娘也不瞒你了,你娘你大是想着要给你们圆房了,建设子过年就二十五了……"鲍彦山家里的哭得比小翠还凶,又伤心又忍不住觉得委屈,眼泪像小溪似的流了个满脸。

"我才十六岁,我才十六岁!"小翠号累了,抽抽搭搭地说着。

"建设子虽说生得笨,心眼是好的,丫头。你跟他过,亏不了你的。"

"我才十六岁……"

"你是老大媳妇,这个家就是你当了。丫头,你就不想想娘的心了吗?"

小翠只是摇头,一个字也说不出来,手却牢牢地抱住树干,拖也拖不开。直到鲍彦山当着众人面,宣布圆房再缓两年,她的手才从柳树干上松开了。

事情过去了。小翠子的下巴颏子又削了下去,而身子上圆起来的地方却不再平复下去。她眼睛里的神情越来越严肃,连个笑丝儿也没了。她娘对她又抠起来了,文化子却有点讨好她,见她扫地,就来夺她的扫帚。而她呢,却对文化子结下了仇,把扫帚啪地朝地上一扔,转身就走。

终于有一天,文化子在井沿上截住了她:"小翠,你咋啦?我怎么你了?"

"你没怎么我。"

"那你怄啥？"

"怄你没怎么我。"小翠恶作剧地笑笑，担起扁担要走。

文化子按住扁担，不让她起："你把话说明白。"

"我的话再明白不过了。"

"我咋听不明白？"

"你没长耳朵，你没长人心。"

"你咋骂人！"

"就骂你，没心没肝没肺没肚肠！"她一猛劲，担起了水桶。

文化子没防备，跌了个四脚朝天，恼了。

小翠子却笑了起来，咯咯咯咯，清脆的笑声把树上的鸟儿都惊飞了。打那以来，她是第一次笑。

文化子就不好再恼了。

十九

早起，鲍秉德家里的忽然清清泠泠地说道："也苦了你了。"

鲍秉德心窝里一热，鼻子一酸，不由得落下了泪来。

他家里的也落泪了："我拖了你半辈子了，也该到头了。"

鲍秉德一听这话不吉祥，赶紧喝住了她："什么到头不到头的！一日夫妻百日恩，咱们这一辈子好歹都守在一起了。"

她不言声，抹了一把泪，便起身去喂猪。猪食烧得稠稠的，搅得匀匀的。鲍秉德好久没见她这么利索过了。头发梳平了，光溜溜地在脑后窝了个纂，海昌蓝的褂子很可体。鲍秉德不由得看呆了。他想起她做姑娘的时候：他提着两包馃子去相亲，一上台子就看见一个小姊妹坐在门口纳底。她看看他，他也看看她。她脸庞像一轮满月,额头上一排牙子齐崭崭地盖到眉毛上头,细细的眉,细细的眼,眼梢微微挑了挑。他看呆了,她忽然脸红了,站起身进了偏屋,只见一条大粗辫子在他脸面前扫了过去。他想起她做新娘子那天:大辫子窝成一个硕大的纂,小山似钩坠得脑袋往后仰,乌黑的头发里埋着一截红头绳,大红袄儿,脸儿像一朵桃花。她端坐在那里,任人怎么闹她只不言声,也不笑,也不恼。鲍秉德只盼着闹房的快走,快走……他想她刚有喜的那阵子:她想吃酸,他跑到山那边去找杏子。每天夜里,他都要趴在她肚子上听听动静,他听得清清泠泠,有一颗心跳,扑通扑通的。他记得他做了个梦:她生了,下了一个大蛋,再仔细瞅瞅,不是蛋,是个大地瓜。后来,生了个死孩子。他揍过她,关着门揍。她一声不哼,任他拳打脚踹,也不哭,也不叫。揍过了,也不和他怄气,照样的,他要咋,她就咋。他揍过了,也心疼,也后悔,可是急了,便什么都忘了,外人是一点也看不出来。渐渐地,她的圆脸变长脸了,红颜色褪去了。后来有一天,鲍秉德收工回家,见地没扫,锅没烧,一地的碎碗碴子。正要发火,却见他家里的坐在小凳上拔自己的头发玩儿,一边拔,一边朝他乐……

"上工去吧!"她叫醒了他。他这才听见上工的锣在敲:当当当,当,当。他抹了把眼睛,站起身走了。

在湖里平地,鲍二爷和他挨着趟。他告诉鲍二爷:"她的病见好哩!今天早起清清泠泠地说话哩!"

"她咋说?"鲍二爷问。

鲍秉德一五一十地把那些话都说了。不料鲍二爷变了脸,锨把子拍了一下地:"不对啊!秉德。"

"咋了?"鲍秉德头皮一麻,心里咯噔的一下。今儿早起,他心里隐隐的,也有点觉着不对劲,只是说不上来。

"我说老七,你还是回去守着她的好。"鲍二爷说。

"她今早清泠得很哩,比往常都要清泠。"他说,心里怦怦地乱跳。

"就是这清泠不对啊,她糊涂着倒不怕。"鲍二爷跺跺脚。

众人都围拢过来,纷纷劝鲍秉德回家去守着她。鲍秉德额头上沁出了冷汗,提起铁锹走了。

他快快地操着大步往庄里跑。平整过的土地一大片,一大片,看不到边。远远的地方有一丛绿树,那就是小鲍庄。他快快地跑着,跑了半天也跑不近。四下里静静的,隐隐传来说笑声。太阳高了,烤得背上发烫。好像有鸟叫。风贴着地过来了,把裤腿灌满了。

他跑进了庄子,庄子里静静的,见不到人。像是有个小孩担着水穿过杨树林子走过来,再一细瞅,又没了。他跑得喘不过气来了,稍稍放慢了脚步,心想:不会有什么事了。这一庄子都静得睡着了似的,能有什么事?一只狗在喉咙里吼着跑过来,几只鸡悠闲地散着步,啄着土坷垃。太阳,明晃晃地照着。

他吐出一口气,有点笑话自己疑神疑鬼。这会儿,再跑回湖里去,也不值得了。他捎起铁锹,慢慢地上了台子。

有一只烟囱冒烟了,不是他家的。

他家的门闩着。他推了推,推不动。里面杠上了。他拍着门,叫:"哎——!"

他叫她"哎",她也叫他"哎"。不能像别人那样,叫"孩他大""孩他娘"。没个孩子,连个叫头也没了。

她不应声。

他又叫："哎——"

还不应声。

他急了，砰砰地拍着门，脚上来踹了几下，铁锨头拍掉了。招来一群小孩和老娘儿们，一起打门，一起叫。门硬是叫顶开了。进了门，鲍秉德扑通一下坐倒在地上了，只看见一件海昌蓝褂子在眼前晃悠，地上一把踢翻的板凳。他家里的，悬在梁上。

众人七手八脚地把她放了下来，放平在地上。她居然还有气，没勒对地方。鲍秉德上前一把搂住她放声大哭起来，屋里顿时唏嘘一片。

捞渣早已往湖里去喊人了。不一会儿，呼啦啦来了一大堆人。鲍仁文拖开鲍秉德，上来就做人工呼吸，是那年在中学里上生理卫生课时学的。队长那边就招呼人，整好了凉床，把人抬起就走。

"钱！"鲍秉德绝望地叫道，"我兜里半个钱也没啊！"

"队里给你齐。"队长回头对他嚷。

"大伙儿给你齐。"众人对他嚷。他这才跟跟跄跄地跟着跑去了。

两天以后，鲍秉德用挂平车，把他家里的推回来了。他家里的坐在平车上，啃一颗青桃，三岁毛娃似的。像是什么事也不记得了，什么事也不曾有过似的。

二十

耕读老师来动员捞渣上学了。捞渣七岁了，该上学了。

可是文化子已经在公社上中学了。一家供不起两个学生。他大说：要就是捞渣上，要就是文化上。

要早两年，就好办了，文化子巴不得不上学呢！可如今不同了，文化子不知咋的开了窍，一下子学进去了。从班上最后一名蹿到第一名。小鲍庄只有三名考上公社中学的，他就占了一名。他读书上劲多了。家里没得粮票给他带去吃食堂，他就每天来回跑，二十里路哩，中午带一卷煎饼，泡着茶吃。苦死了。

捞渣也想读书。庄上有学校的孩子，脖子上都有一条红围脖，这就叫他羡慕。他虽然还不知晓这红围脖是啥意思，可他知道是叫人学好的。那天二小子的红围脖叫老师要回去了，因为他和人打仗，把人门牙敲掉了。可见，做了坏事是不能得的，反过来，就是做好事才能得红围脖。

他大说，还是让捞渣读吧，文化子能写个信记个账就管了，回来做活也算是个大半劳力。文化子不干了，又哭又闹还不吃饭，捞渣便说："让我二哥念吧，我不念了。"

文化子这才收了眼泪，下湖去给捞渣逮了一只叫天子，小翠用秫秫秸编了个小笼子。捞渣玩了小半天，就把它给放了。"它自个儿在笼子里，太孤了。"他说。他大摸摸捞渣的头，叹着气："好孩子，过年大一定叫你念。"

捞渣不念书了，成天下湖割猪菜，和着一班小孩子。小孩子都偎他，欢喜和他在一起。谁走得慢，捞渣一定等他。谁割少了，不敢回家，捞渣一定把自己的匀给他。谁们打架了，捞渣一定不让打起来。跟着捞渣，大人都放心。这孩子仁义呢，大家都说。

捞渣能割猪菜了，鲍五爷却连绳头都搓不动了，成天价只能坐在墙根底下晒太阳，一直晒到中午，懒懒起来走回家烧锅。捞渣就不让走了："来俺家吃吧！"

鲍五爷也不推了。吃长了，他大就逗捞渣："你老叫五爷来家吃，俺家粮食不够吃了，咋办？"

捞渣认认真真地回答："我少吃一张煎饼，少喝一碗稀饭。可管？"

他大这才笑出来，摸摸老儿子的脑袋。

这天，嫁到山那边的大闺女带着孩子回来了。捞渣就到鲍五爷那里去借一宿，和鲍五爷脚对脚地挤一床。鲍五爷偎着捞渣小猫似的身子，说："捞渣，五爷的被窝叫你焐热了。"

"五爷，我每天给你焐被窝。"捞渣说。

鲍五爷偎着捞渣暖暖和和的小身子，心窝里滚烫滚烫的，话也多了："捞渣，你来和五爷睡，你大答应吧？"

"我大最依我了。"捞渣说。

"你娘答应吧？"

"我娘也依我。"

"他们要说我这老头子啰唆哩。"

"不会哩。"

"我老不死，自己都活烦了。"

"好日子都在后头哩，"捞渣开导五爷，"二小子每天上学，他说老师说的，好日子都在后头哩！'四人帮'打倒了，立马有好日子哩！"

"捞渣，你想不想上学？"

"想，"捞渣说，然后又说，"不想。"

鲍五爷看出他是想的："你们学费要几块钱呢？"

"不老少，三块多哩。"

"五爷给你付了吧。"

"不能,五爷,你的钱是大伙儿的……"

这一句话提醒了鲍五爷:"是啰,我吃的是百家饭,我是个老绝户噭!"

"五爷,你咋是绝户呢!咱都叫你爷爷哩。"捞渣说。

"鬼呀,你的嘴好乖哟!"鲍五爷说,过了一会儿又说,"捞渣,你有点像我那社会子哩。"

捞渣没应声,睡着了。

"眉眼像,脾性也像。"鲍五爷说。

捞渣睡得安静,连丝鼻息声都没有。窗洞叫堵上了,屋里黑得伸出手不见五指。

"和社会子一样,都仁义。从不和人吵嘴磨牙……"鲍五爷对着黑暗拉着呱。

墙根有一只虫嚁嚁地叫着。

二十一

牛棚里在唱古:

写一个九字挂金钩,七狼八虎窜幽州。
就数十字写得全,刘邦去也没回还……

二十二

拾来走了两日,又回来了。他把货郎鼓插在腰里,没让它响。他走到他头回停下来卖货的那台子下,对着台子上喊:

"二婶!"

喊了两声，二婶出来了，穿了一件半旧的褂子，不露肉了。两手黄澄澄的大秣秫面："大兄弟，咋又回来了！"

"我上回把二婶的烟荷包带走，忘还来了。"拾来从兜里掏出烟荷包，朝她举了举。

"这还值得送回来吗？给你了，不要了。"二婶说。她低低的，哑哑的，又带点甜味儿的声音叫人心里十分舒坦，像喝了一口热茶。

"哪能。"拾来说着走上台子来了，把那烟荷包朝二婶跟前递过去。

"不要了呢。"二婶说，举着两手黄澄澄的面，朝后退着。

"哪能。"拾来朝她走去。

她只能要了，可是两手的面，怎么好拿？她便侧过身子："替我搁兜里呢！"

拾来把手伸进她斜开的兜，兜里暖暖和和的。他的手停了一下才抽出来，手上带着她的体温。

"进来坐坐，喝碗茶吧！"她说。

"不了，走了。"他说，脚却不动窝。

"坐坐歇歇吧。"她说。

"走了。"他却不走。

"进来坐坐嘛！"她伸出肩膀头子抗了他一下，他顺势进了屋。

屋子不小，有三间。可是空荡荡的，没什么东西。地上爬着两个小孩，一个三岁模样，一个四岁模样。门前架了张鏊子。二婶接着和面，拾来坐在板凳上吸烟。

"这是老几？"拾来问。

"老三老四。"二婶回答。

233

"怪喜人的。"

"烦人呗。"

他们一句去、一句来地拉呱。不知咋的,他在这个二婶跟前,觉着很自在,很舒坦。

他觉着这二婶虽说是第二次见面,却好像老早就认得了似的。

"他大做活还没收工?"他问。

"他大做鬼去了,死了!"她回答。

"哦。"他愣了。过了一会儿,慢慢地说:"二婶也是个苦命人啊!"

"苦惯了。大兄弟,你能帮着烧把火吗?"

"能。"拾来忙不迭地站起来,挪到鏊子跟前去,点了火。

"大兄弟。"二婶叫道。

"嗯哪!"拾来答应道。

"你打山那边来,那边是分地了吗?"

"都吵吵呢,嗷嗷叫,怕是快了。"

"分了地,就够俺娘几个苦的了。"二婶叹气。

"大伙儿会帮忙的,这庄上的人情特好。"拾来安慰她。

"一分地,劳力就是粮,劳力就是钱,谁知道会是咋样哩。"

"都是一个庄一个姓,大家锅里有,不会少你几个碗的。"拾来说。

"你这个大兄弟嘴怪会说哩。"二婶笑了。

"我嘴最笨了,我说的是实情。"拾来红了脸。

"你说的是实情。"二婶瞅了他一眼,小声说,像是说给自己听的。

面和好了。二婶搬了张小板凳坐到鏊子前,伸手将面团在鏊子上轻轻一抹。滋啦啦的一阵轻烟腾起。拾来忽然心里一咯噔，他咋在这轻烟里看见了大姑的脸。

一只竹劈子将那煎饼一挑，二婶的脸又清澄起来："别走了，在这儿吃吧。"

"不了。"拾来嗫嚅着，二婶没听见，将面团子在鏊子上一抹，抹得溜溜圆，再一挑。拾来看着二婶的手：手腕圆圆的，手指肚鼓鼓的，手背的皮有点起皱，却结结实实的。他见过最多的是媳妇姊妹的手，每日里有多少双媳妇姊妹的手在他眼皮子底下翻腾，挑来拣去。可他却从没觉得有哪双手像这双那样，看着心里就自在，就舒坦，就亲近，就……怎么说呢，心里就暖暖和和的。他像是在哪里见过这么双手，要不，咋这样眼熟呢！

"你也是个苦命的，"二婶抹着面团子，悠悠地说，"往后路过这里了，就进来喝碗茶，吃顿饭，歇歇脚，就算是个落脚的地方吧！"

拾来鼻子酸酸的，不说话。

"有洗的涮的，就搁下。一人在外苦，不容易。"

"二婶！"拾来抬起头喊了一声，眼睛里满满的都是泪。

二十三

这天夜里，大姑耳朵边没听见货郎鼓响。一夜睡得安恬。

二十四

地分到户了。不论文化子怎么哭怎么闹，他大都不让他念书了。文化子急得没法，找了鲍仁文来说情。鲍仁文对他大说："我叔，你眼光得放长远点。分地了，要多收粮食，就看个人本事了。让文化子上学，学点科学，种田才能种好哩，单凭死力总不行。"

鲍彦山只是吸烟，不搭话。

鲍仁文又翻报纸念给他听：某某地方一个高中生养长毛兔成了万元户；某某地方一个大学生种水稻，也挣了不老少……听得鲍彦山眼珠子都弹起来了，可话一回到文化身上，他便又泰然下来。似乎文化子与那些人是一无联系的。任凭鲍仁文深入浅出地解释，他亦是不动心，说："远水救不了近火啊，大文子！你不知晓。"

"还是多读书好哇！"鲍仁文不放弃努力。文化子在一边抽抽搭搭的，要放弃也放弃不得。

鲍彦山斜过眼瞅瞅鲍仁文，不吱声。其实，鲍仁文来做这个说客是最不合适的了。他自己本身就是一个极有力的反证，证明着读书无用，反要坏事。时时提醒着人们不要步他的后尘，万万别把自己的孩子们弄成这样：赔了工夫赔了钱，弄了一肚子酸文假醋，不中看，不中用，真正是个"文疯子"。

没有任何办法了。文化子晓得哭也是没用，便也不哭了，省些力气吧。倒是小翠背底里说他："就这样算了？"

"算了。"文化子垂头丧气地说。

"甩！"小翠子鄙夷地说了一个字。

文化子脸涨红了。在此地，无能，窝囊，饭桶，狗熊，用一个"甩"字就全包了。一个男人最坏的品质怕就是"甩"了，一个男人"甩"，那还怎么做人？还怎么叫人瞧得起？文化子动动嘴唇，没说什么，站起来要走。小翠子上前一把拽住他的袖子："你把我唱的曲儿还给我。"

"这怎么还?"文化子朝她翻翻眼。

"你唱还给我,唱个'十二月'!"小翠搡了他一下。

"我不会唱。"

"不会唱也得唱。"

文化子愣了一会儿,晓得是犟不过小翠的,他总也犟不过小翠,犟不过心里还乐滋滋的,真不知见了什么鬼!"那我唱个别的。"他请求。

"也管。"小翠通融了。

文化子苦着脸想了想,又说:"唱个革命歌曲。"

"唱吧!"

文化子沉吟了一会儿,咳了几声,清清嗓子,开口了:"一条大河波浪宽——"他唱了一句便停下来,偷眼瞅瞅小翠,看看她的反应,他怕她笑。

她没笑,看着他,微微张着嘴,倒有些吃惊似的。

"风吹稻花香两岸,我家就在岸上住——"文化子一边唱一边偷看她,她默着神,像在想什么。

"听惯了艄公的号——"文化子唱得鼓起了喉咙,只好认输,"实在是吊不上去了。"

小翠子像醒过来似的抬起眼睛看看他,轻轻地说:"这个曲儿怪好听的。"

文化得意起来,雪了耻似的。

文化子不读书的消息一传开,那耕读老师便闻讯而来,动员捞渣上学。不得已,他向鲍彦山兜出了心底话:"说实在的吧!我这个耕读老师做了这些年,至今也没转正。您让捞渣上学,也是给我脸面。这第一期的学费,我替捞渣交了吧!"

鲍彦山看看老师,终于点头了。不过学费没让老师交,他说:"真让他念书了,我就得供他学费,万不能让你老师掏腰包。"

他是说话算话的,一口气交了学费,还花了六毛七分钱,给捞渣买了个新书包。鲍五爷在拾来的货郎挑子上拣了支花杆铅笔,给放在书包里了。

捞渣上学了,做小学生了。第一学期,就得了个"三好学生"的奖状。

小翠把捞渣的奖状拿在手里,颠来倒去地看个不停,看完了便问文化子:"你念这些年咋没带回过一张花纸来家?"

文化子不屑地看了一眼奖状:"这不算什么。"

"啥才算什么?"小翠回他嘴。

他俩时常这么一句去一句来地拌嘴,鲍彦山家里的都看在眼里了,慢慢地看出了些个意思,夜里,在枕头上,和男人商量:"小翠十七了,该给他们圆房了。"

可是就在这时候,小翠忽然不见了。割完最后一垄麦子,小翠说:"你们先走家,我去沟里涮涮毛巾。"然后就再没回来。

二十五

现今文艺刊物多起来了,天南海北,总有几十种。鲍仁文往四面八方都寄了稿,那一厚本"作品"已经拆开寄完了。寄出去一份,他就增加一份期待。他的生活里充满了期待,没有空隙去干别的了。他和他老娘那三亩四分地里,苗比别人少,草比别人多,都种不过二婶的地。真不知他是中了什么邪魔了。他娘甚至跑到二十里地外,三里堡的土地庙去烧了一炷香。那土地庙早已被毁了,她就把香插在庙前边的大树上。这个庙的菩萨灵,她认为。

他那在县委宣传部打字的老同学给他个消息，省里要开一个笔会。笔会，就是许多作家聚在一起，谈谈，玩玩，以文会友的意思。笔会先在省城开，然后就要到这鲍山去玩玩。这些年旅游风盛，稍有点来历的地方都叫拿出来做胜地了。鲍庄要说起也算有点来历的。据说，那上边还有个什么脚印儿，是那位鲍家的先人巡察治水情况时留下的。还有一个洞，洞里有石桌石椅，是那位先人坐镇指挥时用的。据说，那里也要设置旅游点了，当然，眼下只有一座小房子，里面有卖茶的。荒荒的，野野的，作家们就是要看这野味，亭台楼阁，画山秀水看惯了，要换换口味。

于是，这批作家便要来游一下鲍山。

于是，省里早早就通知了县里，要县里早早做好准备。县文联——现在县里都有文联了——计划着请这些作家和本县的文学青年见见面，座谈座谈，讲讲话，指导指导，以繁荣基层文学创作。海报贴出去了，要听讲座要见面的，得买票。不到两天，票就全卖出去了。现今的文学青年也是非常多的。

那老同学也代鲍仁文买了一张票。鲍仁文早早地就在盼望这一天了。长这么大，读了这么多小说，这么热爱文学，可他却从来没见过一个作家。这实在是太不公道了。

他早早地就在盼这一天了。眼看着这幸福的一天之前的那些不幸福的日子，一日一日熬了过去。那老同学却托人带话来说：讲座见面会取消了。作家们不来鲍山了。因为有的要到西双版纳开笔会，有的要到九寨沟开笔会，还有的要到西藏参观访问，剩下二三个虽没别处的笔会邀请，却也没了兴致，终于没能成行，早早地分散到各地去开笔会了。近来的笔会是非常多的。比起那西双版纳、九寨沟、西藏，这鲍山又野得很不够了。

于是，他又只能继续往各地刊物寄稿子，继续期待着，继续什么也期待不着。

每日里，他在自家那三亩四分地里做活儿，脑子里就像在开锅，种种事情涌上心头，种种滋味充斥在心里。想想年龄是偌大，著书是偌渺茫，没有业，也没有家，这么一日一日过去，实在令人惧怕得很。那一日复一日的单调平凡的生活后面，究竟掩隐着什么？前头的希望究竟什么时候才能到达？他又恨不能马上跨过五年八年，看看那前景是如何锦绣，或者如何黯淡，也好早早死了心。因此，他望着那毒辣辣的日头，就有些为难起来，究竟要它过去得快还是慢呢？

和他的地挨边儿的是鲍彦川家里的地。她每日里带着十一岁的大儿子在地里做活，不兴歇歇的。天不亮来了，天黑了还不归。吃饭也不回去，她八岁的闺女提着个篮子给送来，就在地里把张煎饼卷巴卷巴，吃了，喝几瓢凉水，然后再接着干。

"一个人管吗？二婶。"他每日都要招呼她一声。

"管。"她回答。她就是说不管，也不见得有人来帮她忙。这地一到手，人就像疯了似的，恨不能睡在地里，谁也顾不上谁了。这阵子，真是谁也顾不上谁了。

不过，每隔三五日，鲍仁文就看见有个膀大腰圆的外乡小伙子在二婶家地里做活。看看不像是雇工，二婶待他像自家兄弟，他待二婶也不外。他干活肯下力得很，一点不掺假。再说，这年头，又上哪儿去请雇工。就算有雇工，二婶也未必请得起。

那小伙子最多有二十岁，憨憨厚厚的。要来总是晌午后来，一干干到天黑。有一次，他直起腰左右看了看，正好看到鲍仁文，便龇着牙笑了一下，牙白得耀眼。鲍仁文认出了，就是那天挑货郎挑的弟兄。

小伙子和二婶不外得很。有一次，见他给二婶翻眼皮，二婶眼里进了粒沙子；有一次，见二婶帮他挑手上的刺儿。二婶吸烟，小伙子帮她点火；小伙子吸烟，二婶帮他点火。他叫她"二婶"，她叫他"大兄弟"，孩子们叫他"叔"。瞅不透他们是什么关系。瞅着只觉得怪有趣儿的。

日子过得那么平淡，难挨，看看他俩，倒也解解闷。

二十六

这天，那小伙子正给二婶锄地，却呼啦啦地跑来了一伙子人，为首的正是鲍彦山。他抡起扁担，一家伙把那小伙子掀翻在地上了。接着，一伙人就拥上来，连打带踢，那小伙子抱着头在地上乱滚。

二婶担着一挑水走到地边，来不及搁下桶就朝这边奔过来了。桶翻了，水涓涓地流着。

二婶跑着跑着，绊倒了，爬起来再跑，一边叫道："要打打我，要打打我。"

她跑到跟前，就去拖鲍彦山，鲍彦山给了她一脚："连你一起打。"

她被踢得蹲了一下，又站直了，跑上几步，扑倒在鲍彦山脚边，抱住鲍彦山的膝盖："大哥，你饶了他小命一条吧！"

鲍彦山不由得放下了扁担，瞅了一眼弟妹，叹了一口气，骂道："你这不要脸的娘儿们，还有脸给他说情！"说罢，就一使劲甩脱了她。

二婶翻转身，索性抱住了那小伙子，不管不顾地嚷："是我偷了他汉子,没他的事!是我偷了他汉子,没他的事!"

一阵更加激烈的拳脚交加。二婶和那小伙子紧紧抱成一团,再不作声了。任他们怎么踢,怎么打,怎么骂,只是不作声。

打累了,终于歇了手,在他身上踹了一脚,说道:"下次再叫我瞅见你往这庄上跑,没你好果子吃。"

他们抱成一团,一动不动像死过去了似的。人走了,半晌过后,才动了起来。

小伙子哇的一声哭了:"二婶,我干了缺德事,败了你家的门风。你揍我吧!"

"这不怪你。"二婶整了整衣衫。眼里没有一滴眼泪,干干的。

"我带累了你,二婶。"

"是我带累了你,拾来。"

"我这就走,再不敢来了。"

"你要走,就走吧。"二婶幽怨地看着他。

他爬起来,要走,却又蹲倒了,脑袋垂在了裤裆里。

"你咋不走?"二婶问他。

"我走了,这地你自己咋锄得完。"拾来说。

"我能锄。"

"那,我走了。"他回过头,犹犹豫豫地对二婶说。

"慢,你的货郎挑子叫他们砸散了,你拿什么去做买卖?"

"我能拾掇。"

两人不再说话,低着头。过了一会儿,二婶慢悠悠地说:"我说,拾来。"

"我听着哩。"

"我说,你要不嫌我年岁大,不嫌我孩子多,不嫌我穷,你，你就不走了！"二婶说罢，猛地扭过脸去了。

拾来却抬起了脸，眼睛里流露出欣喜的光芒，他感激涕零地叫了声："二婶！"

"你别叫我二婶了。"

"管。"

"你叫我，孩他娘。"

"管。"

二婶慢慢地转过脸，望着拾来，泪糊糊地笑了。拾来也憨憨地笑了。两张鼻青眼肿的脸，就这么泪眼婆娑地相对着，傻笑着。

拾来留下了，却不敢叫本家兄弟们看见。可是这怎么瞒得过人！鲍彦川的本家兄弟到处寻着拾来。

拾来去找队长。现在分地了，没有队了，也就没队长了，队长叫作村长了。村长不如队长能管事。他说他管不了鲍家兄弟，他心里也是不想管，这事儿不能管。这是小鲍庄百把年来头一桩丑事，真正是动了众怒。

拾来是个五尺高的汉子，不是一只烟袋一只鞋，不能藏着掖着。早晚叫他们瞅见了，便跑不了一顿饱打。拾来叫他们打急了，撒腿就跑。二婶在后边大声地叫："往乡里跑，往乡里跑！"

一句话提醒了拾来，拾来抱住脑袋，掉转身子就往乡里跑。一气跑了七八里地。到了乡里，才算有了公断：照婚姻法第几第几条，寡妇再嫁是合法的，男方到女方入赘也是合法的。从此，拾来在小鲍庄有个合法的身份，不用躲着人了。

可是，倒插门的女婿难免叫人瞧不起，连三岁小孩都敢在头上动土。干干净净的鲍姓里，忽然夹进一个冯姓，并且据说这个冯姓也不那么地道，纯净，是硬续上的，来路十分不明。叫众人难以认可。一篓瓜里夹进了葫芦，叫人怎么看得顺眼。再加上拾来和二婶的年龄，总给人落下话把。好在，拾来从小是在这种好奇又鄙夷的目光中长大，这对他不新鲜了。而他漂荡了这几年，终于有了个归宿。他一点没觉着二婶对他有什么不合适的，他想不出他怎么去和一个大闺女过日子，和着一个小姊妹过日子，那也叫过日子吗？二婶对他，是娘，媳妇，姊妹，全有了。拾来心满意足，胖了，像是又高了一截子，壮壮实实，地里的活全包了。

二十七

今天晚上和明天白天天气预报：

今天晚上，阴有雨，雨量小到中等，局部地区有大到暴雨。预计明天，仍有中到大雨。希望有关部门及时做好防汛工作……

县里成立了防汛指挥部。

乡里成立了防汛指挥部。

村里也成立了防汛指挥部。

二十八

雨下个不停，坐在门槛上，就能洗脚了。西边洼处有几处房子，已经塌了。

县长下来看了一回。

乡长下来看了两回。

村长满村跑，拉了一批人上山搭帐篷，帐篷是县里发下来的。

远天，天亮了一些，云薄了一些，雨下得消沉了一些，心都想着，这一回大概挨过去了。不料，正吃晌饭，却听鲍山西边轰隆隆地响，像打雷，又不像打雷。打雷是一阵一阵的轰隆，而这是不间断的,轰轰地连成一片;连成一团。"跑吧!"人们放下碗就跑,往山东面跑。今年春上,乡里集工修了一条石子路,跑得动了。不会像往年那样,一脚插进稀泥,拔不起来了。啪啪啪的,跑得赢水了。

鲍秉德家里的,早不糊涂,晚不糊涂,就在水来了这一会儿,糊涂了,蓬着头乱跑。鲍秉德越撵她,她越跑,朝着水来的方向跑,撒开腿,跑得风快,怎么也撵不上。最后撵上了,又制不住她了。来了几个男人,抓住她,才把她捆住,架到鲍秉德背上。她在他背上挣着,咬他的肩膀,咬出了血。他咬紧牙关,不松手,一步一步往东山上跑。

鲍彦山一家子跑上了石子路,回头一点人头,少了个捞渣。

"捞渣!"鲍彦山家里的直起嗓门喊。

文化子想起来了:"捞渣给鲍五爷送煎饼去,人或在他家了。"

"他大,你回去找找吧!"鲍彦山家里的说。

水已经浸到大腿根了。

鲍彦山往回走了两步,见人就问:"见捞渣了吗?"

有人说:"没见。"

有人说:"见了,和鲍五爷走在一起呢!"

鲍彦山心里略略放下了一些,还是不停地问后来的人:"见捞渣了吗?"

有人说:"没见。"

有人说:"见了,搀着鲍五爷走哩!"

水越涨越高,齐腰了。鲍彦山望着大水,心想:"这会儿,要不跑出来,也没人了。"

后面的人跑上来:"咋还不跑!"

"找捞渣哩!"

"他早过去了,拖着鲍五爷跑哩!"

鲍彦山终于下了决心,掉回头,顺着石子路往山上跑了。

鲍秉德家里的折腾得更厉害了,拼命往下挣,往水里挣。鲍秉德有点支不住了。

"你不活了吗?"他大叫道。

她居然把绳子挣断了,两只手抱住她男人的头,往后扳。

"狗娘养的!"鲍秉德绝望地号。他脚下在打滑了,他的重心在失去。他拼命要站稳。他知道,只要松一点劲儿,两个人就都完了。水已经到胸口了。

她终于放开了男人的头,鲍秉德稍稍可以喘口气。可还没来得及喘气,她忽然猛地朝后一翻,鲍秉德一个趔趄,不由得松了手。疯女人连头都没露一下,没了。

一片水,哪有个人啊!

水撵着人,踩着石子路往山上跑。有了这一条石子路,跑得赢水了。跑到山上,回头往下一看,哪还有个庄子啊,成汪洋大海了。看得见谁家一只木盆在水上漂,像一只鞋壳似的。

村长点着人头,除了疯子,都齐了,独独少鲍五爷和捞渣。

"捞渣——"他喊。

"捞渣——"鲍彦山家里的跺着脚喊。

鲍彦山到处问:"你不是说见他和鲍五爷了吗?"

"没见,我没说见啊!"回说。

鲍彦山急眼了,到处问:"你不是说见了吗?说他牵着鲍五爷!"

都说没见,而鲍彦山也再想不起究竟是谁说见了的。也难怪,兵荒马乱的,瞅不真,听不真也是有的。

鲍彦山家里的跳着脚要下山去找，几个娘儿们拽住她不放："去不得，水火无情啊！"

"捞渣，我的儿啊！"鲍彦山家里的只得哭了，哭得娘儿们都陪着掉泪。

"别号了！"村长嚷她们，皱紧了眉头。自打分了地，他队长改作了村长，就难得有场合让他出头了："还嫌水少？会水的男人，都跟我来。"

他带着十来个会水的男人，砍下几棵杂树，扎了几条筏子，撑着下山去了。

筏子在水上漂着，漂进了小鲍庄。哪里还有个庄子啊！什么也没了，只有一片水了。一眼望过去，望不到边。水上漂着木板，鞋壳子。

"捞渣——"他们直起嗓子喊，声音漂开了，无遮无挡的，往四下里一下子散了，自己都听不见了。

"鲍五爷——"他们喊着，没有声，好比一根针落到了水里，连个水花也激不起来。

筏子在水上乱漂着，没了方向。这是哪儿和哪儿哩？心下一点数都没有。

筏子在水上打转，一只鸟贴着水面飞去了，鲍山矮了许多。

"那是啥！"有人叫。

"那可不是个人？"

前边白茫茫的地方，有一丛乱草，草上趴着个人影。

几条筏子一齐划过去。划到跟前，才看清，那是庄东最高的大柳树的树梢梢，上面趴着的是鲍五爷。鲍五爷手指着树下，喃喃地说："捞渣，捞渣！"

树下是水，水边是鲍山，鲍山阴沉着。

男人们脱去衣服，一个接一个跳下了水。一个猛子扎下去，再上来，空着手，吸一口气，再下去……足足有一个时辰。最后，拾来一个猛子下去了好久，上来，来不及说话，大口喘着气，又下去，又是好久，上来了，手里抱着个东西，游到近处才看见，是捞渣。筏子上的人七手八脚把拾来拽了上来，把捞渣放平，捞渣早已没气，眼睛闭着，嘴角却翘着，像是还在笑。再回头一看，鲍五爷趴在筏子上早咽气了。

筏子上比来时多了一老一小，都是不会说话的。筏子慢慢地划出庄子，十来个水淋淋的男人抬着筏子刚一露头，人们就呼啦地围上了。

一老一小静静地躺在筏子上，脸上的表情都十分安详，睡着了似的。那老的眉眼舒展开了，打社会子死，庄上人没再见过他这么舒眉展眼的模样。那小的亦是非常恬静，比活着时脸上还多了点红晕。

鲍彦山家里的瞪着眼，一字不出。大家围着她，劝她哭，哭出来就好了。

村长向人讲述怎么先见到鲍五爷，而后又下水去找捞渣。

拾来结结巴巴地向大家讲述："我一摸，软软的。再一摸，摸到一只小手。我心里一麻，去拽，拽不动，两只手搂着树身，搂得紧……"

人们感叹着："捞渣要自己先上树，死不了的。"

"捞渣要自己先跑，跑得赢的。"

"那可不是？小孩儿腿快，我家二小子跑在我们头里哩！"

"捞渣是为了鲍五爷死的哩！"

"这孩子……"

打过孟良崮的鲍彦荣忽然颤颤地伸出大拇指:"孩子是好样儿的!"

"我的儿啊——"鲍彦山家里的这才哭出了声,在场的无不落泪。

捞渣恬静地合着眼,睡在山头上,山下是一片汪洋。鲍秉德蹲在地上,对着白茫茫的一片水,嘟囔地哭着。

天渐渐暗了,大人小孩都默着,守着一堆饼干、煎饼、面包,是县里撑着船送来的,连小孩都没动手去抓一块。

天暗了,水却亮了。

二十九

这次大水闹得凶,是一百年来没遇到过的大水。可是,全县最洼的小鲍庄只死了一个疯子、一个老人和一个孩子。这孩子本可以不死,是为了救那老人。

水下去了,要办丧事了。大伙儿商议着,不能像发送孩子那样发送捞渣。捞渣人虽小,行的是大仁义,好歹得用一副板子送他。万不能像一般死孩子那样,用条席子卷巴卷巴。

男人们去买板子了,女人们上街扯布。蓝涤卡,做一身学生制服,鱼白色的确良,缝个衬里褂子。还买了一双白球鞋。捞渣打下地没穿过一件整褂子,都是拾他哥哥们穿破穿烂的。要好好地送他,才心安。

全庄的人都去送他了,连别的庄上,都有人跑来送他。都听说小鲍庄有个小孩为了个孤老头子,死了。都听说小鲍庄出了个仁义孩子。送葬的队伍,足有二百多人,二百多个大人,送一个

249

孩子上路了。小鲍庄是个重仁重义的庄子,祖祖辈辈,不敬富,不畏势,就是敬重个仁义。鲍庄的大人,送一个孩子上路了。

小鲍庄只留下了孩子们,小孩是不许跟棺材走的,大人们都去送葬了。

女人们互相拉扯着,嚯嚯地哭,风把哭声带了很远很远。男人们沉着脸,村长领着头,全是彦字辈的抬棺,抬一个仁字辈的娃娃。

刚退水的地,沉默着,默不作声地舔着送葬人的脚,送葬队伍歪下了一长串脚印。

送葬的队伍一直走到大沟边。坑,挖好了,棺材,落下了,村长捧了头一捧土。九十岁的老人都来捧土了:"好孩子呀!"他哭着,"为了个老绝户死了,死得不值啊!"他跺着脚哭。

风吹过大沟边的小树林子,树林子沙啦啦地响。一满沟的水,碧清碧清,把那送葬的队伍映在水上,微微地动。土,越捧越高,越捧越高,堆成了一座新坟。坟映在清泠泠的水面上,微微地动。

他大在坟上拍了两下,哑着嗓子说:"孩子,大委屈你了,没让你吃过一碗好茶饭!"

刚止住的哭声又起来了,大沟的水哭皱了,荡起了微波,把那坟影子摇摇晃晃的。

天阴阴的,要下似的,却没有下。鲍山肃穆地立着,环起了一个哀恸的世界。

这一天,小鲍庄没有揭锅,家家的烟囱都没有冒烟。人们不忍听他娘的哭声,远远地躲到牛棚里,默默地坐了一墙根,吸着烟袋。唱古的颤巍巍地拉起了坠子:

十字上面搁一撇念作千字，
　　千里那哈又送京娘。
　　有九字往里拐念力字，
　　力大无穷有燕张。
　　有人字一出头念入字，
　　任堂惠结拜杨六郎……

鲍二爷轻轻问老革命："鲍秉德家里的找到没有？"
老革命目不转睛地看着唱古的，轻轻说："没有。"
"这就怪了。"
"大沟都下去摸过了。"他盯着唱古的回答。
"这娘儿们……兴许……怪了……"鲍二爷摇头。
老革命一字不落地听着：

　　有五字添一个单人还念五，
　　伍子胥打马又过长江。
　　有四字添一横念西字，
　　西凉年年反朝纲。
　　…………

三十

　　鲍仁文把拾来和二婶的故事，写了一篇文学色彩很浓的广播稿，寄给了广播站。题目叫作《崇高的爱情》。他写拾来不嫌二婶年纪大，孩子多，二婶则不嫌拾来没根底，没地又没房。由于有了崇高的爱情，他们便结为伴侣。白日辛勤地劳动，夜里在灯下制订"致富计划"，等等。不出一星期，就广播了，引起了极大的轰动。有人从十几里外来小鲍庄，为了看一眼拾来和二婶。可是，这并没有改变拾来在小鲍庄的地位，人们还是叫他"倒插门的"。

和他家地连边的还有鲍仁远家。他光天化日之下，犁去二婶两犁地，拾来也不敢作声。因此二婶没有男人时没受过欺负，这会儿有了男人，倒任人欺负了。而没有男人的二婶不是个省油灯，到处敢和人争和人吵，和人理论理论，现如今有了男人倒不敢了，像有了什么短处似的。她总觉得自己这个男人不是明门正道的，自己心里先亏了三分理，便再也嚷不出去了。可不管怎么说，还是有个男人好啊，不论是明道还是暗道。有个男人，心里踏实多了，过日子有个帮手，到底不那么累人了。她从心底里是感激拾来的。可是她又隐隐地觉着，自己也是收容了拾来。所以，她使唤拾来起来，那话里总难免有一种不客气的味道："拾来，水缸见底了！"

拾来便去挑水。

"拾来，烧锅！"

拾来便烧锅。

"拾来，锅溢了。"

拾来便不烧。

"拾来，猪跑了。"

"我正吃饭哩！"拾来说。

"你不能吃着撵着吗？"

于是拾来便卷巴一张煎饼跑去了，嘴里"啰、啰"地叫着。

拾来也习惯了，任她使唤。使唤不怕，就怕她嘟囔。有时候，拾来任务完成得不那么圆满，她就会嘟囔个没完。拾来虽说是个倒插门的，毕竟也是个男人，也有脾气，发作起来也是不得了的，于是就要闹。不过，他们闹起来和别人不一样。他们插着门闹，压着声儿闹，打死了也不叫唤。闹完了，打完了，开了门，又像没事人一样了。夜里，两口子还是恩恩爱爱，该干啥还干啥。

拾来隐隐有点不满足的是，这个家他做不了主。这个家是二婶的家，有什么事，人家从不找他，而是直接去找二婶。其实，就是来找他，他也会去问二婶的，可人们连这个过场都不记着要走一走。而二婶呢？也常常忘记和他商量。比如，小三子上学的事。其实，她要来问他，他也会让三子上学的，她的孩子就是他的孩子，他能亏待得了吗？可是二婶问都不来问他，好像他不是这家的男人似的。他心里自然有点不自在。心里不自在吧，又不好说出来，憋又憋不住，就在别的事上露出了脸色："稀饭咋这么稀，是涮锅水吗？"

"我多放了半瓢水，你凑合喝吧，老爷！"二婶说。

"干一天活，喝这个管吗？雇的短工也得管饱饭！"拾来放下碗，搁重了一点，砰的一声响。

"你走街串巷卖货的时候，能喝上这个就不错了哩。"二婶撇撇嘴说。

打人不打脸，揭人不揭短，这话说到了拾来的短处，也是痛处，他干脆把碗摔了。

二婶也会摔碗，摔得比他响，乒乓的，当然，没忘了先关门。

打一次，闹一次，当时不觉得什么。可一次一次多了，总归要留下一点什么。一点一点地积了起来，自然是个事儿。虽然不大吧，可搁在心里也是个疙瘩，怪不畅快的。不过，过日子嘛，不畅快原来就比畅快多，没什么大不了的，也能过下去。不如人家的有，可人家不如的也有。就是这么回事。

广播稿在乡里广播了不久，又在县广播站广播了。拾来和二婶觉得怪臊的，可毕竟有点得意。成了名人了，便也觉得不该闹。想不闹就能不闹了吗？也不能。他们只能把门关得更严，声音压得更低。

鲍仁文听到县广播站广播了，便激动得了不得。要知道，被县广播站选中的稿子，这在他的文学生涯中，是一个制高点。他自己都不晓得怎么来的一个印象，就是县广播站广播过的稿子都要在县文联办的一份名叫《文苑》的刊物上发表。他沉住气等着县文联给他寄到有他稿子的《文苑》。等了半个多月，也不见动静，又不好意思问上门去，只好作罢。他又想着再加工成一篇小说，给省里的刊物寄走了。接下来，就又是无穷无尽的等待。至于拾来和二婶在屋里打架，他就不负责了。

三十一

捞渣死后，文化子叫他娘数落得够呛。样样事情，他娘都要拿捞渣来对照他。而他自己也奇怪起来，怎么相对着自己每一处缺点，捞渣都有一处优点。而他的缺点又那么多，一动弹就露出了马脚。于是，便不时提醒起他娘对捞渣的怀念，数落之后便是哭，哭起来就没个完了。

"文化子，给娘捶捶背。"他娘叫道。

"我在喂猪哩。"他说。

他娘便哭了："捞渣要在，不用我说，他就给我捶了。捞渣在，我一进门，他就递洗脸水过来了，不要我动弹了。捞渣，你咋走得那么早哩……"

哭得人心里酸酸的，烦烦的。文化子憋得慌。他心里也难受，难受的不仅仅是弟弟死了。当然，弟弟死了，他也难受得像心里剜去一块肉似的。这个弟弟好，虽然比他小许多，却处处让他。要不为让他，也能早一年读书，多挣两张"三好学生"的奖状来家了。可是，难过归难过，死的死了，活着的还得过日子哩。因此，活着的人就不免要多想想活着的人、活着的事。

他想小翠子。自打小翠子走了，他才渐渐明白过来，小翠子是喜欢自己的，而自己也是喜欢小翠子的。并且，小翠子对他的希望，也一日一日地明了起来。文化子变闷了，比他哥还闷。小翠子走，他哥也难过，难过的是媳妇没了。他哥二十六了，想媳妇呢。而他文化子难过的不是媳妇，她不是他的媳妇。哥哥还没媳妇，他不敢想媳妇。所以，他又盼着他哥快娶媳妇，但是，最好不是小翠子，一定别是小翠子，可千万别是小翠子。哦，小翠子，可千万别回来。可是他又耐不住地想小翠子回来。下湖去，他想着，小翠子跑过来，推了他一个脸朝天；井沿上，他想着，小翠子蹦出来，按住他的扁担："还我的'十二月'！"他想起他"还"她的那支歌儿，教她一下就唱会了，一丝音儿都不跑。"你该是上学念书的。"文化子叹了一口气。他发现小翠子对他的希望其实也是她自己的希望。她真该去上学的。而如今，连他自己都没得学上了，还谈什么小翠子呢！

他想学校，想看书了。他常常跑到鲍仁文那里去，借书看，和他拉呱。他自己也觉得出奇，如今和谁都不大能拉得来，却和鲍仁文能拉。

"文哥，你不能老一个人这样过下去吧！"他说。

"我不能像众人那样过下去。"鲍仁文回答。答得莫名其妙，可文化子全懂。

"你不觉得苦？"

"苦倒不怕，只要有盼头。"

"你有盼头吗？"

"想就有，不想就没有。"鲍仁文极其微妙地笑了一下，可文化子全领悟了。

"怎么过不是过一辈子呀，是不是？文哥。"

"只要自己觉得有滋味。"

"各人有各人的过法，是不是，文哥？"

"别看别人怎么过，只管自己，就行。"

"也别管别人怎么看咱们过，只管自己过的，就行。"

他们俩像参禅似的，能拉一夜。每次从鲍仁文那破得不成样的屋子里出来，文化子便觉得心里敞亮了一点。

有一天夜里，他从鲍仁文家回来。走到家门口，忽然从黑影地里闪出一个人，站在了他的跟前，一双乌溜溜的眼睛看牢了他。是小翠！他险些叫出了声，小翠一把将他的嘴捂住，拖住他，跑到了家后。小翠的手滚烫滚烫，他拽住再不松开了。

两人跑下台子，钻进秫秫地，这才站定。小翠回过头，看着文化，文化也看着小翠。小翠的脸盘子瘦了一圈，眼睛更大了，黑洞洞的，深不见底。月光将秫秫叶的影子投在她脸上，影子摇晃着，她的脸一明一暗，像在梦里似的。

"你跑哪儿去了？"文化子想去摸摸她的脸，却不敢，倒被这个念头弄得哆嗦起来了。

小翠子不回答，只是看着他。

文化子不由得害怕起来了，推推她："你咋又回来了？"

"为你回来的。"小翠子说，眼泪直流了下来，很大很大的泪珠儿，打在秾秾叶儿上，啪啪地响。

这下轮到文化子不说话了。

"你不要我回来？"小翠哀怨地问。

"我正想着找你去。"

小翠子一把抱住了文化子的脖子，文化子这才敢抱住她。月亮悄悄地看着他们，看了一会儿，挪了一点，再看一会儿，再挪一点。下露水了。秾秾在拔节，唰唰地轻响着。一只秋虫在曜曜地唱。秾秾叶子摇晃着，把影子晃到小翠身上，又晃到文化子身上。露水凉凉的，甜甜的。

"翠，别走了。要走，我们一起走。"

"我回来，就是来讨你这句话的。你这么说，我就不怕了。"

"我也不怕，翠。"文化子喃喃地说。

"我就要你这句话，文化。"小翠喃喃地说。

"我想你想得好苦。"文化子哭了。

"我想你想得好苦。"小翠哭得更伤心了。

"我都想你来骂我、打我。"

"贱骨头！"小翠破涕而笑了。笑了一声，又哭了。

两人轻轻地笑着，又轻轻地哭着。月亮悄悄地看着他们，秾秾叶儿悄悄地拍打着他们。

三十二

鲍秉德结婚了。娶的是十里铺的一个麻脸大姊妹，虽是麻脸,人长得粗笨,可还是大闺女的好啊!是鲍彦山家里的给做的媒,一说便成了。立马定好了日子,说娶就娶过来了。虽然那疯子才死了不过三个月,但大伙儿都谅解:这男女两头都不能等了。三亩四分地躺在那里了,天天要人侍弄,家里没个做饭的不成。再说,鲍秉德年已过四十,等着抱儿子哩。

庄上有头有脸的,鲍秉德全请,还请了鲍仁文。可是鲍仁文却推托有事,没去。他坐在他那小破屋里,听到鲍秉德家里传过来的划拳喊令声,心中十分怅惘,像是失落了什么。他觉着,有些寂寥。一盏孤灯伴着个孤魂,自己不明白自己究竟在活的个什么。

那边像是更喧哗了,许是在闹房。又静了下来,大约新娘子在唱小曲儿了。静了一阵,又闹起来,大约是唱毕了。鲍仁文屏着气听那边的动静,没提防门开了,进来了一个文化子,把他结结实实地吓了一跳。

"看新娘子了?"鲍仁文问他。

"瞅了一眼。"文化子说。

"咋样?"

"一脸的坑。"文化子坐在床沿上,翻着书。

鲍仁文脑袋枕着胳膊,躺在床上,望着黑洞洞的梁。

"俺娘又在哭,想捞渣了。捞渣去年这个时候,和俺娘坐在一条板凳掰大秫秫棒哩。"

"捞渣是个好样儿的,连鲍彦荣这个功臣都敬着他几分。"鲍仁文说。

"文哥,你不能把捞渣的事写个文章吗?"

"写捞渣?"鲍仁文坐了起来。

"捞渣不是为自己死的,是为鲍五爷死的,有写头哩!"

"可不是，可以写个报告文学。"鲍仁文自言自语。

"俺这弟弟够苦的，才过了九个年，还没做人呢！就没了。"

"他人虽然小，做的是大德行。"

"俺娘一哭就叨叨，没给他吃过一顿好茶饭。今年能收得多，能吃饱肚子。他又不在了。"

鲍仁文下了地，脚在床下边摸着鞋。他完全被激动了起来，浑身充满了一种幸福的战栗。"灵感来了，"他说，"是灵感来了。"他肯定。赶紧地摸笔、摸纸，把文化子完全忘了，撇在一边。

他不理会文化子，文化子也不理会他，脱了鞋，上了床，枕着胳膊躺倒了，和鲍仁文换了地方。他望着黑洞洞的梁。

小翠子今天晚上不知会不会来了，庄上这么大的动静，人来人往走马灯似的，到三更也消停不了。小翠子在十里地以外的柳家子给人做短工，说一得闲就过来。让文化子每天晚上，月到中天了，就到家后台子上去望望。他们约好，咬着牙等，等建设子娶上了媳妇，小翠回来，和文化子成亲。她虽然和建设子一没结婚，二没登记，可全庄的人，所有的人都认定她是建设子的媳妇了。而文化子，则是她的小叔子。所以，她必须等建设子成了家才能露面。

鲍彦山家里的，为建设子的事愁得不能行。她明白，建设子说不上媳妇的重要原因，是家里没房子。那三间破泥屋，经这么一场百年不遇的水一泡，又趴下去了一截，屋顶天天往下掉土坷垃，说不定什么时候就全趴下了，把一家几口人全埋在了里面。她和男人筹划着，收了秋，把粮食除了留种，全卖了，盖房子。可是没粮食吃什么呢？这又是要发愁的事。两口子，每天夜里在枕头上烙饼，翻来翻去，翻到鸡叫天亮。

文化子望着屋梁,那屋梁上头像是有个黑不见底的大洞,望着望着,文化子觉着自己好像陷进了那大洞。

那边静下来了,有人打门前走过,说话的声音碰地响:

"麻脸倒不怕,能生养就行。"

"看她那粗腰大腚,能生一窝哩!"

"奶奶的,清泠。"

脚步沓沓地敲着泥地,远去了。

月到中天了。

三十三

二婶家大小子有十六了,长成个大个儿,黑黑的脸膛子,不笑。去年,还叫拾来"叔",今年不叫了。拾来叫他,他也爱理不理的。二婶什么事都跟他商量,就更不和拾来商量了。拾来常常窝气,实在气不过了,他便把那散了架的货郎挑找出来拾掇拾掇,看见了货郎鼓,他拿在手里轻轻一摇:

叮咚,叮咚。

货郎鼓的声音生脆生脆。拾来愣愣着,像是想起了什么,最后又什么也没想起。他把货郎鼓往腰里一插,挑起货挑子走了。也不跟二婶打个招呼。二婶烧好了锅,等拾来吃饭,等等不来,等等不来。庄前庄后找了一遍,人说,没见拾来,倒见有个货郎,打大路上走过去,那模样确是有点像拾来。她赶紧跑回家找那散了架的挑子,一找没找到,她便明白了。

"我怕你不回来?贱样!"她撇撇嘴,自己盛碗稀饭,抓张煎饼吃了,把锅刷了睡了。一夜没睡踏实,一有个风吹草动,她就要竖起耳朵听听,是不是有人敲门。没人敲门。

第二天早起,她该干啥还干啥。第三天也这么过了。到了第四天,她有些沉不住气,一夜没合眼,围着被坐在床上,吸着烟愣一宿。天亮了,她换了件海昌蓝的半新裰子,决定去找拾来了。

"我娘,你去找啥?找个熊!"大小子粗鲁地对她说。

"我去找你大!你个没良心的杂种!"她乱骂着,大小子不敢作声了,她还骂,"要没他,你早死了,不饿死也得累死。他是你大。别看他大不了你多少岁,也是你大。你敢不叫他大,你看着……"二婶骂着,不由得有点心酸。她想起拾来刨地的模样,光着脊梁骨,背上的汗珠子亮晶晶的,把裤腰都滚湿了。

拾来挑着货郎挑走在大路上,大路白生生的,翻过了前边的坝子,不见了。他忽然想起了一个月亮夜,这路白花花,坝子上翻过来一只甲虫,慢慢地近了,近了,是一挂平车,一个穿着蓝白花裰子的女人拉着平车,车上有个凉床架子,一个篮子,篮子里有布,有棉絮,有肉,还有一盒烟卷。他的心乱跳着,眼窝里热乎乎的,像有什么东西流了出来,他抬起手摸了一把。庄子里静悄悄的,只有老人和孩子。他走到他家的草屋跟前,那草屋几乎全陷到地底下去了,地面上只剩个烂屋顶了。前前后后的倒有了好些青砖到顶的房子。

门上没锁,虚掩着,推门推不动,再使劲,门倒了。屋子里空空的,一地的碎麦穰子。阳光从窗洞里透进来,卷着几缕灰。屋里只有一眼灶,两个床,一个板床,一个凉床。他站着,头快碰上屋梁了。门口拥着几个小孩儿,愣着眼看他。

"这屋的人呢?"他问小孩儿。

"走了。"小孩儿回答。

"走哪儿了?"

小孩儿面面相觑,一个大点儿的说:"上北边了。"

拾来站了一会儿,走了出来,把门装好,掩上,回过身来。阳光扎着他眼疼,睁不开。太阳晃眼。

拾来挑着货郎挑走在大路上,走过一片一片的地,这是两个,那是三个,在做活。他想着二婶的那地。他想着那地被太阳晒得烫脚,烫到心里去的滋味儿;想着那地腥苦腥苦的气味儿;想着那地种什么收什么,一点骗不得,也一点不骗人的诚实劲儿;想着二婶刨地时,那破褂子飘飘忽忽的,时隐时现着一双柔软结实的妈妈。他懒懒地走在大路上,货郎鼓无精打采地响:

叮——咚,叮——咚。

进了庄子,有个媳妇儿来挑花线,有个姊妹来拣纽子……各色各样的手在匣子里翻腾着。他瞅着那些个手,心里闷闷的。好歹等她们挑够了,买了,或是不买了。他整理了一下挑子。上了肩。直起腰,刚迈步,又站住了,离他十来步的地方,站着个娘儿们,脸上又是土,又是汗,成花的了。手掐着腰,恨恨地瞅着他。

"二、二,"他又改口道,"孩、孩他娘。"

"孩他娘死了!被她男人甩了,上吊了,投河了,一头撞在鲍山上撞死了!"

"哪,哪能。"拾来赔着笑脸,心里却像喝了一碗滚烫的茶,舒坦极了。

"她男人找着黄花大姊妹了!找着穿高跟鞋儿,烫狮子头的洋妞了!找着仵楼的小姐了!"

"哪,哪能!"拾来走近去,抬起手,碰了碰二婶的肩膀,被二婶一巴掌打掉了。

"她男人死了,她守寡了,她改嫁了,嫁山那边去了!"

"哪,哪能。"拾来把打回来的那只手放到脑袋上,挠着脑袋。

"生了一大嘟噜孩子,有男的,有女的,有长的,有短的,有方的,有圆的……"二婶自己也笑了,赶紧又掩住。

拾来朝前走了两步。

"你走哪去?"二婶嚷道。

"走家呀!"他回答。

"哪是你的家?你还记得家?"

拾来不敢动了,站在那里。

"你是死了吗?还不动弹,你想死在野地喂狗了?"

拾来这才敢走动,跟在她后边。他心里就像放下了一块石头,他问自己:究竟有啥事呢?什么事也没有,啥事也没有。他回答自己。他越走越轻快,不由得走到了二婶头里。

太阳照着土地,风吹着大柳树,柳枝子飘拂来飘拂去,一只雀子唱着。货郎鼓叮咚叮咚地响。他走着走着一回头,见二婶在抹眼泪,他又傻了:"你,这是干啥呢?"

"你这个没良心的!"二婶哽咽着骂。

"我去去就来家了。"

"我不找你,你来家?"

"不找也来家。"

"说瞎话。"

"要是瞎话天打五雷轰!"拾来赌咒发誓。他望着二婶泪糊糊的毛乎眼,鼻子也酸了。

两口子相跟着回了庄,天已到晌午了。二婶开了锁进了屋,一边吆喝拾来:"烧锅!"

拾来还没坐到锅跟前,她又嚷:"水缸见底了,还不挑水去,这么没眼色的。"

于是,拾来又站起来去挑水。

三十四

鲍秉德不明白自己咋会有这么多话的。天黑,他脑袋一挨上枕头,就开始对着新媳妇叨叨,叨叨个没完。他告诉她小鲍庄的来历:鲍家祖上做过官,莫看如今贫寒,却是有根底的。他告诉她自己家那些啰啰唆唆的事:自己过去的那女人,那女人怎么变疯了,又怎么想上吊没死成,后来发大水时,又怎么摔下去,淹死了,至今连根头发都没找着。

媳妇总是静静地听着,黑里见不着她脸上的麻子,什么也看不见,只觉着她的脸贴着他的脸,眼睛眨巴着,半天眨巴一下,半天眨巴一下。他知道,她醒着,在听他说呢!

鲍秉德原以为自己是不好说话的哩。他常常一连几天不说一个字。猛一开口,把自己都吓了一跳。如今这么说个没完,连自己都觉着烦人了。可不会是这几年的话全憋在肚里了。说也奇怪,人一说话就像是活过来似的。他像是活过来了。回想那几年,都不知道自己在活个什么劲。他就是觉得自己说得太多了,怕人烦。

她的脸贴着他的脸,半天一眨巴眼,半天一眨巴眼。她醒着,在听他说哩。

她肚里已经有了,不知为啥,他不用趴到她肚子上去听,也晓得一定是个活跳跳的孩子。他这么断定。他觉得这个娘儿们就是专给他生孩子过日子的,就是个不折不扣的娘儿们,家里的。

搂着这样的娘儿们睡,睡得踏实,睡得实在。

可是,有时候,他坐在板凳上,脚泡在脚盆里,吸着烟袋,看着她忙活,看着看着,不由得会看到一个苗苗条条的背影,一条大辫子在背上跳着,长虫似的。他的心,就会像刀剜似的一疼。他觉得那疯子是有意跳下水,给这个媳妇儿让路的,也是给他让路的。唉,要是找着她的尸体,埋在地头,也好时常看看,捧捧土,拔拔草,心里的难受也好有个地方发落。可她不知躲哪儿去了,连根头毛也找不见了,连把土也不让他捧,草也不让他拔,连个地头也不占他的,连个难受也不给他。是放他过去,也是叫他放她过去。

鲍秉德心里酸酸地难受。可是天一黑,一搂着那娘儿们,话又来了。耳根子隐隐地好像家后秫秫地里有人唱小曲,声音细细的,风吹似的。再凝神一听,又没了。

三十五

鲍仁文熬了几宿,写成了捞渣的报告文学。这回,他发了狠,一连抄了四、五、六、七份,发通知似的发给了好几下处:省里的,地区的,县文化馆的;刊物,报纸:青年报,少年报……

收过了秋,粮食进了屋,囤了起来。过年了,鲍秉德家里的肚子挺得老高,快生了。

庄前庄后连连响着鞭炮,起屋卜梁呷!

这一天,大路上来了一辆吉普车。进庄就问鲍仁文家住在哪里,然后就一径找了过来。

鲍仁文正在地里做活,见一辆吉普车老远地来了。车停了,下来两个人，朝他走过来了，是朝他走过来的，踩着刚出头的麦苗。他站直了腰，用手搭起凉棚望着，心里怦怦地跳起来了。他看得出这两个人不是乡里人，其中一个甚至不是此地人。他们是来做什么的？太阳照着眼，眼睛不开。那两个人从太阳照眼的地方走来了。

那两个人一步一步走来了。

两个人一步一步走来了。

两人一步一步走到了跟前，问道："你是鲍仁文同志吗？"

"是的。"他说，声音有些打战。

"这是地区《晓星报》的记者老胡同志，"那个像此地人的人指着那个不像此地人的人说，"我是县文化馆的，我姓王。"

老胡同志早已伸出手，握住了他的手。老胡同志戴了副眼镜，嫩相得很，不敢判断他的年龄。城里人的年龄不好说。他热情地摇摇鲍仁文的手，拉他在地头上坐下，好像是他家的地头似的。

他果真是为捞渣的报告文学而来的。他们收到稿子，先是看了一遍，压起来了。后来，过了年，临近三月份了。三月份是礼貌月。领导要他们好好地抓一个典型，以配合五讲四美的宣传。于是他们又想起了这篇报告文学，重新找出来看了一下，传阅了一下，都觉得事迹是可以的。就是，怎么说呢？文章还要润色，并且要更加充实加强捞渣几年如一日照顾五保户这一情节。要知道，如今老人问题，简直是个世界性的社会问题。所以就派老胡同志来和鲍仁文同志合作，一起完成这篇报告文学。事情很紧急，今天，鲍仁文就要跟他们进城去。要力争在三月以前完成，让老胡同志带着稿子回报社发排，三月一日见报。

鲍仁文听他说着这一切,就好像坠入了五里云雾中。"我不是在做梦吧?"他问自己。"我可不是在做梦吧!"他又问自己。他觉着头晕,觉着身子软软的无力,连微笑也微笑不动了。他看着老胡同志那张嫩生生的脸,听不见他在说什么,就好像放电影出了故障,只有人影没有声音似的。老王同志递过烟卷,他糊里糊涂地接过来,居然让老胡同志点的火,连声谢谢也没说。

最后,老胡同志站起来,拍拍屁股上的土,说:"好,就这样。"

鲍仁文也站起来,拍拍屁股上的土,说:"好,就这样了。"

"我们现在就走吧!"

"好,走吧。"鲍仁文跟着说。恍恍惚惚的,不知要走到哪里去。走出麦地,上了吉普车,一股子臭汽油的味,叫他清泠起来:老胡同志是要上捞渣家去瞅瞅,和他父母拉拉。

鲍彦山家里的在烧锅,见来了两个陌生人,有些着慌,忙不迭地站起来。老王同志说:"这是地区《晓星报》的记者,专来采访你家鲍仁平的事迹,要写文章报道哩!"

他娘还是惶惑。

"这是县上、地区上的干部,来问问你家捞渣的事,要写文章表扬哩!"鲍仁文解释说。

她便懂了,释然了:"屋里坐,屋里坐!"

屋里黑漆漆,一个粮食囤子占了三分之一的地方。老胡似乎有些吃惊地左右看看,没有说话。有人到湖里把鲍彦山喊来了。

"这是鲍仁平的父亲。"鲍仁文介绍。

两人一齐上前,一人握住了一只手,使劲摇着。鲍彦山惶惑地看着他们,好容易把手解脱出来:"坐,坐吧!"

各就各位坐下以后,老胡同志扶了扶眼镜,低沉地问道:"鲍仁平是从几岁开始照料五保户鲍五爷的?"

"打小就跟鲍五爷亲呢。会说话,就会邀鲍五爷吃饭;会走路,就会去给鲍五爷送煎饼。"

"他为什么会对鲍五爷这么好呢?"

"他俩有缘分。鲍五爷不理人,倔,就理捞渣,和捞渣亲。"

"鲍仁平生前记不记日记?"

"日记?"

"捞渣活着时每天写不写文章?"鲍仁文解释道,无形中他成了翻译。

"自打他上学,每天放过学,割过猪菜,吃过饭,就趴在桌上写作业。写个不停,冬天手冻麻了,还写;夏天,蚊子咬疯了,还写。叫他,捞渣,明天再写吧!他说:'明天还有明天的作业哩!'"

"他写的东西还在吗?"

"和他的书包一起烧了。"

"烧了?"老胡同志很吃惊。

"此地的风俗:少年鬼,他的东西不兴留家里,统统都烧,烧不了的就埋了,扔了。"鲍仁文解释。

"哦。"老胡同志轻轻地叹了一口气。

"这孩子命苦,没吃过一顿好茶饭。"他大唏嘘起来,眼泪啪啪地落在了地上。他咳了一声,吐了两口痰,用脚搓搓,搓去了。

老胡同志不再说话,过了半晌,轻轻地说:"走吧。"

鲍仁文带他们到大柳树下去看看。老胡同志仰起头望望那树梢,想象着当时那鲍五爷是怎么趴在那树上的。又低头看看树干,想象着捞渣又是怎么抱住这树干死的。老胡摸摸那粗糙的树身,不说话。

鲍仁文又带他们到大沟边捞渣的坟上去看了看。坟上长了一些青青的草,在和风里微微摇摆着。一只雪白的小羊羔在啃那嫩草,一个小孩在大沟里洗脚,瞪大眼睛严肃地瞅着他们。

"小孩,过来,有话问你。"老王喊他。

他跑上来,牵起小羊羔,转头就跑了。一边跑一边回头看。

"乡里小孩没见过世面。"鲍仁文代他抱歉道。老王摇摇头,笑了:"我想问问他,鲍仁平的事。"老胡一直没说话,站在捞渣的坟前。

坟上的草青青嫩嫩的,随着和风微微摇摆。

三十六

鲍秉德家里的生了,生得毫不费难。人到湖里喊鲍秉德,他忙不迭地往家跑。刚到门口,还没搁下锄子,里面就"嗷"的一声,下地了,是个大胖闺女。

不是小子,鲍秉德也不泄气。闺女小子,他都要,一样的金贵。梦里都做过几回了,有人喊他大。

不过两个月,他家里的又怀上了。乡里来动员计划生育,要他女人去流产,去结扎。他嘴里答应着,第二天就把他家里的送回了娘家。留得青山在,不怕没柴烧。

他一个人从她娘家十里堡走回来,想想要乐,想想要乐。没想到一个人都活到这份上了,眼瞅着没什么指望了。不料,山回路转,又行了。他走到了大沟边上,走过了捞渣的坟。风吹过坟头,青草沙沙地响。他腿一软,蹲下了,他想起了那疯女人。他望着小小的坟,坟下黑黝黝的大沟水,不由得生出一个奇怪的念头:"没准是捞渣把她给拽走了哩,他见我日子过不下去了,拉我一把哩。"

他又望望坟,坟上的草在月光下发亮。

"都说这孩子懂事。这么小,就这么仁义。"

他看看大沟,水,在月光下闪闪发亮。

"这孩子也真奇,仁义得出奇。和鲍五爷的缘分也出奇,这是个小怪孩。"

他抓起一把土,拍在坟头上:"好孩子,你保佑你七爷生个你这样的好儿子吧!"

他把土拍结实了。又停了一会儿,走了。

庄里噼里啪啦的鞭炮响,起屋上梁哩。

大沟对面,树影地里,有两个人,在说话:"你家收这么多粮食,还不盖屋?"

"我大说先还账哩!这么些年咱家欠队上的账不少,大说,做人要讲个信义,借了账不能不还。"

"那房子,什么时候盖呢?"

"收了麦,卖了粮食,就盖屋。"

"你家咋不去做生意?光死种粮食。也种点别的,上街卖去。"

"我大说了,最要紧的是粮食。有了粮食,什么也不怕了。再说——"

"再说什么?"

"我大说,咱是本分人,不是生意人。"

"做生意怎么啦?"

"那得会坑人,心要狠才管。"

"一街都是做生意的,一街都是狼了。"

"我不是这个意思。"

一颗石子扔进了大沟,荡起一个水花,水花一圈一圈地荡开了。

"生气了?"

"生什么气?我是怕为了盖房子,把你饿毁了。我知道你是个大肚汉。"

"满地里青的黄的,什么不能吃?灰灰菜,妈妈菜。"

"吃得你生浮肿病。我大是生浮肿病死的。"

"不能。我娘说是把粮食都卖了,总还要留一点。"

"这才对了。"风吹过树林子,一大沟的水微微荡起波纹,闪闪地亮。

"你在想什么?翠。"

"我想,以后来,我带馍馍给你吃。"

三十七

鲍仁文跟着老胡,在县一招住了三天。说是合作,其实就是鲍仁文提供材料,老胡执笔。写完之后,再让鲍仁文看一遍,看有哪些地方失真,不符合事实的。鲍仁文指出后,老胡就改去。弄了两天,鲍仁文只动了嘴,却没有动笔,心里是很不过瘾的。

而这三天与老胡的接触,却使他打破了一些对记者的神秘感。他没料到记者也是和他一样的人,要吃饭,要睡觉,睡觉还打呼,打得如雷贯耳,害得他两宿没睡踏实。而且他晓得了老胡比他要小三四岁,插过队,然后自学成才,进了报社。他有时请鲍仁文喝酒,喝多了就发牢骚。抱怨自己没有文凭,如何吃不开。房子挤，工资低，奖金制尚在争取之中，等等。鲍仁文只是不明白，从事这么崇高的事业的人，怎么会有这么多俗事的困扰。而有了这许多繁杂俗事的打扰，还怎么能够对人类的灵魂开展工作！

当他从县城往家走的时候，心里充满了一种失落的感觉。不过，等他进了小鲍庄，面对着人们完全改变了的尊敬的目光时，那失落感又消失了，内心渐渐地充实起来。一周以后，《晓星报》上头条登出了文章：《鲍山下的小英雄》。他的名字赫然地用铅字印在了题目下边，老胡后边。他对着那报纸，心跳得厉害，像要从嗓子眼里蹦出来了。镇定了一会儿，他开始看文章，心跳渐渐缓了下来，正常了。文章里没有一句是他写的。他慢慢地平静下来，又从头看了一遍。这一遍，他发现有几句话一定是出自于他最早的原稿。比如："死亡面前，他把生留给他人，把死留给了自己。"这句话在原稿上，他记得就有的。当他看到第五六遍的时候，他从字里行间看到了自己的劳动。他确确实实地认可了，这是老胡的文章，也是他鲍仁文的文章。他的文章终于用铅字印出来了，他的名字，终于用铅字印出来了。这铅字，便是一种认可，一种肯定。他的名字不再是无足轻重的。他的存在像是更加确定，更加切实了。如果说他原本对自己是否存在还有一些怀疑，一些犹豫，一些不敢肯定，那么这会儿，是完完全全放心了。

文化子把这文章念给他大他娘听，不料他大他娘脸上却淡淡的，好像在听一个别人家的故事似的。那些激动人心的话，对他大他娘作用不大似的。文章里的捞渣，离他们像是远了，生分了。只是当文章提到鲍彦山的名字时，鲍彦山抬起头问了一声："提我了？"

"提你了，你是捞渣的大嘛！"

"提我干啥，怪没趣儿的。"

"你是捞渣的大嘛！"

他便不再吱声。

文章里还提了许多人，比如组织救人的村长，捞起捞渣的拾来，他们都让文化子或别的读过书的孩子念了好几遍。

这文章激动了许多人的心，有人给鲍庄小学写信，有人给捞渣他大他娘写信，也有人给小鲍庄全体乡亲写信。清明那天鲍庄小学全体师生，来给捞渣扫墓。照此地规矩，在坟头上压了块土坷垃。然后献上一只花圈，用野花野草扎的。五颜六色的，在阳光下，灿烂得很。

过了两个月，收毕麦子。小鲍庄又来了一辆吉普车，下了三个人。一个是县文化馆的老王，一个是个小妞，穿着连衣裙，另一个是个男的，有四十来岁。他们一起步入了鲍彦山的家。这是从省里来的省报记者。省里决定，要大力宣传捞渣。

鲍彦山比上回镇定多了，握过手，请客人坐下。然后把捞渣牺牲的前后经过讲了一遍。不免要伤心，掉眼泪。

"鲍仁平生前最尊敬的是哪一位英雄人物？"那女的问道。

鲍彦山有点不大明白，可究竟不好意思叫人再三地解释，便点点头，想了一会儿说："捞渣对大人孩子都很尊敬的，见了老人总问好：'吃过了吗？'和小孩儿呢，从不打架磨牙。"

那女的便在笔记本上唰唰地记了一阵，又问："他这样做，是受了谁的影响呢？"

鲍彦山又想了一会儿："我和他娘打小就对他说：'见了人要说话，要招呼。比你年长的人，万不可不理会。比你小的呢，要让着,这才是好孩子。'咱这庄上哩,自古是讲究仁义,一家有事大家帮,方圆几十里都知道。这孩子,就是受了这个影响。"

那女的又在笔记本上唰唰地记了一阵。又抬头问道:"他照顾鲍五爷,是不是学校安排的任务?"

"不是。他就是对鲍五爷好,他俩有缘分呢!说实在的,鲍五爷也对他好,两好才能合一好呢!"鲍彦山说。

那男的开口了:"鲍仁平生前用过的书包,能让我们看看吗?"

"全烧了,"鲍彦山说,"此地的规矩,少年鬼的东西不留家,统统烧的烧,埋的埋。"

"他有没有照片呢?"他又问道。

"没有,他没照过照片。"

"哦。"那男的好像吸了一口气。

"这孩子命苦,没吃过一餐好茶饭,"鲍彦山眼圈又红了,指指屋里的粮食囤,"能吃饱了,他又不在了。"他哽咽起来,再也说不下去。

"我们再去找拾来同志谈谈。"他们站起身来,告辞了。

鲍彦山站在门口,目送他们走去,心里凄然地想:捞渣这孩子,活着虽不咋的。可死了,有这些人来问他,也算是有了福分。心下不觉安慰了一些。

他倚着门站着,好像听见一阵货郎鼓的响:"叮咚、叮咚、叮咚、叮咚!"展目望望,前边村道上,走着一个挑货郎挑的老头儿。

三十八

拾来正烧锅。见有省里的干部来找,二婶便推起拾来,自己烧了。拾来就吸着烟,和省里的干部说话。

"那天，是你下水去捞上了鲍仁平，是吗？"那男的问。

"大家都下水了，有的捞上来烂鞋壳子，有的捞上来烂棉花套子。最后，我才把捞渣捞上来。"拾来诚实地说。

"你是怎么摸到他的呢？"那男的问。

"我闭着眼一个猛子扎下去。"他正说着，二婶端来了几碗茶，一人一碗，也给拾来端了一碗，拾来赶紧去接。

二婶让开了，放在案板上："别烫着了。"

拾来感激地看了她一眼，接着说："我一个猛子扎下去，手碰到了大柳树，我扶着树干沿着树身摸下去，碰到了一只小手。我的气已经吐完了，浮上来吸了一口，再扎下去，就把他拖上来了。拖不动，他手抱着树，抱得死紧。"

"哦。"那男的吐了一口气，那女的不停地往本子上记。

"他是为鲍五爷死的。"拾来说。

那两人很感动地看着拾来，尤其是那个小妞，眼睛里水汪汪，亮晶晶，像是要哭了。拾来被她看得脸上有点发热，低下了头。

"我们再到村长那儿去。是他组织救人的，是吗？"那男的问拾来。

"是他，一听说少了人，立马带我们下山了。"

"他家住在哪里？"

"他家就住在村东，高台子上，有一排……"

"孩他大，你陪二位同志跑一趟不完了。"二婶发话了。

拾来看看二婶，二婶也正看他。他便站起身陪他们去。

不久，省报上登了一大块文章，题目是《幼苗新风——记舍己为人小英雄鲍仁平》。文章写得很长，很详细，还配了一幅画。大家传着看下来，都说很像捞渣的。文章里提到了拾来，并且进行了一番描写，说他是：纯朴憨厚，身体强壮，几次下水，终于救上了鲍仁平，可是鲍仁平已经在他怀里永远地闭上了眼睛。还把拾来和二婶的事提了一下，说他不嫌二婶穷，把二婶的孩子当自己孩子待。这是作为英雄成长的背景来写的。甚至也提到老革命鲍彦荣。介绍了一番他的光荣历史。说，小英雄从小生长在这么一个地方，前辈们为人民不怕牺牲的精神，无疑对他起了潜移默化的影响作用。

这一段，鲍彦荣找人念了一遍，琢磨了好久，不由得唤起了他早已沉睡的荣誉感。有那么一两天，他寻着鲍仁文，想和他拉拉。可是鲍仁文已经不得闲了，他正在抓紧写一个更长、更富有文学性的作品，他决定写一本小英雄的传记。

文章发表后不久，便有邻庄、邻乡，甚至邻县的小学生，排着队，抬着花圈，来到捞渣的墓上，过队日，凭吊小英雄，向小英雄宣誓。各色各样的花圈盖住了坟上的青青草，渐渐地，堆得高了，把小小的坟也盖住了。远远望过去，只看见一个花包子。像绿海上的一个花岛似的，被太阳照出了五光十色。

这时，省里出版社来了一个作家和一个编辑，为了编辑出版一本《小英雄的故事》。

鲍仁文终于这么贴近地看见了一位作家。

作家是个小矮个子，瘦瘦的，四十岁上下的年纪，抽烟抽得厉害。好像有着极严重的气管炎，坐在那里不说话，也听到他喉咙里咕噜咕噜地响。他看了鲍仁文写的草稿，决定和鲍仁文一起来搞这本《小英雄的故事》。在这"传记"的基础上搞，这"传记"确实收集了小英雄的大量生平材料。他们一起对小英雄的亲人进行了反复采访，然后，又去找拾来。

拾来不在，二婶在。鲍仁文就向作家介绍："这是拾来家里的。"

"拾来家里的，你上湖里去喊一下拾来吧！"鲍仁文对她说。

拾来家里的便去了。

鲍仁文对作家说："此地叫妻子都叫家里的。我这么叫给你听，是好让你知道此地的风俗习惯。"作家笑笑。

拾来回到家，先和作家招呼，然后对家里的吆喝一声："烧茶！"

于是，家里的便去灶前蹲下，引火烧锅。

拾来便向作家叙述他捞小英雄的过程："我一个猛子扎下去，没有。再一个猛子扎下去，也没有。后来，我想，鲍五爷趴在大柳树上，捞渣准保不能离大柳树远。就挨着树又扎下去，手摸着了树。这是庄东头的树，咱们小鲍庄最高的树。那回，水淹得只剩树梢了。你想，还能有别的了吗？"

作家点头，往本子上记。

"我扶着树干，沿着这树干摸下去，碰到了一只小手，冰凉……"他讲述着，渐渐被自己的叙述感动，声音也昂扬起来。这时，二婶端上茶来了。

如今，二婶要敬着拾来三分了，庄上人都要敬着拾来三分了。拾来自己都觉得不同于往日了，走路腰也直溜了一些，步子迈得很大，开始和大伙儿打拢了。

"拾来，今晌午，作家在你家吃晌饭了？"有人找拾来拉呱。

"没有。他们上乡里去吃了。"

"你咋不留作家吃呢？"

"留啦。他们才客气。城里人才客气。"拾来说。

"拾来，你咋不回老家瞅瞅？"

"太远了，不回了。"

277

"老家还有人吗？"

"就我一人哩。"拾来声音放低了，有些伤感。

过几天，有人给拾来捎了个话：庄口走过一个老货郎，见鲍庄的人就打听拾来，问他成亲过后好不好，有没有娃娃，鲍庄人待他还说得过去吗。那人一一回答了他。临了，那老货郎让他捎信给拾来，他大姑在北边过得不错，有吃有穿的。问他："不去看看拾来吗？"老头儿犹犹豫豫地说："不了。"

这天夜里，拾来做了一个梦，梦里有一只货郎鼓，老在耳边响："叮咚，叮咚，叮咚！"

三十九

这天，县上来了一部吉普车，车子停在鲍彦山家门口。车上走下县委书记，一把握住鲍彦山的手，告诉他："鲍仁平被团省委评为少年英雄了，光荣啊！"

鲍彦山愣愣着，枯树根似的手被县委书记温暖柔软的手包裹着。他不明白，少年英雄究竟意味着什么，只明白被县委书记这般器重是不可多得的。心中激动，一时什么也说不出来。

县委书记搀着英雄父亲，走进英雄的家，沉默了，半天才说出一句话："苦了你们。"

"现在不苦了，粮食有了，"鲍彦山指指粮食囤子，"就是捞渣他，不在了。"

"粮食够吃吗？"县委书记摸摸粮食囤。

鲍彦山家里的忽然插了进来："咱们商议着把粮食卖了，盖房子哩。"

县委书记抬起头，环顾着黑洞洞的房屋，说："这房子不能住了。"

"没有房子,大孩子二十七了,还说不上媳妇儿。"她抹了一把眼泪。

县委书记望着黑洞洞的房子,说了一句:"粮食万万不能卖。"然后紧紧地握了一下鲍彦山的手,走了。

第二天,村长来告诉鲍彦山,县里批给了他家木材、水泥、砖瓦,给他家盖房子呢。

又过了几天,村长告诉鲍彦山,乡里农机厂派给建设子一个名额,让他转吃商品粮了。

正是捞渣死了一周年,县里决定:迁坟。

县里的小学抬着花圈来了,乡里的小学抬着花圈来了,鲍庄的小学抬着花圈来了。

捞渣的棺材从大沟边起出来,迁到了小鲍庄的正中——场上。填了十几步台阶,砌了一个又高又大的墓,垒上砖,水泥抹上缝,竖起一块高高的石碑,碑上写着:

永垂不朽

现在,鲍庄最高的不再是庄东的大柳树,而是这块碑了。碑,矗立着,后面是青幽幽的鲍山。

队鼓敲起来了,队号吹得嘹亮,县委书记讲了话,献上了第一只花圈……

鲍彦山和他家里的痴愣愣地坐着,想哭又不敢哭。事先,不少人交代过他们:"这场合,再哭就不大好了。"

捞渣的墓迁到小鲍庄正中来了,又大又高,像一座房子。砖砌的，水泥抹了缝，再不会长出杂草来了，也不会有羊羔子来啃草吃了。

四十

鲍彦山家的新屋上梁了，封顶了。开了大大的窗，粉白墙，洋灰地，敞敞亮亮的四大间屋。

建设子在农机厂上班了。上门提亲的不断，现在轮到他挑人家了。

建设子结婚的那天，小翠子回来了。她进门就在她大她娘脚边跪下，磕了一个响头。不等她大她娘回过神来，爬起来拿了扁担水桶就去挑水，一趟一趟，把两口大缸都挑满了，满得溢到缸沿上了，还挑。文化子叫她别挑了，她还往井沿上跑，文化子去撑她，撑到井沿上。她正把桶放了下去，文化子夺桶，桶落到了井里，两人便趴在井沿上钩桶。

"笨死了。"小翠说他。

"怎么怪我？"文化子很委屈。

"就怪你，就怪你！"小翠对他撒野。

"怪我什么呢？"文化子越发的委屈。

"怪你不是老大是老二。"

"是老大咋了？是老二又咋了？"

"要是老大，我生成是……用得着费这么大周折？"小翠眼圈红了。

文化子眼圈也红了。

两人眼泪都落了下来，啪啪地落在井里，井里横漂着一只桶。

村里开路，把原先的村路拓宽，压平，铺石子。来的人和车一日比一日多,没条路不方便。开路,要开掉拾来家一垄菜地,拾来和他家里的,爽爽快快地答应了,连赔偿也不愿收。拾来说:"我要收了这钱,我的人,就没了。"

县里要在捞渣墓后盖纪念馆,收集遗物时犯了难。小英雄生前用过的穿过的,所有的东西都烧了。后来二小子发现,他家茅房泥墙上,有着捞渣写的字,写的是自己的名字——鲍仁平。

问他,确实是小英雄写的吧?他说:"没错。那天,我和捞渣一起拉屎,各人写各人的名字玩哩!"

当然,边上还有二小子写的字:鲍兆和。

可那泥墙一碰就烂,起不了。只能放那儿了。

尾　声

捞渣的墓,高高地坐落在小鲍庄的中央,台阶儿干干净净的。不用村长安排,自然有人去扫。他大,他娘,他哥,他嫂自然不必说了。还有鲍仁文、鲍秉德、拾来,也隔三岔五地去扫。只是要求村长买一把公用的扫帚,用自家扫地的扫帚扫坟头,总不大吉利。

太阳照在那碑上,白生生的,耀眼得很。

碑后面是一片新起的瓦房,青砖到顶,瓦房后面是鲍山,青幽幽的,蒙在雾里似的,像是很远,又像是很近。

还是尾声

鲍秉义拉着坠子,曲儿唱到了终了:

有二字添一竖念干字,

秦甘罗十二岁做了宰相。
　　有一字添一竖带一钩念丁字，
　　丁郎又刻苦孝敬他的娘。
　　一二三四五六七八九十，
　　十九八七六五四三二一，
　　珍珠倒卷帘那么一小段。

　　鲍彦荣听着，像是走了神，像是想起了什么。他想着自个儿的那些好样儿的年月：班长死了，他吼了一声："跟我来！"打得只剩两个半人了。那个只剩半拉胳膊半拉腿的战友，现如今也不知在了哪里。

　　床板上还抱着腿坐了一个人，一个老头儿，罗锅腰，一脸皱皮，是打很远的北边来的一个老货郎，在这里借宿。他坐在墙角里，听着古，两只眼却盯着坐在门槛上的拾来。

　　拾来觉出有人看他，朝墙角里瞅瞅，看见了一双老眼。他瞅了一眼，又瞅了一眼，心下奇怪，觉着有点熟。再瞅了一眼，就挪不开了。两双眼睛远远地对视着。

　　一把坠子吱吱嘎嘎地拉着。

《中国作家》1985年第2期